Heridas abiertas

10

Heridas abiertas

Gillian Flynn

Traducción de
Ana Alcaina

R

ROJA Y NEGRA

A mis padres, Matt y Judith Flynn

1

Llevaba un suéter nuevo, de color rojo ardiente, espantoso. Era 12 de mayo, pero la temperatura había bajado hasta los cinco o seis grados, y después de pasarme cuatro días tiritando en mangas de camisa, decidí comprarme algo de abrigo en una tienda de segunda mano en lugar de hurgar entre las cajas de ropa de invierno. Primavera en Chicago.

Estaba sentada en mi cubículo con las paredes forradas de arpillera, la mirada fija en el ordenador. Mi artículo de aquel día trataba sobre la vertiente torpe del mal: habían encontrado a cuatro niños, de edades comprendidas entre los dos y los seis años, encerrados en una habitación del South Side con un par de bocadillos de atún y un litro de leche. Llevaban allí tres días, moviéndose nerviosos de un lado a otro como polluelos en un corral, picoteando entre las migajas de comida y las heces de la moqueta. Su madre los había abandonado ahí; se había ido a fumar una pipa de agua, y había pillado tal colocón que incluso se había olvidado de ellos. A veces eso es lo que pasa, sin más, nada de quemaduras de cigarrillo ni huesos rotos: un simple descuido irreparable. Había visto a la madre después de que la detuvieran: Tammy Davis, de veintidós años, una mujer rubia y rolliza con colorete rosa en las mejillas en dos círculos perfectos del tamaño de vasos de chupito. Me la imaginé sentada en un sofá desvencijado, sus labios en el metal, una brusca exhalación de humo. Y luego, enseguida, todo empezaba a flotar a su alrededor, los niños iban quedando cada vez más atrás mientras ella retrocedía como un relámpago a los años de instituto, cuando los chicos aún la miraban y ella era la más guapa, una chica de trece años con brillo en los labios que mascaba canela en rama antes de besar a alguien.

Una barriga. Un olor. Cigarrillos y café recalentado. Mi jefe, el respetado y fatigado director del periódico, Frank Curry, se balanceaba sobre sus agrietados Hush Puppies, los dientes anegados en saliva marrón por el tabaco.

—Oye, ¿cuánto te falta para acabar el artículo?

Encima de mi mesa había una chincheta plateada con la punta hacia arriba. Mi jefe la presionó levemente con la uña amarillenta del pulgar.

—Ya casi está.

Apenas llevaba escritas unas líneas de texto. Necesitaba más del triple.

—Vale, pues machaca a esa hija de puta, envíalo y ven a mi despacho.

—Puedo ir ahora.

—Machaca a esa hija de puta, envíalo y luego ven a mi despacho.

—Vale. Diez minutos.

Quería que me devolviera la chincheta.

Se disponía ya a salir de mi cubículo. La corbata se le balanceaba cerca de la entrepierna.

—¿Preaker?

—¿Sí, Curry?

—Machaca a esa hija de puta.

Frank Curry cree que soy una blanda. Tal vez sea porque soy mujer. Tal vez sea porque soy una blanda.

El despacho de Curry está en la tercera planta. Estoy segura de que le entra una mezcla de pánico y cabreo cada vez que mira por la ventana y ve el tronco de un árbol. Los buenos directores de periódico no ven corteza, sino hojas... eso si es que llegan a atisbar algún árbol desde una vigésima o trigésima planta. Sin embargo, en el *Daily Post*, el cuarto periódico de mayor tirada de Chicago, relegado a las afueras, hay espacio para la expansión. Con tres plantas basta, de momento, tres plantas que se extienden en horizontal de forma implacable, como un vertido, desapercibido entre las tiendas de alfombras y de lámparas. Un promotor inmobiliario creó nuestro municipio en fases muy bien organizadas a lo largo de tres años, entre 1961 y 1964, y luego lo bautizó con el nombre de su hija, que había sufrido un grave accidente ecuestre un mes antes de la finalización de las obras. «Aurora Springs», decretó, deteniéndose para hacerse una foto junto al flamante cartel de entrada a la ciudad. A continuación cogió a su familia y se marchó. La hija, que ya ha cumplido la cincuentena y está bien excepto por algún que otro hormigueo ocasional en los brazos, vive en Florida y vuelve cada pocos años para sacarse una foto junto al cartel homónimo, tal como hizo papá.

Escribí la historia durante la última visita de la mujer. A Curry no le gustó nada, detesta los artículos realistas sobre la vida misma. Se trincó una botella entera de Chambord mientras lo leía, y dejó en el despacho un fuerte olor a frambuesas. Curry se emborracha sin llamar demasiado la atención, pero lo hace a menudo. Sin embargo, esa no es la razón por la que disfruta de tan agradables vistas a ras de suelo. Eso es simple y pura mala suerte.

Entré y cerré la puerta de su despacho, que no se parece en nada a como me había imaginado siempre que sería el despacho de mi jefe. Me habría encantado que tuviera paredes revestidas de madera de roble y un ventanal de cristal en la puerta —con la palabra «Jefe» inscrita en él— para que los periodistas novatos pudieran vernos discutir acaloradamente sobre los derechos de la Primera Enmienda. El de Curry es un despacho anodino e institucional, como el resto del edificio. Podías ir allí a hablar de periodismo o a hacerte una citología, a nadie le importaba.

—Háblame de Wind Gap.

Curry tenía la punta de un bolígrafo apoyada en la barbilla entrecana. Me imaginé el minúsculo punto azul que le dejaría entre la barba rala.

11

—Está en el extremo inferior de Missouri, en el talón de la bota. A tiro de piedra de Tennessee y Arkansas —le expliqué, apresurándome a soltar la información. A Curry le encantaba interrogar a los redactores sobre cualquier tema que se le antojase pertinente: la cifra de asesinatos en Chicago el año anterior, la tasa demográfica del condado de Cook o, por vete a saber qué razón, la historia de mi ciudad natal, un tema que yo prefería evitar—. Se fundó antes de la guerra de Secesión —continué—. Está cerca del Mississippi, así que en su momento fue una ciudad portuaria. En la actualidad su industria principal es la producción de derivados del cerdo. Tiene una población de unos dos mil habitantes: burgueses y escoria.

—¿Y a cuál de los dos grupos perteneces tú?

—Yo soy escoria... de origen burgués.

Sonreí, y él frunció el ceño.

—¿Y qué cojones está pasando allí?

Me quedé en silencio, sopesando las distintas desgracias que podrían haber ocurrido en Wind Gap. Es una de esas ciudades miserables propensas al sufrimiento: un accidente de autobús o un tornado; una explosión en un silo o un crío de dos años en el fondo de un pozo. Además, también estaba un poco enfadada. Había albergado la esperanza —como ocurría siempre que Curry me llamaba a su despacho— de que fuera a felicitarme por un artículo reciente, a ascenderme a un puesto mejor... qué sé yo, a darme un sobre con un aumento del uno por ciento; pero no estaba preparada para hablar de los sucesos de actualidad en Wind Gap.

—Tu madre todavía vive allí, ¿verdad, Preaker?

—Mi madre. Y mi padrastro.

Y una hermanastra que había nacido cuando yo estaba en la universidad, y cuya existencia me parecía tan irreal que a menudo me olvidaba de su nombre. Amma. Y luego Marian, desaparecida para siempre hace ya tanto tiempo.

—Bueno, ¿y hablas con ellos alguna vez?

No desde Navidad: una llamada fría y cortés tras la ingesta de tres bourbons. Temía que mi madre pudiese olerlo a través del hilo telefónico.

—No últimamente.

—Joder, Preaker, a ver si lees el teletipo alguna vez. Hubo un asesinato... ¿cuándo fue?, ¿en agosto? ¿Una niña estrangulada?

Asentí como si supiese a qué se refería, pero no era así. Mi madre era la única persona de Wind Gap con quien había mantenido algún contacto, y no me había dicho nada. Curioso.

—Pues ahora ha desaparecido otra. Tiene toda la pinta de tratarse de un asesino en serie. Bueno, quiero que vayas allá y me consigas la historia. Y rapidito. Tienes que estar allí mañana por la mañana.

Ni hablar.

—Ya tenemos historias terroríficas aquí mismo, Curry.

—Sí, y también tres periódicos competidores con el doble de presupuesto y de personal. —Se pasó la mano por el pelo, que le quedó revuelto y como deshilachado—. Estoy harto de que nos den con las noticias en las narices. Es nuestra oportunidad de encontrar algo realmente gordo. Una bomba.

Curry cree que si damos con la noticia adecuada, nos convertiremos de la noche a la mañana en el periódico de referencia de Chicago y ganaremos credibilidad a nivel nacional. El año pasado otro periódico, no el nuestro, envió a un reportero a su ciudad natal, en algún lugar de Texas, después de que un grupo de adolescentes se ahogase durante las inundaciones de primavera. Escribió un reportaje elegíaco pero bien documentado sobre la furia del agua y el dolor, cubriendo todos y cada uno de los aspectos del caso, desde el equipo de baloncesto de los chicos, que perdió a tres de sus mejores jugadores, hasta la empresa local de pompas fúnebres, desesperados ante su inexperiencia en el arreglo y presentación de cadáveres ahogados. El reportaje ganó un Pulitzer.

Pese a todo, yo no quería ir. Tanto era así, por lo visto, que me había agarrado a los brazos de la silla con todas mis fuerzas, como si Curry fuese a arrancarme de allí a tirones. Se sentó y me miró unos segundos con sus ojos acuosos de color avellana. Se aclaró la garganta, miró la foto de su mujer y sonrió como si fuese un médico a punto de dar malas noticias. A Curry le encantaba ladrar, encajaba con su imagen de la vieja escuela de lo que debía ser un director de periódico, pero también era una de las personas más decentes que conocía.

—Escucha, hija, si no puedes hacer esto, no puedes hacerlo. Pero creo que podría ser bueno para ti, podría ayudarte a sacar mucha mierda fuera, a ponerte de nuevo en pie. Es una buena historia, maldita sea; la necesitamos. Tú la necesitas.

Curry siempre me había apoyado. Creía que iba a ser su mejor reportera, decía que tenía un cerebro portentoso. En los dos años que llevaba en aquel trabajo, yo había defraudado sistemáticamente sus expectativas. A veces de forma inexplicable. Y ahora lo tenía ahí delante, al otro lado de la mesa, suplicándome que le insuflase un poco de fe. Asentí con un gesto que esperaba que transmitiese confianza y seguridad.

—Iré a hacer las maletas.

Mis manos dejaron marcas de sudor en la silla.

No tenía animales de compañía de los que preocuparme, ni tampoco plantas que dejar a cargo de algún vecino. Metí en una bolsa de viaje ropa para cinco días, como para tranquilizarme con la idea de que estaría de vuelta de Wind Gap antes de que terminase la semana. Cuando eché un último vistazo al apartamento antes de salir, este se reveló tal como era ante mis ojos: parecía el piso de una universitaria, barato, transitorio y, sobre todo, falto de inspiración. Me prometí que invertiría en un sofá decente cuando volviese, como recompensa por la sensacional historia que estaba segura de conseguir.

Encima de la mesa, junto a la puerta, había una foto mía de cuando era casi una adolescente abrazando con fuerza a Marian, que debía de tener unos siete años. Las dos nos estamos riendo. Ella abre mucho los ojos por la sorpresa, mientras que yo los tengo completamente cerrados. La aprieto mucho contra mí, y las piernas cortas y escuálidas le cuelgan por delante de mis rodillas. No me acuerdo del momento en sí ni de qué nos estamos riendo. Con los años, se ha convertido en un plácido misterio. Creo que me gusta no saberlo.

Siempre me baño. No me gusta la ducha: no soporto el chorro directo del agua, es como si me diese un calambre en la piel, como si alguien hubiese accionado un interruptor eléctrico. Así que tapé la rejilla del desagüe con una fina toalla del motel, apunté con el grifo hacia la pared y me senté en los tres dedos de agua que se acumularon en el suelo. Los restos de vello púbico de algún huésped anterior aparecieron flotando en el agua.

Salí de la ducha. No había más toallas, así que corrí hasta la cama y me sequé con la manta barata de textura esponjosa. Luego me bebí un vaso de bourbon caliente y maldije la máquina de hielo.

Wind Gap está a unas once horas al sur de Chicago. Curry había tenido el detalle de darme dinero para pasar la noche en un motel y para el desayuno de la mañana, siempre que lo tomase en una gasolinera, pero cuando llegara a la ciudad, me quedaría en casa de mi madre. Eso lo había decidido él por mí. Yo sabía cómo iba a reaccionar ella cuando me viese aparecer en su puerta: se aturullaría por la impresión y se llevaría la mano al pelo, y luego me daría un abrazo torpe que me dejaría ligeramente desplazada a un lado. Comentaría lo desordenada que tenía la casa, lo cual no sería cierto. Y luego trataría de averiguar la duración de mi estancia con una pregunta envuelta en amabilidad y sutileza. «¿Por cuánto tiempo tendremos el placer de disfrutar de tu compañía, cariño?», diría, cuando en realidad quería decir: «¿Cuándo te vas?».

Es la cortesía lo que más me molesta.

Sabía que tenía que ordenar mis notas, prepararme algunas preguntas, pero en vez de eso bebí un poco más de bourbon, luego me tragué una aspirina y apagué la luz. Acunada por el húmedo ronroneo del aire acondicionado y por el rumor rítmico y eléctrico de algún videojuego en la habitación contigua, me quedé dormida. Solo estaba a unos cincuenta kilómetros de mi ciudad natal, pero necesitaba una última noche lejos de allí.

Por la mañana devoré un donut de gelatina de hacía varios días y tomé la carretera hacia el sur; la temperatura estaba subiendo rápidamente y la exuberante vegetación del bosque era imponente a ambos lados de la carretera. Esa parte de Missouri es inquietantemente llana: kilómetros y kilómetros de árboles nada majestuosos, solo interrumpidos por la delgada franja de autopista por la que circulaba. La misma escena se repetía cada dos minutos.

Wind Gap no puede verse de lejos porque su edificio más alto solo tiene tres plantas, pero después de conducir veinte minutos, supe que me estaba acercando. Primero apareció una gasolinera, delante de la cual se encontraba un grupo de adolescentes desaliñados, descamisados y aburridos. Cerca de una camioneta vieja había un crío en pañales que tiraba puñados de arena al aire mientras su madre llenaba el depósito. La mujer llevaba el pelo teñido de rubio platino, pero las raíces castañas le llegaban casi hasta las orejas. Al pasar con el coche, les gritó algo a los chicos, pero no pude oír lo que decía. Poco después, el bosque empezó a hacerse menos denso. Pasé junto a un desvencijado proyecto de centro comercial, con cabinas de bronceado, una armería y una tienda de tejidos. A continuación vi un solitario callejón sin salida flanqueado por casas viejas, que debían de haber formado parte de una urbanización que nunca llegó a construirse. Y, por último, la ciudad propiamente dicha.

Sin saber muy bien por qué, contuve la respiración al pasar junto al letrero que me daba la bienvenida a Wind Gap, igual que hacen los niños cuando pasan en coche junto a un cementerio. Hacía ocho años que no había estado allí, pero el paisaje despertó todos los recuerdos. Si seguía aquella carretera hacia abajo, encontraría la casa de mi profesora de piano de primaria, una antigua monja cuyo aliento olía a huevos. Aquel otro camino llevaba al parquecito donde me había fumado mi primer cigarrillo un bochornoso día de verano. Si enfilaba aquella avenida, llegaría a Woodberry, y al hospital.

Decidí ir directamente a la comisaría. Quedaba al final de Main Street, que, haciendo honor a su nombre, era la calle principal de Wind Gap. En Main Street hay un salón de belleza y una ferretería, una tienda de oportunidades que se llama Oportunidades y una biblioteca con doce estanterías. También hay una tienda de ropa, Candy's Casuals, en la que se pueden comprar sudaderas, suéteres de cuello alto y jerséis con estampados de patitos y escuelas. La mayoría de las buenas mujeres de Wind Gap son maestras o madres, o trabajan en sitios como Candy's Casuals. Puede que dentro de unos años abra algún Starbucks, lo cual traerá a la ciudad lo que esta desea con toda su alma: modernidad generalista, previamente envasada y aprobada. Por ahora, sin embargo, solo hay un restaurante de mala muerte regentado por una familia de cuyo nombre no me acuerdo.

Main Street estaba vacía. No había coches ni gente. Un perro correteaba por la acera sin que lo llamase ningún dueño. Todas las farolas estaban empapeladas con lazos amarillos y fotocopias borrosas con la foto de una niña. Aparqué el coche y arranqué uno de los carteles, pegado torcido en una señal de stop a la altura de un niño. El cartel estaba hecho a mano, con la palabra DESAPARE-CIDA escrita en la parte superior en gruesas letras pintadas tal vez con rotulador. En la foto aparecía una niña de ojos oscuros y sonrisa asilvestrada, con demasiado pelo para su cabeza. La clase de niña que cualquier maestro describiría como «del montón». Me cayó bien.

Natalie Jane Keene
Edad: 10 años
Desaparecida desde el 11 de mayo
Vista por última vez en el Jacob J. Garrett Park;
llevaba unos shorts tejanos y una camiseta a rayas rojas
Llamar al 555-7377

Deseé que al entrar en la comisaría me dijesen que Natalie Jane ya había aparecido. Que no había sufrido ningún daño. Que, por lo visto, se había perdido, o que se había torcido un tobillo en el bosque, o que se había escapado de casa y luego se lo había pensado mejor. Me subiría otra vez al coche y volvería a Chicago, y no haría falta que hablase con nadie.

Resultó que las calles estaban desiertas porque prácticamente media ciudad había salido a rastrear la zona boscosa al norte. La recepcionista de la comisaría me dijo que esperase, que el comisario jefe Bill Vickery volvería de almorzar enseguida. La sala de espera era tan falsamente acogedora como la de la consulta de un dentista; me senté en una silla y empecé a hojear un ejemplar de *Redbook*. Un ambientador enchufado a una toma en la pared despedía un olor a plástico que se suponía que debía recordarme a la brisa campestre. Media hora más tarde ya había hojeado tres revistas y empezaba a marearme por el olor. Cuando al fin entró Vickery, la recepcionista señaló hacia mí con la cabeza y susurró con un desprecio evidente:

—La prensa.

Vickery, un tipo delgado de unos cincuenta y pocos años, ya llevaba el uniforme empapado en sudor. Tenía la camisa pegada al pecho y los pantalones le formaban una arruga detrás, donde debería haber habido un trasero.

—¿La prensa? —Me miró por encima de unas amenazadoras lentes bifocales—. ¿Qué prensa?

—Comisario Vickery, soy Camille Preaker, del *Daily Post* de Chicago.

—¿Chicago? ¿Por qué ha venido hasta aquí desde Chicago?

—Me gustaría hablar con usted sobre las niñas, sobre Natalie Keene y la niña que fue asesinada el año pasado.

—Joder. ¿Cómo se han enterado de eso en Chicago? Joder…

Miró a la recepcionista y luego volvió a mirarme a mí, como si las dos nos hubiésemos conchabado. Luego me hizo una seña para que lo siguiera.

—Ruth, no me pases ninguna llamada.

La recepcionista puso los ojos en blanco.

Bill Vickery me condujo por un pasillo con las paredes forradas de madera y salpicadas de marcos baratos con fotos de truchas y caballos, y luego me hizo pasar a su despacho, que no tenía ventanas y que era, de hecho, un cuadrado diminuto repleto de archivadores metálicos. Se sentó y encendió un cigarrillo. No me ofreció uno.

—No quiero que esto salga a la luz, señorita. No tengo ninguna intención de dar publicidad a este asunto.

—Me temo, comisario Vickery, que no tiene elección. Hay niñas amenazadas. La gente debe ser alertada al respecto.

Era la frase que había estado ensayando todo el camino: así la culpa recaía directamente sobre los dioses.

—¿Y a usted qué le importa? No son sus hijas; son niñas de aquí, de Wind Gap. —Se levantó, volvió a sentarse y ordenó algunos papeles—. Estoy bastante seguro de que en Chicago nunca se habían preocupado antes por los niños de Wind Gap.

La voz se le quebró al final de la frase. Vickery dio una calada al cigarrillo, hizo girar el grueso anillo de oro que llevaba en el meñique y parpadeó rápidamente. De pronto me pregunté si no se iría a echar a llorar.

—Tiene razón, seguramente no, pero escúcheme: no va a ser una historia sensacionalista. Esto es importante. Si sirve para tranquilizarle, yo nací en Wind Gap.

«¿Lo ves, Curry? Hago todo lo que puedo.»

Volvió a mirarme y me escudriñó el rostro.

—¿Cómo se llama?

—Camille Preaker.

—¿Y cómo es que no la conozco?

—Porque nunca me he metido en líos, señor.

Le dediqué una leve sonrisa.

—¿El apellido de su familia es Preaker?

—Mi madre volvió a casarse hará unos veinticinco años. Adora y Alan Crellin.

—Ah, sí. A ellos sí los conozco. —A ellos todo el mundo los conocía. El dinero no era algo demasiado habitual en Wind Gap, no el dinero a espuertas–. Pero sigo sin quererla por aquí, señorita Preaker. Si escribe ese artículo, de ahora en adelante la gente solo nos conocerá por... esto.

–A lo mejor un poco de publicidad serviría de ayuda –le sugerí–. Ha servido en otros casos.

Vickery permaneció callado un segundo, con la mirada perdida en la bolsa arrugada de papel marrón de su almuerzo en un extremo de la mesa. Olía a salchicha ahumada. Masculló algo sobre JonBenet y toda esa mierda.

–No, gracias, señorita Preaker. Y no hay comentarios. No haré ningún comentario sobre las investigaciones en curso. Puede citar mis palabras.

–Escuche, tengo derecho a estar aquí. No nos pongamos las cosas difíciles: usted me proporciona alguna información, la que sea, y luego yo me apartaré de su camino. No quiero dificultarle su trabajo, pero necesito hacer el mío.

Era otra frasecita que había ido acuñando por el camino, más o menos a la altura de Saint Louis.

Me marché de la comisaría con la fotocopia de un mapa de Wind Gap en el que el comisario Vickery había señalado con una equis diminuta el lugar donde había sido encontrado el cuerpo de la niña asesinada el año anterior.

Ann Nash, de nueve años, había sido hallada muerta el 27 de agosto en Falls Creek, un riachuelo ruidoso y de cauce irregular que atravesaba el bosque de North Woods. Desde la noche del 26 de agosto, cuando se produjo la desaparición, una partida de búsqueda había estado peinando el bosque, pero fueron unos cazadores los que se toparon con el cadáver poco después de las cinco de la madrugada. Alguien la había estrangulado hacia la medianoche con una cuerda de tender, con la que le había rodeado el cuello dos veces. Luego la había arrojado al arroyo, que llevaba muy poco caudal a causa de la pertinaz sequía estival. La cuerda se había quedado enganchada en una enorme roca y el cuerpo de la niña había pasado la noche flotando lánguidamente a merced de la corriente. El funeral se celebró con el ataúd cerrado. Esa fue toda la información que Vickery estuvo dispuesto a darme, y necesité una hora entera de preguntas para sonsacársela.

Usé el teléfono público de la biblioteca para marcar el número que aparecía en el cartel de la farola. Una voz de mujer mayor lo identificó como la «Línea de Ayuda para Natalie Keene», pero pude oír de fondo el traqueteo de un lavaplatos. La mujer me informó de que, por lo que ella sabía, la búsqueda aún continuaba en la zona de North Woods. Quienes quisieran ayudar debían dirigirse a la carretera de acceso principal y llevar su propia agua. Se esperaban temperaturas récord ese día.

En el punto de encuentro había cuatro chicas rubias sentadas hieráticamente encima de un mantel de picnic extendido bajo el sol. Señalaron hacia una de las pistas forestales y me dijeron que caminase hasta que encontrase al grupo.

—¿Y usted qué hace aquí? —preguntó la más guapa.

Su cara arrebolada tenía la redondez típica de una cría que acaba de entrar en la adolescencia y llevaba el pelo recogido con lazos, pero sus pechos, que exhibía orgullosamente irguiendo la espalda, eran los de una mujer hecha y derecha. Una mujer hecha y derecha con mucha suerte. Sonreía como si me conociese, algo imposible puesto que la última vez que yo había estado en Wind Gap ella debía de ir todavía al parvulario. Pese a todo, me resultaba familiar. Tal vez fuera la hija de una de mis antiguas compañeras de clase; la edad se correspondía con la de alguna que se hubiese quedado preñada justo después de acabar el instituto. Lo cual no era demasiado improbable.

—Solo he venido a ayudar —contesté.

—Ya —repuso ella con una mueca, y me despidió centrando todo su interés en quitarse la laca de una uña del pie.

Dejé atrás el crujido de la gravilla caliente para adentrarme en el bosque, donde el calor era aún más sofocante. La humedad del aire era selvática. Los arbustos de vara de oro y zumaque me roza-

21

ban los tobillos, y las esponjosas semillas de álamo de Virginia flotaban por todas partes, se me colaban en la boca y se me adherían a los brazos. De pronto me acordé de que, de niña, las llamábamos vestidos de hada.

A lo lejos oí las voces de la gente llamando a gritos a Natalie, las tres sílabas ascendiendo y descendiendo como en una canción. Después de diez minutos de esforzada caminata los vi: medio centenar de personas que avanzaban en largas hileras, rebuscando entre la maleza con palos.

—¡Hola! ¿Alguna novedad? —preguntó un hombre de oronda barriga cerca de donde yo estaba.

Abandoné el camino y me abrí paso entre los árboles hasta que lo alcancé.

—¿Puedo ayudar?

Todavía no estaba lista para sacar mi cuaderno de notas.

—Puede caminar a mi lado —dijo—. Nunca está de más la ayuda de otra persona, así se cubre más terreno.

Avanzamos en silencio unos minutos, con algunas pausas ocasionales de mi compañero, que se detenía a aclararse la garganta con un carraspeo áspero y húmedo.

—A veces pienso que lo que tendríamos que hacer es quemar este bosque —soltó de improviso—. Es como si nunca pasara nada bueno en él. ¿Es usted amiga de los Keene?

—La verdad es que soy periodista. Del *Daily Post* de Chicago.

—Mmm… Vaya, vaya, ¿qué te parece? ¿Y va a escribir sobre esto?

Un súbito aullido resonó entre los árboles, un grito femenino:

—¡Natalie!

Me empezaron a sudar las manos a medida que nos acercábamos al lugar de donde procedía el grito. Vi avanzar hacia nosotros unas figuras tambaleantes. Una adolescente con el pelo rubio platino pasó junto a nosotros en dirección al sendero, con el rostro encendido y corriendo con todas sus fuerzas. Se tambaleaba como un borracho histérico, mientras gritaba el nombre de Natalie al cielo. Un hombre mayor, tal vez su padre, le dio alcance, la abrazó y empezó a alejarla del bosque.

—¿La han encontrado? —preguntó mi amigo.

Una negación colectiva con la cabeza.

—Se habrá asustado, supongo —explicó otro hombre—. Demasiado para ella. Aunque las niñas no deberían estar aquí, la verdad, tal y como están las cosas…

El hombre me lanzó una mirada elocuente, se quitó la gorra de béisbol para enjugarse la frente y luego se puso de nuevo a rebuscar entre la maleza.

—Una tarea muy triste —dijo mi compañero—. Un momento muy triste.

Avanzamos despacio. Aparté de un puntapié una lata de cerveza oxidada, luego otra. Un pájaro solitario pasó volando a la altura de los ojos y luego remontó y se lanzó hacia las copas de los árboles. Un saltamontes aterrizó de golpe en mi muñeca. Algo mágico y escalofriante.

—¿Le importa si le pregunto cuáles son sus impresiones sobre todo esto?

Saqué mi libreta y alisé la hoja en blanco.

—No sé qué interés tiene lo que pueda decirle yo.

—Solo dígame qué piensa. Dos niñas en una ciudad pequeña…

—Bueno, no se sabe si ambos casos están relacionados, ¿no? A menos que usted sepa algo que yo no sé. Por lo que sabemos de momento, Natalie aparecerá sana y salva. No han pasado ni siquiera dos días.

—¿Circula alguna teoría sobre Ann? —quise saber.

—Que algún pirado, algún loco debió de hacerlo. Un tipo está de paso por la ciudad, se olvida de tomarse las pastillas y empieza a oír voces. Algo así.

—¿Y por qué dice eso?

Se detuvo, extrajo un paquete de tabaco de mascar del bolsillo trasero de los pantalones, se echó un puñado en las encías y se puso a masticarlo hasta que le sacó la primera gota de jugo. Empecé a sentir un cosquilleo en la boca, por empatía.

—¿Y por qué otra razón le arrancaría alguien los dientes a una niña muerta?

—¿Le arrancó los dientes?

—Todos menos la parte posterior de una muela de leche.

Al cabo de otra hora sin resultados y sin obtener mucha más información, dejé a mi compañero, Ronald Kamens («Escriba también la inicial de mi segundo nombre, haga el favor: J.»), y caminé en dirección sur hacia el lugar donde habían hallado el cuerpo de Ann el año anterior. Pasaron quince minutos hasta que el sonido del nombre de Natalie se extinguió del todo. Al cabo de diez minutos más de caminata, oí el ruido de Falls Creek, el reclamo cristalino del agua.

Habría sido una tarea trabajosa transportar a una niña por aquel bosque: las ramas y la hojarasca invaden el camino y las raíces de los árboles sobresalen del suelo. Si Ann era una auténtica niña de Wind Gap, una ciudad que exige feminidad en grado sumo a su sexo débil, seguramente llevaba el pelo largo hasta la cintura. Se le habría enredado en los arbustos del camino. No dejaba de confundir todo el rato las telarañas con cabellos brillantes prendidos de las ramas.

La hierba todavía estaba aplastada en el lugar donde el cuerpo había sido descubierto, removida con un rastrillo en busca de posibles pistas. Había unas cuantas colillas recientes que los curiosos habían dejado allí. Chiquillos aburridos que se asustaban mutuamente con visiones de un loco que aparecía con unos dientes sangrientos en la mano.

En el arroyo había habido una hilera de piedras donde se habría enganchado la cuerda de tender que rodeaba el cuello de Ann, dejándola allí amarrada y flotando a merced de la corriente como los condenados a muerte durante media noche. Ahora solo había agua limpia y lisa que fluía sobre el lecho arenoso. El señor Ronald J. Kamens se había mostrado muy orgulloso al relatarme que los vecinos habían sacado las piedras del arroyo, las habían cargado en la parte de atrás de una camioneta y, una vez en las afueras de la ciudad, las habían destrozado hasta pulverizarlas. Había sido un conmovedor acto de fe, como si con aquella destrucción pudiesen conjurar futuros males y desgracias. Por lo visto, no había funcionado.

Me senté a la orilla del arroyo y coloqué las palmas de las manos sobre el fondo pedregoso. Me llevé una piedra lisa y cálida a la mejilla y la apreté contra ella. Me pregunté si Ann habría ido allí alguna vez cuando estaba viva. A lo mejor la nueva generación de niños y niñas de Wind Gap había encontrado formas más interesantes de matar el tiempo en verano. Cuando yo era pequeña, nadábamos en un lugar río abajo, justo donde unas enormes rocas planas formaban remansos cerrados y poco profundos. Los cangrejos pasaban rozándonos los pies y nosotros nos abalanzábamos sobre ellos, y chillábamos si llegábamos a tocar alguno. Nadie llevaba bañador, eso requería demasiada planificación. En vez de eso, volvíamos a casa pedaleando en bicicleta con los pantalones cortos y las camisetas chorreando, sacudiendo la cabeza como perros empapados.

A veces los chicos mayores, pertrechados con escopetas y cervezas robadas, atravesaban chapoteando la charca en su camino para cazar ardillas voladoras y liebres. De los cinturones les colgaban piezas de carne ensangrentada. Aquellos muchachos, chulitos, siempre cabreados y apestando a sudor, agresivamente ajenos a nuestra existencia, siempre me imponían. Existen diferentes clases de caza, ahora lo sé. El caballero aficionado a la caza mayor con ínfulas de Teddy Roosevelt, que se retira tras un día en el campo con un refrescante gin-tonic, no es la clase de cazador con la que crecí. Los chicos que yo conocía, y que empezaban tan jóvenes, eran cazadores ávidos de sangre: iban detrás de esa sacudida mortal del animal que recibe un disparo, el animal que huye con la agilidad sedosa del agua y que, un segundo después, cae derribado por la bala.

Cuando aún estaba en primaria, tendría unos doce años, entré en la cabaña de caza de un chico vecino, un cobertizo de tablones de madera donde desollaba y descuartizaba a los animales. Tiras de carne húmeda y rosada pendían de varios cordeles, esperando a secarse para convertirse en cecina. La tierra del suelo estaba apelmazada por la sangre. Las paredes estaban cubiertas de fotografías de mujeres desnudas. Algunas se abrían completamente de piernas, otras eran sujetadas por detrás y penetradas. En una foto había una mujer atada, con los ojos vidriosos y los pechos colgando y venosos como uvas, mientras un hombre se la metía por detrás. Podía olerlos a todos en aquel aire espeso y sanguinolento.

Cuando volví a casa esa noche, deslicé un dedo por debajo de las bragas y me masturbé por primera vez, jadeando y asqueada.

2

Happy Hour. Abandoné la búsqueda y me fui al Footh's, el vulgar bar country de la ciudad, antes de dirigirme al 1665 de Grove Street, el domicilio de Betsy y Robert Nash, padres de Ashleigh, de doce años; Tiffanie, de once; la difunta Ann, por siempre nueve, y Bobby Jr., de seis.

Tres niñas hasta tener, por fin, un hijo varón. Mientras tomaba sorbos de bourbon y partía cacahuetes, pensé en la desesperación creciente que debían de haber sentido los Nash cada vez que les nacía una criatura sin pene. Tuvieron a la primera, Ashleigh, que aunque no era un niño, era un bebé tierno y sano. Además, de todos modos siempre habían querido tener dos hijos. A Ashleigh le pusieron un nombre fuera de lo común, escrito de forma extravagante, y le llenaron el ropero de vestidos cursis y recargados. Cruzaron los dedos y volvieron a intentarlo, pero nació Tiffanie. Esa vez se pusieron más nerviosos, y el momento de la bienvenida a casa fue menos triunfal. Cuando la señora Nash volvió a quedarse embarazada, su marido compró un diminuto guante de béisbol para dar al bulto de su vientre un empujoncito en la dirección correcta. No es difícil imaginar el justificado disgusto que sintieron cuando llegó Ann. La castigaron con el nombre de alguna mujer de la familia y ni siquiera le pusieron la «e» extra al final para adornarlo un poco.

Menos mal que llegó Bobby. Tres años después de la decepción que supuso Ann –¿fue el chico un accidente o un último y brioso impulso?–, Bobby se llamó como su padre, fue objeto de adoración absoluta y las niñas se dieron cuenta de lo superfluas que eran. Sobre todo Ann. Nadie necesita una tercera niña. Ahora, en cambio, sí que le prestaban atención.

Me tomé el segundo bourbon de un solo trago, estiré un poco los hombros agarrotados, me di unas palmaditas en las mejillas, me subí en mi enorme Buick azul y deseé haberme tomado una tercera copa. No soy de esa clase de reporteros que disfrutan metiéndose en la vida privada de la gente. Seguramente esa es la razón por la que soy una periodista de segunda fila, pero al menos soy periodista.

Todavía me acordaba del camino para ir a Grove Street. Estaba a dos manzanas por detrás de mi instituto, un lugar con capacidad para que estudiasen todos los chavales en cien kilómetros a la redonda. El instituto de enseñanza secundaria Millard Calhoon se había fundado en 1930, en el último estertor de energía de Wind Gap antes de caer en la Gran Depresión. Le pusieron el nombre del primer alcalde de Wind Gap, un héroe de la guerra de Secesión. Confederado, pero eso no tenía la menor importancia: era un héroe al fin y al cabo. En el primer año de la guerra civil, el señor Calhoon la emprendió a tiros con una tropa entera de yanquis en Lexington, y él solito salvó esa pequeña ciudad de Missouri. (O eso dice la placa que hay en el vestíbulo del instituto.) Atravesó como un rayo corrales y casas de vallas blancas, ahuyentando gentilmente a las azoradas damas para que los yanquis no les hiciesen daño. Hoy se puede ir a Lexington y visitar la casa Calhoon, un buen exponente de la arquitectura de la época donde todavía se ven las marcas de las balas del Norte en los tablones. Las balas sureñas del señor Calhoon, se supone, fueron enterradas con los hombres a los que mataron.

El propio Calhoon murió en 1929, justo cuando se acercaba el centenario de su nacimiento. Estaba sentado en una glorieta —ya desaparecida— en la plaza de la ciudad —que ha sido pavimentada—, agasajado por una banda de música cuando, de repente, se inclinó hacia su esposa de cincuenta y dos años y le dijo: «Hay demasiado ruido». Luego sufrió un infarto de miocardio, cayó hacia delante en la silla y aplastó con sus mejores galas de héroe de guerra los pastelitos del té, decorados con barras y estrellas en su honor.

Siento un cariño especial por Calhoon. Es cierto que a veces hay demasiado ruido.

La casa de los Nash cumplió todas mis expectativas: una pieza de arquitectura genérica de finales de los setenta, como todas las casas de la parte oeste de la ciudad. Era una de esas acogedoras casas unifamiliares de una sola planta que exhiben el garaje como su punto central. Cuando llegué, un niño rubio y desaliñado estaba en el camino de entrada, sentado en un triciclo demasiado pequeño para él y gruñendo por el esfuerzo de pedalear con el vehículo de plástico. Las ruedas se limitaban a dar vueltas en el sitio bajo el peso del niño.

—¿Quieres que te empuje? —dije cuando me bajé del coche.

En general no se me dan bien los niños, pero me pareció que no perdía nada intentándolo. Me miró en silencio durante un segundo y se metió un dedo en la boca. La camiseta se le deslizó hacia arriba cuando su redonda barriguilla se asomó para saludarme. Bobby Jr. parecía tonto y asustadizo. Sí, los Nash habían tenido un varón, pero un hijo decepcionante.

Me acerqué a él. El niño se bajó de un salto del triciclo, que siguió atascado a su cuerpo durante varios pasos, hasta que cayó a un lado y golpeó el suelo.

—¡Papá!

Salió corriendo y chillando en dirección a la casa como si acabara de pellizcarlo.

Cuando llegué a la puerta principal, apareció un hombre. Concentré la vista en algo que había a su espalda, una fuente en miniatura que gorgoteaba en el vestíbulo. Era una fuente con tres niveles en forma de conchas, con la estatua de un niño pequeño en lo alto. Incluso desde el otro lado de la mosquitera, el agua olía a rancio.

–¿En qué puedo ayudarla?

–¿Es usted Robert Nash?

Pareció ponerse en guardia de repente. Seguramente era la primera pregunta que le hizo la policía cuando le comunicaron que su hija estaba muerta.

–Sí, soy Bob Nash.

–Siento molestarle en su casa. Me llamo Camille Preaker, soy de Wind Gap.

–Mmm…

–Pero ahora trabajo en el *Daily Post* de Chicago. Estamos cubriendo la historia… Estamos aquí por Natalie Keene, y por el asesinato de su hija.

Me preparé para que me gritase, me cerrase la puerta en las narices, me insultase o me golpease. Bob Nash se metió las manos en los bolsillos delanteros de los pantalones y apoyó el peso de su cuerpo en los talones.

–Podemos hablar en el dormitorio.

Me sujetó la puerta para que pasara y me adentré en el desorden de la sala de estar, llena de cestos de la colada repletos de sábanas arrugadas y camisetas diminutas. A continuación, pasé junto a un cuarto de baño cuya pieza central era un rollo de papel higiénico vacío en el suelo, y recorrí un pasillo estucado con fotos desvaídas bajo un plastificado mugriento: unas niñas rubias apiñadas en actitud de adoración en torno a un bebé varón; un joven Nash rodeando firmemente el hombro de la flamante novia, cada miembro de la pareja sujetando el mango del mismo cuchillo para cortar la tarta nupcial. Cuando llegué al dormitorio –edredón y cortinas a juego, un tocador ordenado– supe por qué Nash había elegido aquel lugar para nuestra entrevista: era la única parte de la casa donde reinaba cierto grado de civilización, como un puesto fortificado en los márgenes de una selva salvaje.

Nash se sentó en un lado de la cama y yo en el otro. No había sillas. Podríamos haber sido actores de una peli porno amateur, solo que cada uno llevaba en la mano un vaso de Kool-Aid de cereza que Nash había servido para ambos. Era un hombre que cuidaba su aspecto: un bigote recortado, pelo rubio que empezaba a ralear y que se peinaba con gomina, y un polo de color verde brillante metido por dentro de los vaqueros. Di por sentado que era él quien se encargaba de mantener ordenada aquella habitación, pues exhibía la pulcritud exenta de adornos de un soltero que ponía mucho esmero en el orden.

No hicieron falta preliminares para la entrevista, y se lo agradecí. Es como decirle cosas bonitas a tu cita cuando los dos sabéis que vais a acabar en la cama.

—Ann había estado montando en bicicleta todo el verano —empezó a explicar, sin que tuviera que animarlo a hablar—. Todo el verano dando vueltas alrededor de la manzana una y otra vez. Mi esposa y yo no la dejábamos ir más lejos. Solo tenía nueve años. Somos unos padres muy protectores. Pero entonces, justo antes del principio de curso, mi esposa dijo basta. Ann había estado lloriqueando y protestando sin parar, así que mi esposa le dijo que de acuerdo, que podía ir en bici a casa de su amiga Emily. Nunca llegó allí. Eran las ocho de la noche cuando nos dimos cuenta.

—¿A qué hora se había ido?

—Hacia las siete. Así que en algún punto del camino, entre esas diez manzanas, la cogieron. Mi esposa nunca se lo perdonará. Nunca.

—¿Qué quiere decir con eso de que «la cogieron»?

—Ellos, él... quien fuese. El cabrón. El hijo de puta asesino de niños. Mientras mi familia y yo dormimos, mientras usted va por ahí en su coche haciendo su reportaje, ahí fuera hay alguien que busca críos para matarlos. Porque usted y yo sabemos que la pequeña de los Keene no se ha perdido sin más.

Apuró el resto del refresco de un trago y se limpió la boca. Las frases eran buenas, aunque un tanto trilladas. Solía encontrarme con aquello de forma habitual, y en proporción directa con la cantidad de televisión que veía el sujeto en cuestión. No hacía mucho había entrevistado a una mujer cuya hija de veintidós años

31

acababa de ser asesinada por su novio, y me había dicho una frase sacada directamente del episodio de una serie de abogados que daba la casualidad que yo había visto la noche anterior: «Me gustaría decir que lo compadezco, pero me temo que a partir de ahora no podré volver a compadecer a nadie nunca más».

–Y dígame, señor Nash, ¿no sospecha de nadie que quisiera haberle hecho daño a usted o a su familia haciéndole daño a Ann?

–Escuche, yo vendo sillas para ganarme la vida, sillas ergonómicas… por teléfono. Trabajo en una oficina en Hayti, con otros dos compañeros. No veo a nadie. Mi esposa trabaja media jornada como administrativa en la escuela de primaria. Detrás de esta historia no hay ningún melodrama. Simplemente, alguien decidió matar a nuestra hijita. –Dijo la última frase en tono apesadumbrado, como si se hubiese resignado a la idea.

Bob Nash se acercó a la puerta corredera de cristal del dormitorio, que daba a una pequeña terraza. La abrió, pero se quedó dentro.

–A lo mejor lo hizo un homosexual –dijo.

La elección de la palabra era de hecho un eufemismo en aquellos pagos.

–¿Por qué dice eso?

–No la violó. Todo el mundo dice que eso es muy raro en un crimen como este. Yo digo que es lo único bueno de todo esto. Prefiero que la matara a que la violara.

–¿No había ningún indicio de abusos? –pregunté en un murmullo que esperaba que sonase delicado.

–Ninguno. Ni moretones, ni cortes, ningún signo de ninguna clase de… tortura. Solo la estranguló. Le arrancó los dientes. Y no quería decir lo que he dicho antes, eso de que es mejor que la matara a que la violara. Eso ha sido una estupidez. Pero ya sabe lo que quiero decir.

No contesté nada, dejé que la grabadora siguiese runruneando, captando mi respiración, el sonido de los cubitos de hielo de Nash, los golpes de pelota de un partido de voleibol que jugaban en la casa contigua, aprovechando la última luz del día.

—¿Papá?

Una niña rubia y muy guapa, con el pelo recogido en una cola de caballo que le llegaba a la cintura, se asomó por la rendija de la puerta del dormitorio.

—Ahora no, cariño.

—Tengo hambre.

—Puedes prepararte algo —sugirió Nash—. Hay gofres en el congelador. Que Bobby también coma.

La niña se quedó unos segundos más mirando la moqueta y luego cerró la puerta sin hacer ruido. Me pregunté dónde estaría su madre.

—¿Estaba usted en casa cuando Ann se marchó aquella última vez?

Ladeó la cabeza y aspiró aire a través de los dientes.

—No. Volvía a casa desde la oficina de Hayti. Hay una hora de camino. Yo no le hice daño a mi hija.

—No he querido decir eso —mentí—. Me preguntaba si llegó a verla esa noche.

—La vi esa mañana —dijo—. No recuerdo si hablamos o no. Seguramente no. Cuatro críos por la mañana pueden ser demasiado, ¿sabe?

Nash removió el hielo, que casi se había derretido. Se pasó los dedos por el bigote hirsuto.

—Nadie ha sido de gran ayuda hasta el momento —prosiguió—. Vickery está hasta arriba de trabajo. Han asignado a un inspector importante de Kansas City. Es un crío, y un engreído, además. Está contando los días que le quedan para poder largarse. ¿Quiere una foto de Ann?

Pronunció la última frase con un marcado acento sureño. A mí también me pasa si no voy con cuidado. Se sacó de la cartera una foto escolar de una niña con una sonrisa radiante y torcida, y el pelo castaño claro cortado a trasquilones por encima de la barbilla.

—Mi esposa quería ponerle rulos en la cabeza la noche antes de las fotos escolares, pero Ann decidió cortarse el pelo y ya está.

Tenía mucho carácter. Bruta como un niño. En realidad, me sorprende que se la llevaran a ella. Ashleigh siempre ha sido la guapa, ¿sabe? La que la gente suele mirar. —Observó la foto una vez más—. Ann debió de hacerle sudar la gota gorda.

Cuando ya me iba, Nash me dio la dirección de la amiga a la que Ann iba a visitar la noche en que desapareció. Me dirigí hacia allí conduciendo despacio a lo largo de unas cuantas manzanas perfectamente regulares. El lado oeste era la parte más nueva de la ciudad. Se notaba porque el césped era de un verde más brillante, extendido en pedazos pagados por adelantado hacía solo treinta veranos. No era como la hierba oscura, rígida y picuda que crecía delante de la casa de mi madre. Los silbidos salían mejor con esa hierba: se partía una brizna por la mitad, se soplaba y salía un sonido agudo hasta que te empezaban a escocer los labios.

Ann Nash solo habría tardado cinco minutos en llegar a casa de su amiga; se podían añadir otros diez por si había decidido seguir una ruta más larga, desentumecer las piernas a la primera ocasión de verdad de montar en bici ese verano. A los nueve años ya se es demasiado mayor para estar pedaleando siempre alrededor de la misma manzana. ¿Qué habría pasado con la bici?

Circulé despacio por delante de la casa de Emily Stone. Mientras la noche se teñía de azul, vislumbré a una chica que pasaba corriendo por delante de una ventana iluminada. Estaba segura de que los padres de Emily decían a sus amigos cosas como: «Ahora la abrazamos un poquito más fuerte todas las noches». Estaba segura de que Emily se preguntaba adónde se habían llevado a Ann para matarla.

Yo me lo pregunté. Arrancar veintitantos dientes, no importa lo pequeño que sea el cuerpo ni si estaba ya sin vida, es una tarea ardua. Tenían que haberlo hecho en un sitio especial, en algún lugar seguro para que la persona pudiese tomarse unos minutos de respiro de vez en cuando.

Miré la fotografía de Ann, cuyos bordes se doblaban hacia dentro como para protegerla. El corte de pelo desafiante y aquella

34

sonrisa me recordaron a Natalie. También me caía bien aquella chica. Guardé la foto en la guantera del coche. A continuación me remangué la camisa y, con un bolígrafo azul, escribí su nombre completo, Ann Marie Nash, en la parte interna de mi antebrazo.

No me metí en ningún camino de entrada para cambiar de sentido, que era lo que necesitaba. Me figuré que allí la gente ya estaba lo bastante nerviosa sin necesidad de ver coches desconocidos dando vueltas, así que en vez de hacer eso giré a la izquierda al final de la manzana y tomé el camino más largo para ir a casa de mi madre. Estuve sopesando la posibilidad de llamarla primero por teléfono, pero a tres manzanas de la casa decidí no hacerlo. Era demasiado tarde para llamar, un intento demasiado torpe de ser cortés: una vez atravesada la frontera del estado, no se llama por teléfono para preguntar si puede uno alojarse en casa de alguien.

La gigantesca casa de mi madre está en el punto más meridional de Wind Gap, en la sección donde vive la gente más adinerada, si es que tres manzanas pueden considerarse una sección de una ciudad. Mi madre vive —y durante una época yo también— en una recargada mansión victoriana con su terraza balaustrada, una galería que da la vuelta a toda la casa, un porche de verano en la parte de atrás y una cúpula que lo corona todo. Está llena de rincones y recovecos extrañamente intricados. Los victorianos, sobre todo los victorianos del Sur, necesitaban muchísimo espacio para mantenerse alejados los unos de los otros, para esquivar la tuberculosis y la gripe, para escapar de la lujuria voraz y protegerse de las emociones contagiosas poniendo paredes de por medio. Siempre es bueno disponer de más espacio.

La casa está en la cima de una colina con una cuesta muy pronunciada. En primera, puedes llegar a lo alto del viejo camino de entrada, donde un porche cubierto evita que los coches se mojen cuando llueve. O se puede aparcar al pie de la colina y subir andando los sesenta y tres escalones hasta lo alto, agarrándose a la barandilla de la izquierda, apenas del grosor de un habano. Cuando era niña, siempre subía andando y bajaba corriendo por la rampa del camino. En su momento supuse que la barandilla estaba en el lado izquierdo al subir porque yo soy zurda, y a alguien se le había ocurrido que eso podría resultarme cómodo. Es extraño pensar que alguna vez se me pasara por la cabeza semejante suposición.

Aparqué al pie de la colina para no parecer tan inoportuna. Para cuando llegué arriba, estaba completamente empapada en sudor, por lo que me levanté el pelo, agité un poco la mano en la nuca y me sacudí la camisa un par de veces. Manchas vulgares en las axilas de mi blusa de color azul celeste. Olía, como diría mi madre, «a gloria».

Llamé al timbre, que había sido el maullido de un gato cuando yo era muy joven, pero que en ese momento sonaba más apagado y cortante, como el pitido que se oye en los cuentos de audio para niños cuando llega el momento de pasar la página. Eran las nueve y cuarto, lo bastante tarde como para que ya se hubieran acostado.

—¿Quién es, por favor? —se oyó la voz aflautada de mi madre al otro lado de la puerta.

—Hola, mamá. Soy Camille. —Intenté mantener un tono sereno.

—Camille… —Abrió la puerta y se quedó de pie en el umbral; no parecía sorprendida, y tampoco me dio un abrazo, ni siquiera el torpe abrazo que yo había imaginado—. ¿Ha pasado algo?

—No, mamá, no pasa nada. Estoy en la ciudad por trabajo.

—Trabajo. ¿Trabajo? Bueno, caramba, lo siento, cariño, pasa, pasa. Me temo que la casa no está para recibir visitas.

La casa estaba perfecta, incluyendo las docenas de tulipanes cortados en los jarrones de la entrada. El aire estaba tan cargado de polen que me lloraron los ojos. Por supuesto, mi madre no me preguntó qué clase de trabajo podía haberme llevado nada menos que hasta Wind Gap. Rara vez hacía preguntas de ninguna clase. O bien se trataba de un celo exagerado por la intimidad del prójimo o simplemente nada le importaba demasiado. No voy a decir por cuál de las dos opciones me inclinaba.

36

—¿Quieres algo de beber, Camille? Alan y yo nos estábamos tomando un amaretto sour. —Señaló la copa que llevaba en la mano—. Le he puesto un poquito de Sprite, para mitigar el dulzor. Pero también tengo zumo de mango, vino, té dulce o agua helada. O soda. ¿Dónde te alojas?

—Pues ya que lo preguntas… Esperaba poder quedarme aquí. Solo serán unos días.

Una rápida pausa mientras sus largas uñas, de un rosa transparente, repiqueteaban contra el cristal.

—Bueno, eso no será ningún problema, estoy segura. Pero podrías haber llamado para decírmelo. Así te habría preparado la cena o algo. Ven a saludar a Alan. Estamos en el porche de atrás.

Echó a andar por el pasillo —luminosos salones blancos y salas de estar y de lectura florecían por todas partes— y me quedé mirándola. Era la primera vez que nos veíamos desde hacía casi un año. Yo llevaba el pelo distinto, me lo había teñido de castaño a rojo, pero no pareció darse cuenta. Ella, en cambio, estaba exactamente igual; no parecía mucho mayor de lo que yo soy ahora, a pesar de que está a punto de cumplir los cincuenta. Un cutis pálido y brillante, con el pelo largo y rubio y ojos azul claro. Era como la muñeca favorita de una niña, de esas con las que no se juega. Llevaba un vestido rosa y largo de algodón, con zapatillas blancas. Removía el amaretto sour sin derramar ni una sola gota.

—Alan, ha venido Camille.

Desapareció en la cocina de la parte posterior, la más pequeña de las dos, y oí cómo vaciaba una bandeja metálica de cubitos de hielo.

—¿Quién?

Me asomé por la esquina y esbocé una sonrisa.

—Camille. Siento mucho presentarme así, de improviso.

Se diría que una preciosidad como mi madre había nacido para estar con una antigua estrella de fútbol americano; habría hecho muy buena pareja con un gigante musculoso y con bigote. Alan era, si es que eso era posible, más delgado que mi madre, con unos pómulos que le sobresalían de la cara de forma tan alta y prominente que los ojos parecían dos almendras rasgadas. Me daban ganas de ponerle un suero intravenoso cuando lo veía. Siempre iba muy peripuesto, incluso para tomarse una copa en casa con mi madre. En ese momento estaba sentado, con las piernas de palillo asomándole bajo los shorts de safari blancos, con un suéter azul celeste encima de una camisa Oxford recién planchada. No sudaba en absoluto. Alan es lo opuesto a la humedad.

–Camille, es un placer. Un verdadero placer –murmuró con su monótona cantinela–. Desplazarte hasta aquí, tan lejos, hasta Wind Gap nada menos. Creía que tenías una moratoria de algún tipo al sur de Illinois.

 –La verdad es que he venido por trabajo.

–Por trabajo.

Sonrió. Era lo más parecido a una pregunta que me iba a hacer.

Mi madre reapareció; se había recogido el pelo con un lazo de color azul claro, como Wendy Darling en versión adulta. Me puso una copa helada de burbujeante amaretto en la mano, me dio un par de palmaditas en el hombro y fue a sentarse lejos de donde yo estaba, junto a Alan.

–Es por lo de esas niñas, Ann Nash y Natalie Keene –expliqué–. Estoy escribiendo un reportaje sobre el caso para el periódico.

–Oh, Camille… –me hizo callar mi madre, apartando la mirada.

Cuando mi madre está molesta, tiene un modo muy peculiar de exteriorizarlo: se tira de las pestañas. A veces se le caen. Durante unos años especialmente difíciles, cuando yo era niña, se quedó sin una sola pestaña, y sus ojos eran de un rosa pegajoso, vulnerables como los de un conejo de laboratorio. En invierno, derramaban hilillos de lágrimas cada vez que salía de casa, lo cual no ocurría muy a menudo.

–Es el reportaje que me han asignado.

–Por Dios, menudo reportaje… –dijo, con los dedos suspendidos junto a los ojos. Se rascó la piel justo debajo y luego se llevó la mano al regazo–. ¿Es que esos padres no lo están pasando ya lo bastante mal para que encima vengas tú a anotarlo todo y contárselo al mundo entero? ¡«En Wind Gap asesinan a sus niños»! ¿Es eso lo que quieres que piense la gente?

—Una niña ha sido asesinada y otra ha desaparecido. Y sí, mi trabajo es hacer que la gente lo sepa.

—Yo conocía a esas niñas, Camille. Lo estoy pasando muy mal, como puedes imaginar. Niñas asesinadas. ¿Quién puede hacer una cosa así?

Di un sorbo a mi copa. Unos gránulos de azúcar se me pegaron a la lengua. No estaba preparada para hablar con mi madre. Sentía que la piel me hormigueaba.

—No me quedaré muchos días. De verdad.

Alan se arregló los puños del suéter y pasó la mano por una arruga de los shorts. Su contribución a nuestras conversaciones generalmente se materializaba en forma de pequeños ajustes: un cuello de la camisa metido por dentro o una pierna cruzada hacia el otro lado.

—Es que no puedo permitir que se hable de eso a mi alrededor —dijo mi madre—. De unas pobres niñas a las que se ha hecho daño. No me expliques lo que estás haciendo, no me cuentes nada de lo que sepas. Yo, por mi parte, fingiré que has venido aquí a pasar unos días de vacaciones.

Resiguió el entramado del mimbre de la silla de Alan con la yema del dedo.

—¿Cómo está Amma? —pregunté para cambiar de tema.

—¿Amma? —Mi madre pareció alarmarse, como si se acabara de acordar de repente de que había olvidado a su hija en alguna parte—. Está bien, arriba, durmiendo. ¿Por qué lo preguntas?

Supe por los pasos que oí arriba —correteando arriba y abajo por la segunda planta, de la sala de juegos a la de costura y luego a la ventana del pasillo con las mejores vistas para espiar el porche de la parte de atrás— que Amma, desde luego, no estaba dormida, pero no me molestó que quisiera evitarme.

—Solo quería ser educada, mamá. También sabemos hacer eso en el norte.

Sonreí para que viese que solo trataba de bromear, pero enterró la cara en su copa. Cuando volvió a levantarla, estaba sonrosada y con una expresión decidida.

—Quédate todo el tiempo que quieras, Camille, de verdad —dijo—. Pero tendrás que ser amable con tu hermana. Esas niñas eran sus compañeras de colegio.

—Estoy deseando poder conocerla mejor —murmuré—. Y decirle que siento mucho su pérdida.

No supe resistirme a pronunciar esas últimas palabras, pero mi madre no percibió el dejo de amargura.

—Dormirás en la habitación que hay junto a la sala de estar. Tu antiguo dormitorio. Tiene bañera. Compraré fruta fresca y pasta de dientes. Y bistecs. ¿Comes bistecs?

Cuatro horas de sueño inquieto, como si estuviera dentro de una bañera con los oídos medio sumergidos. Me incorporaba de golpe en la cama cada veinte minutos, con el corazón latiendo tan fuerte que me preguntaba si no eran los latidos los que me despertaban. Soñé que estaba haciendo las maletas para irme de viaje y luego me daba cuenta de que había escogido la ropa equivocada, jerséis para unas vacaciones de verano. Soñé que había entregado a Curry un reportaje equivocado antes de irme: en lugar de la historia de la desgraciada de Tammy Davis y sus cuatro hijos encerrados, habíamos publicado un artículo de lo más ñoño sobre el cuidado de la piel.

Soñé que mi madre estaba cortando una manzana en rodajas, las ponía sobre unos trozos gruesos de carne y luego me los daba, despacio y con ternura, porque me estaba muriendo.

Justo después de las cinco de la mañana, finalmente aparté las sábanas. Me lavé el nombre de Ann del brazo, pero sin saber bien cómo, entre el momento de vestirme, cepillarme el pelo y ponerme un poco de pintalabios, había escrito el nombre de Natalie Keene en su lugar. Decidí no borrarlo para que trajera suerte. Fuera, el sol acababa de salir, pero la manija de la puerta de mi coche ya estaba caliente. Tenía la cara entumecida por la falta de sueño y abrí mucho los ojos y la boca, como el grito aterrorizado de una actriz de serie B. Estaba previsto que la partida de búsqueda se reuniese a las seis de la mañana para continuar rastreando el bosque. Yo quería conseguir unas palabras de Vickery antes de que empezase la jornada, por lo que mantener vigilada la comisaría de policía me pareció una apuesta segura.

Main Street parecía desierta al principio, pero en cuanto salí del coche vi a dos personas unas manzanas más abajo. Se trataba de una escena que no tenía ningún sentido: una anciana sentada en mitad de la acera, con las piernas separadas, mirando fijamente hacia el lateral de un edificio, mientras un hombre se inclinaba sobre ella. La mujer negaba frenéticamente con la cabeza, como una niña rechazando comida. Pataleaba y estiraba las piernas en unos ángulos que sin duda debían de dolerle. ¿Una mala caída? Un ataque al corazón, tal vez. Me acerqué con paso enérgico hacia ellos y oí su intercambio de murmullos entrecortados.

El hombre, de pelo blanco y cara ajada, levantó la cabeza y me miró con ojos lechosos.

—Que venga la policía —dijo. La voz se le quebró—. Y llame a una ambulancia.

—¿Qué pasa? —exclamé, pero en ese momento lo vi.

Encajado en el espacio de apenas treinta centímetros que separaba la ferretería del salón de belleza, había un cuerpo diminuto, encarado hacia la acera. Era como si se hubiera sentado allí a esperarnos, con sus ojillos marrones abiertos como platos. Reconocí los rizos salvajes, pero la sonrisa había desaparecido. Los labios de Natalie Keene se hundían alrededor de sus encías formando un pequeño círculo. Parecía una muñequita de plástico, de esas que son como recién nacidos con un agujerito en la boca para darles el biberón. Ahora Natalie no tenía dientes.

La sangre me subió rápidamente a la cara y una oleada de sudor me empapó la piel. Me flaquearon las piernas y los brazos, y por un segundo creí que me iba a desplomar en el suelo junto a la mujer, que en ese momento rezaba en silencio. Retrocedí unos pasos, me apoyé en un coche aparcado y me llevé los dedos al cuello, instando a mi pulso acelerado a que se calmase. Mis ojos recogieron imágenes en una sucesión de destellos inconexos: la mugrienta punta de goma del bastón del anciano, un lunar rosado en la nuca de la mujer, la tirita en la rodilla de Natalie Keene... Sentí la quemazón de su nombre bajo la manga de mi camisa.

Luego se oyeron más voces, y el comisario Vickery se acercó corriendo acompañado por un hombre.

–Mierda –masculló Vickery al ver a Natalie–. ¡Mierda! ¡Joder!

Apoyó la cara contra el muro de ladrillo del salón de belleza y tomó aliento. El otro hombre, más o menos de mi edad, se agachó junto a Natalie. Una línea de color púrpura amoratado rodeaba el cuello de la niña, y el hombre apretó con los dedos justo por encima para comprobar el pulso. Una maniobra dilatoria mientras recobraba la compostura: era obvio que estaba muerta. El inspector importante de Kansas City, supuse, el tipo engreído.

Sin embargo, consiguió convencer a la mujer para que interrumpiese sus rezos y explicase con calma su relato del descubrimiento del cadáver. Ambos eran marido y mujer, los propietarios del restaurante cuyo nombre no recordaba el día anterior. Broussard. Se dirigían al establecimiento para abrir para el desayuno cuando la habían encontrado. Llevarían allí unos cinco minutos cuando yo aparecí.

Llegó un agente de uniforme y se tapó la cara con las manos cuando vio por qué habían reclamado su presencia.

–Voy a tener que pedirles que acompañen al oficial a la comisaría para prestar declaración –explicó Kansas City–. Bill...

Su voz estaba impregnada de una severidad paternal. Vickery estaba arrodillado junto al cuerpo, inmóvil. Movía los labios como si también estuviera rezando. Hubo que repetir su nombre dos veces para que contestase.

–Ya te he oído, Richard. Podrías mostrar algo de humanidad.

Bill Vickery rodeó a la señora Broussard con los brazos y le murmuró algo al oído hasta que ella le dio unas palmaditas en la mano.

Permanecí dos horas sentada en una habitación de color amarillo huevo mientras el agente transcribía mi declaración. Durante todo ese tiempo no dejé de pensar en la autopsia que le practicarían a Natalie, y en cómo me gustaría entrar y ponerle una tirita limpia en la rodilla.

3

Mi madre asistió al funeral vestida de azul. El negro era desolador y cualquier otro color era indecente. También vistió de azul en el entierro de Marian, al igual que la propia Marian. Le sorprendió mucho que no me acordara de eso. Yo recordaba que habían enterrado a Marian con un vestido rosa claro. Pero no era ninguna sorpresa: mi madre y yo no solemos coincidir en nada que tenga que ver con mi hermana muerta.

La mañana del entierro, Adora entraba y salía taconeando de las habitaciones, poniéndose un poco de perfume en una, abrochándose un pendiente en otra. Yo la observaba mientras tomaba un café negro y caliente que me quemaba la lengua.

—No los conozco demasiado bien —comentó—. La verdad es que eran muy reservados, pero pienso que toda la comunidad debería ofrecerles su apoyo. Natalie era un encanto. La gente se portó tan bien conmigo cuando…

Caída de ojos nostálgica. Podría haber sido incluso un gesto genuino.

Llevaba cinco días en Wind Gap y Amma seguía siendo una presencia invisible. Mi madre no la mencionaba. Yo tampoco había conseguido hasta entonces ni una sola palabra de los Keene, ni había obtenido permiso de la familia para asistir al funeral, pero Curry quería la cobertura del entierro a toda costa, más que cualquier otra cosa en el mundo, y yo quería demostrarle que podía ocuparme de aquello. Supuse que los Keene nunca se enterarían. Nadie lee nuestro periódico.

Saludos en murmullos y abrazos perfumados en la parroquia de Nuestra Señora de los Dolores, unas cuantas mujeres que me saludaron educadamente con la cabeza, intercambiaron comentarios susurrados sobre mi madre (qué valiente ha sido Adora viniendo) y se apartaron para hacerle sitio. Nuestra Señora de los Dolores es una parroquia católica de los setenta muy luminosa y brillante, de color oro envejecido y enjoyada como un anillo de una tienda de baratijas. Wind Gap es un minúsculo reducto de catolicismo en una región de baptistas sureños recalcitrantes, ya que la ciudad fue fundada por una panda de irlandeses. Todos los McMahon y los Malone llegaron a Nueva York durante la hambruna de la patata, fueron explotados generosamente y luego, si eran listos, se dirigieron hacia el oeste. Pero los franceses ya reinaban en Saint Louis, así que se encaminaron hacia el sur y fundaron allí sus propias ciudades. Sin embargo, años más tarde fueron expulsados sin contemplaciones durante la Reconstrucción. Missouri, un lugar siempre conflictivo, intentaba deshacerse de sus raíces sureñas y reinventarse a sí mismo como un estado no esclavista, así que echaron a los vergonzantes irlandeses junto con otros indeseables. Pero dejaron tras sí su religión.

Faltaban diez minutos para el funeral y se estaba formando una cola para acceder a la iglesia. Examiné a los ocupantes de los bancos atestados del interior. Allí pasaba algo raro: no había un solo niño dentro de la iglesia. No había críos con pantalones oscuros jugando con camiones de juguete entre las piernas de sus madres, ni niñas meciendo en sus brazos muñecas de trapo. No había un solo rostro menor de quince años. No sabía si era por respeto hacia los padres o como una especie de defensa impelida por el miedo: una reacción instintiva para evitar que escogiesen a sus hijos como futuras presas. Me imaginé a centenares de hijos e hijas de Wind Gap escondidos en habitaciones oscuras, chupándose el dorso de la mano mientras veían la televisión y trataban de pasar inadvertidos.

Sin niños que atender, los asistentes al funeral parecían estáticos, como recortables de cartón que guardaran el sitio a las personas de carne y hueso. Al fondo vi a Bobby Nash vestido con un traje oscuro. Seguía sin haber rastro de la esposa. Me saludó con la cabeza y luego frunció el ceño.

Los tubos del órgano exhalaron los tonos apagados del «Be Not Afraid», y los familiares de Natalie Keene, que hasta entonces habían estado llorando, abrazándose y moviéndose nerviosamente cerca de la puerta como un único y enorme corazón desfalleciente, empezaron a desfilar todos juntos hacia el interior de la iglesia. Solo hacían falta dos hombres para transportar el ataúd, de un blanco reluciente. De haber habido más, se habrían tropezado unos con otros.

La madre y el padre de Natalie encabezaban el cortejo fúnebre. Ella era casi ocho centímetros más alta que él, una mujer grande, de aspecto afable y con el pelo rubio rojizo peinado hacia atrás y sujeto con una diadema. Tenía una cara franca, de esas que animarían a un extraño a pedirle indicaciones para llegar a algún sitio o a preguntarle la hora. El señor Keene era menudo y delgado, con una cara redonda de niño que parecía aún más redonda por unos lentes de montura metálica semejantes a las dos ruedas de una bicicleta de oro. Detrás de ellos caminaba un chico muy guapo de unos dieciocho o diecinueve años, con la cabeza morena inclinada sobre el pecho, sollozando. El hermano de Natalie, susurró una mujer a mis espaldas.

Unas lágrimas resbalaron por las mejillas de mi madre y cayeron con cadencia sonora en el bolso de piel que sostenía en el regazo. La mujer sentada junto a ella le dio unas palmaditas en la mano. Saqué el bloc del bolsillo de mi chaqueta y empecé a tomar notas, hasta que mi madre apoyó su mano en la mía y me susurró:

—Eso es una falta de respeto, me estás avergonzando. Para o tendré que echarte. Dejé de escribir, pero no guardé el cuaderno, sintiéndome rabiosamente desafiante. Pese a todo, no pude evitar sonrojarme.

El cortejo fúnebre pasó por nuestro lado. El ataúd parecía ridículamente pequeño. Me imaginé a Natalie en el interior y volví a verle las piernas: el vello aterciopelado, las rodillas huesudas, la tirita… Me estremecí de dolor una sola vez, fuerte, como el punto que se teclea al final de una frase.

Mientras el sacerdote murmuraba las plegarias del principio de la misa con sus mejores vestiduras, y nosotros nos levantábamos y nos sentábamos y nos volvíamos a levantar, repartieron tarjetas de oración. En la parte delantera, la Virgen María sonreía con el corazón rojo intenso al Niño Jesús. En el dorso aparecía la siguiente inscripción:

Natalie Jane Keene
Queridísima hija, hermana y amiga
En el cielo hay ahora un nuevo ángel

Cerca del ataúd había colgada un foto enorme de Natalie, más formal que la que había visto antes. Era una cosita tierna y más bien feúcha, con la barbilla puntiaguda y unos ojos ligeramente saltones, la clase de niña que de mayor podría haberse convertido en una chica de una belleza rara. Podría haber hecho las delicias de los hombres contándoles la historia del patito feo, que de hecho habría sido verídica. Aunque también podría haber seguido siendo una cosita tierna y más bien feúcha. A los diez años, el aspecto físico de una niña aún puede cambiar mucho.

La madre de Natalie se acercó al altar con un trozo de papel en la mano. Tenía la cara húmeda, pero su voz era firme cuando empezó a hablar.

—Voy a leer una carta para Natalie, mi única hija. —Inspiró con gesto trémulo y las palabras salieron a raudales—: «Natalie, eras mi niña del alma. No me puedo creer que te hayan arrebatado de nuestro lado. Nunca más te cantaré hasta que te duermas, ni te haré cosquillas en la espalda con los dedos. Tu hermano nunca más te tirará de las coletas, ni tu padre te subirá a su regazo. Tu padre no te llevará del brazo por el pasillo hasta el altar. Tu hermano nunca será tío. Te echaremos de menos en nuestras comidas de los domingos y en las vacaciones de verano. Echaremos de menos tu risa. Echaremos de menos tus lágrimas. Pero sobre todo, mi queridísima hija, te echaremos de menos a ti. Te queremos, Natalie».

Cuando la señora Keene se dirigió de vuelta a su asiento, su marido corrió a su lado, pero no parecía necesitar que la sostuvieran. En cuanto se hubo sentado, el hijo volvió a echarse en sus brazos, llorando en el hueco de su cuello. El señor Keene pestañeó con furia mirando los bancos que había detrás de él, como si buscara a alguien a quien pegar.

—Perder a una hija es una tragedia horrible —entonó el sacerdote—. Y es doblemente horrible perderla en circunstancias tan atroces. Porque son verdaderamente atroces. La Biblia dice: «Ojo por ojo y diente por diente». Pero no podemos vivir con ánimo de venganza. En su lugar, debemos pensar en lo que predicó Jesús: «Amad al prójimo». Seamos buenos con nuestros vecinos en estos momentos tan difíciles. Alcemos nuestros corazones hacia el Señor.

—Me gustaba más lo del ojo por ojo —murmuró un hombre detrás de mí.

Me pregunté si a alguien más le habría perturbado lo del diente por diente.

Cuando salimos de la iglesia a la luz del día, vi a cuatro chicas sentadas en fila en un muro bajo al otro lado de la calle. Largas piernas de potrillo colgando y pechos redondeados por los sujetadores de realce. Eran las mismas chicas con las que me había cruzado a la entrada del bosque. Estaban apiñadas unas contra otras y se reían, hasta que una de ellas, otra vez la más guapa, hizo un gesto en mi dirección y todas simularon agachar la cabeza. Pero por dentro seguían riéndose.

Enterraron a Natalie en la parcela familiar, junto a una lápida que ya llevaba los nombres de sus padres. Ya sé lo que se suele decir, que nadie debería ver morir a un hijo, que es algo que va en contra de las leyes de la naturaleza. Sin embargo, lo cierto es que es el único modo de conservar a un hijo: los niños crecen, forjan alianzas más poderosas, encuentran un cónyuge o un amante. No se les entierra con los padres. Los Keene, sin embargo, seguirán siendo la forma más pura de familia. Bajo tierra.

Después del funeral, la gente se congregó en el hogar de los Keene, una enorme granja de piedra, una versión adinerada de la América bucólica. No había nada parecido en todo Wind Gap. El dinero de Missouri suele desvincularse de lo bucólico, de semejante pintoresquismo campestre. No olvidemos que, en la América colonial, las mujeres pudientes llevaban discretos tonos azules y grises para contrarrestar su vulgar imagen de Nuevo Mundo, mientras que sus homólogas en Inglaterra se emperifollaban como aves exóticas. En resumen, la casa de los Keene era demasiado estilo Missouri como para ser propiedad de alguien de Missouri.

En la mesa del bufet había básicamente carnes: pavo y jamón, ternera y venado. Había pepinillos en vinagre y aceitunas, huevos rellenos con salsa picante, panecillos duros y relucientes, y tartas de carne estofada. Los asistentes se dividieron en dos grupos: los que lloraban y los que no. Los estoicos se quedaron de pie en la cocina, tomando café y licor y hablando de las próximas elecciones municipales y del futuro de las escuelas, haciendo alguna que otra pausa ocasional para protestar, en voz baja y enérgica, por los escasos progresos en la investigación de los asesinatos.

—Os juro que si veo a alguien acercarse a mis hijas, le pego un tiro al hijo de puta antes de que le dé tiempo a abrir la boca —dijo un hombre con cara en forma de pera, al tiempo que agitaba un sándwich de rosbif.

Sus amigos asintieron, dándole la razón.

–No sé por qué coño Vickery no despeja el puto bosque. Joder, que tale toda la jodida zona. Todos sabemos que el tío que lo hizo se esconde ahí –intervino un hombre más joven con el pelo anaranjado.

–Donnie, mañana mismo iré allí contigo –dijo el hombre de la cara de pera–. Lo rastrearemos todo centímetro a centímetro. Encontraremos a ese hijo de puta. ¿Queréis venir?

Los demás hombres mascullaron un asentimiento y siguieron bebiendo licor en sus vasitos de plástico. Me planteé pasarme a la mañana siguiente por las carreteras que rodeaban el bosque para ver si las resacas habían dado paso a la acción o no, pero ya me imaginaba las avergonzadas llamadas telefónicas por la mañana:

–¿Vas a ir?

–Bueno, no sé… supongo. ¿Y tú?

–Verás, es que le prometí a Maggie que hoy quitaría las contraventanas…

Quedarían para tomar una cerveza más tarde y colgarían los auriculares muy despacio para así suavizar el clic de culpabilidad.

Los que lloraban, en su mayoría mujeres, lo hacían en el salón principal, en sofás de felpa y otomanas de cuero. El hermano de Natalie estaba allí, temblando en brazos de su madre, quien lo acunaba y lloraba en silencio mientras acariciaba el oscuro cabello de su hijo. Un chico muy tierno, llorando así, tan abiertamente… Nunca había visto nada parecido. Las señoras se acercaban a ofrecerles comida en platos de papel, pero tanto la madre como el hijo se limitaban a negar con la cabeza. Mi madre revoloteaba a su alrededor como una urraca frenética, pero ellos ni siquiera se daban cuenta y no tardó en regresar junto a su círculo de amistades. El señor Keene estaba de pie en un rincón, en compañía del señor Nash, ambos fumando en silencio.

Algunos rastros recientes de Natalie seguían diseminados por toda la habitación. Un pequeño suéter gris doblado sobre el respaldo de una silla, un par de zapatillas deportivas con cordones de color azul brillante junto a la puerta. En uno de los estantes había una libreta de espiral con un unicornio en la parte de delante, y en un revistero, un ejemplar gastado y con las esquinas dobladas de *Una arruga en el tiempo*.

Me comporté fatal. No me acerqué a la familia, no me presenté; me paseé por su casa espiando, agachando la cabeza sobre mi cerveza como un fantasma avergonzado. Vi a Katie Lacey, mi mejor amiga en el instituto Calhoon, con su propio círculo de amistades, todas con el pelo perfecto, el reflejo exacto del grupo de mi madre solo que veinte años más joven. Me dio un beso en la mejilla cuando me acerqué.

—Me he enterado de que estabas en la ciudad; esperaba que me llamases —dijo.

Frunció sus cejas perfectamente depiladas al mirarme y luego me empujó hacia las otras tres mujeres, que se arremolinaron para darme unos torpes abrazos. Todas habían sido amigas mías en algún momento, supongo. Intercambiamos palabras de condolencia y murmuramos lo triste que era todo aquello. Angie Papermaker (de soltera Knightley) parecía seguir luchando todavía contra la bulimia que tanto la había afectado en el instituto: tenía el cuello fino y nervudo de una anciana. Mimi, una niña rica y malcriada (su padre era el dueño de cientos de hectáreas para la cría de pollos en Arkansas) a quien yo nunca le había caído demasiado bien, me preguntó por Chicago e inmediatamente se volvió para hablar con la pequeña y dulce Tish, quien había decidido sostenerme la mano en un gesto reconfortante aunque peculiar.

Angie me anunció que tenía una hija de cinco años: su marido estaba en casa con su pistola, vigilándola.

—Va a ser un verano muy largo para los pequeños —murmuró Tish—. Creo que todo el mundo va a encerrar a sus hijos a cal y canto.

Me acordé de las chicas que había visto en el funeral, no mucho mayores que Natalie, y me pregunté por qué sus padres no estaban preocupados.

—¿Tú tienes hijos, Camille? —me preguntó Angie, con un hilo de voz tan fino como su cuerpo—. Ni siquiera sé si estás casada.

—No y no —contesté.

Di un trago a mi cerveza y recordé una imagen de Angie vomitando en mi casa después de clase, y saliendo después del cuarto de baño, sonrosada y triunfante. Curry se equivocaba: ser de Wind Gap era algo que me impedía concentrarme, en lugar de ser una ventaja.

—¡Chicas, no podéis acaparar a la forastera toda la noche!

Me volví y vi a una de las amigas de mi madre, Jackie O'Neele (de soltera O'Keefe), que a todas luces acababa de hacerse un lifting. Todavía tenía los ojos hinchados y la cara húmeda, roja y tirante, como un bebé luchando furiosamente por salir del útero. Lucía varios diamantes en sus dedos bronceados y olía a chicle Juicy Fruit y a polvos de talco cuando me abrazó. Tenía la sensación de que la velada empezaba a parecerse demasiado a un reencuentro, y también de haber hecho una regresión a la infancia: ni siquiera me había atrevido a sacar mi bloc de notas con mi madre aún allí, lanzándome miradas de advertencia.

—Cariño, estás guapísima… —ronroneó Jackie.

Tenía la cabeza en forma de melón, cubierta por un pelo decolorado en exceso, y esbozaba una sonrisa insinuante. Jackie era maliciosa y superficial, pero siempre era ella misma, de pies a cabeza. También se sentía más cómoda conmigo que mi propia madre. Fue Jackie, y no Adora, quien me dio mi primera caja de tampones, guiñándome un ojo y diciéndome que la llamase si necesitaba instrucciones, y era Jackie quien siempre se metía conmigo gastándome bromas con el tema de los chicos. Pequeños gestos de gran envergadura.

—¿Cómo estás, corazón? Tu madre no me había dicho que estabas en la ciudad. Aunque la verdad es que ahora tu madre no me habla, está enfadada conmigo otra vez por no sé qué razón. Ya sabes cómo es… ¡Pues claro que lo sabes! —Soltó una carcajada ronca de fumadora y me apretó el brazo. Supuse que estaba borracha—. Seguramente se me olvidó mandarle una felicitación o algo por el estilo —siguió parloteando, mientras hacía aspavientos con la mano con la que sujetaba una copa de vino—. O a lo mejor ese jardinero que le recomendé no le acabó de gustar. Me he enterado de que estás escribiendo un reportaje sobre... las niñas. Es tan duro... –Daba tantos saltos en la conversación y hablaba de una forma tan abrupta que tardé un minuto en procesarlo todo. Para cuando empecé a hablar, estaba acariciándome el brazo y mirándome con los ojos llenos de lágrimas–. Camille, corazón, hacía tantísimo tiempo que no te veía... Y ahora te miro y te veo como cuando tenías la misma edad que esas pobres niñas. Y me siento tan triste... Han pasado tantas cosas malas... No lo entiendo, no puedo entenderlo. –Una lágrima le resbaló por la mejilla–. Llámame, ¿quieres? Podemos hablar.

Me fui de la casa de los Keene sin ninguna declaración para mi reportaje. Ya estaba cansada de hablar, y eso que no había dicho gran cosa.

Llamé a los Keene más tarde, después de haber bebido un poco más –me había llevado un vaso de plástico con vodka de su bufet– y cuando ya me sentía aislada por la línea telefónica. Les expliqué quién era y lo que iba a escribir. La conversación no fue muy bien.

Esta es la crónica que escribí esa noche:

> En la pequeña población de Wind Gap, Missouri, los carteles que imploraban el regreso de la niña Natalie Jane Keene, de diez años de edad, seguían colgados en las calles mientras la ciudad enterraba a la pequeña el martes. Un emotivo funeral, en el que el párroco habló de perdón y redención, pero no consiguió apaciguar los nervios ni curar las heridas. Y es que la niña, llena de vida y con un rostro angelical, era la segunda víctima del que la policía sospecha que es un asesino en serie. Un asesino en serie cuyo objetivo son los más pequeños.
>
> «Todos los niños de esta ciudad son maravillosos –afirmó el granjero local Ronald J. Kamens, quien ayudó en las labores de búsqueda de Keene–. No entiendo por qué nos pasa esto a nosotros.»
>
> El cuerpo estrangulado de la pequeña de los Keene fue hallado el 14 de mayo, encajonado en un reducido espacio entre dos edificios de la calle principal de Wind Gap. «Echaremos de menos su risa –ha

declarado Jeannie Keene, de cincuenta y dos años, madre de Natalie—. Echaremos de menos sus lágrimas. Pero sobre todo, echaremos de menos a Natalie.»

Sin embargo, esta no es la primera tragedia que asola Wind Gap, localidad situada en el talón de la bota del estado. El pasado 27 de agosto, el cuerpo de Ann Nash, de nueve años de edad, fue encontrado en un arroyo de la zona, también estrangulado. Iba en bicicleta a ver a una amiga a escasas manzanas de su casa cuando fue secuestrada la noche anterior. Según los informes, el asesino habría arrancado los dientes a ambas víctimas.

Los asesinatos han sembrado el desconcierto en el cuerpo de policía de Wind Gap, formado por cinco agentes. Por su falta de experiencia en crímenes de semejante brutalidad, se ha solicitado ayuda al departamento de homicidios de Kansas City, que ha enviado a un inspector especializado en analizar el perfil psicológico de los asesinos. Sin embargo, los habitantes de la ciudad, cuya población es de 2.120 personas, están seguros de una cosa: la persona responsable de los estrangulamientos no actúa por ningún móvil en particular.

«Ahí fuera hay alguien que va buscando críos para matarlos —ha declarado el padre de Ann, Bob Nash, de cuarenta y un años, vendedor de sillas—. Detrás de esta historia no hay ningún melodrama, ningún secreto. Simplemente, alguien decidió matar a nuestra hijita.»

La extracción de los dientes sigue siendo un misterio, y hasta el momento hay muy pocas pistas. La policía local se ha negado a hacer declaraciones. Hasta que estos asesinatos se resuelvan, Wind Gap protege a los suyos: ha entrado en vigor un toque de queda y se han creado grupos de vigilancia vecinal en esta población, donde hasta ahora siempre había imperado la tranquilidad.

Los habitantes también tratan de cerrar filas. «No quiero hablar con nadie —dice Jeannie Keene—. Solo quiero que me dejen en paz. Queremos que nos dejen en paz a todos.»

Un artículo mediocre para salir del paso, no hace falta que nadie me lo diga. Incluso mientras le enviaba el archivo por correo electrónico a Curry, ya me estaba arrepintiendo de casi todo cuanto había escrito. La afirmación de que la policía atribuía los crímenes a un asesino en serie era pasarse un poco de la raya. Vickery no había dicho nada semejante. La primera declaración de Jeannie Keene la había robado de su panegírico en el funeral. La segunda la obtuve del vitriolo que me arrojó encima cuando se dio cuenta de que mis condolencias telefónicas eran una fachada. Supo que yo planeaba diseccionar el asesinato de su hija, mostrarlo en pedacitos sobre papel de carnicero para que unos desconocidos le hincasen el diente. «¡Queremos que nos dejen en paz a todos! –había gritado–. Hemos enterrado a nuestra pequeña hoy mismo. Debería darle vergüenza.» Pero era una declaración a pesar de todo, una declaración que necesitaba, ya que Vickery se negaba a hablar conmigo.

A Curry el artículo le pareció muy sólido; nada del otro mundo, dicho sea de paso, pero un buen punto de partida. Llegó incluso a dejar mi truculenta frase: «Un asesino en serie cuyo objetivo son los más pequeños». Debería haber eliminado esa frase, yo misma era consciente, pero me gustaba el toque dramático. Curry debía de estar borracho cuando lo leyó.

Me pidió que le enviara un artículo más extenso sobre las familias en cuanto lo tuviera listo. Otra oportunidad para redimirme. Estaba de suerte; por lo visto, en el *Chicago Daily Post* íbamos a tener lo de Wind Gap solo para nosotros un tiempo más: se había destapado un maravilloso escándalo sexual con congresistas que iba a destruir la reputación no solo de un austero miembro de la Cámara, sino de tres. Dos de ellos mujeres. Un asunto morboso y jugoso. Y lo que era aún más importante, había un asesino en serie acechando a una ciudad más glamourosa, Seattle. Entre la lluvia y las cafeterías, alguien se dedicaba a apuñalar a mujeres embarazadas, rajándoles el vientre y reordenando su contenido para formar grotescos retablos por pura diversión personal. Así pues, teníamos la suerte de que los periodistas especializados en esa clase de temas no estuviesen disponibles. Solo quedaba yo, allí tirada en mi cama de cuando era niña.

Al día siguiente, miércoles, dormí hasta tarde, tapada hasta la cabeza por las sábanas y la colcha y empapada en sudor. Me desperté varias veces por el ruido del teléfono, el de la asistenta pasando la aspiradora por delante de la puerta de mi cuarto y el de un cortacésped. Traté desesperadamente de seguir durmiendo, pero el día se empeñaba en seguir hostigándome. Mantuve los ojos cerrados y me imaginé de vuelta en Chicago, en el destartalado catre que tenía por cama en mi estudio, un piso con vistas a la pared de ladrillo de la parte trasera de un supermercado. Tenía una cómoda de cartón comprada en ese mismo supermercado cuando me mudé allí hacía cuatro años, y una mesa de plástico en la que comía con un juego de platos amarillos que no pesaban nada y una cubertería metálica y doblada. Me preocupaba no haber regado mi única planta, un helecho un tanto amarillento que había encontrado en la basura de mis vecinos. Luego me acordé de que había tirado la pobre planta muerta hacía dos meses. Traté de visualizar otras imágenes de mi vida en Chicago: mi cubículo en el trabajo, el portero de mi bloque, que todavía no sabía mi nombre, las insulsas luces verdes de Navidad que el supermercado todavía tenía que quitar... Unos cuantos conocidos que seguramente no se habrían dado cuenta de que me había ido.

Detestaba estar en Wind Gap, pero pensar en mi piso tampoco resultaba demasiado reconfortante.

Saqué una botella de vodka caliente de mi bolsa y volví a meterme en la cama. A continuación, mientras daba pequeños sorbos, eché un vistazo a mi alrededor. Había supuesto que mi madre habría remodelado de arriba abajo mi dormitorio en cuanto me fui de casa, pero lo cierto es que estaba tal y como lo había dejado más de una década atrás. Lamenté haber sido una adolescente tan seria: no había pósters de estrellas de la música pop ni de mis películas favoritas, ni rastro de la típica colección de fotos o ramilletes, esas cosas de chicas. En su lugar había cuadros de veleros, remilgadas escenas pastoriles en colores pastel, un retrato de Eleanor Roosevelt. Este último resultaba particularmente extraño, puesto que yo había sabido muy poco acerca de la señora

Roosevelt, salvo que había sido una persona buena, lo cual supongo que en aquel entonces debió de bastarme. Teniendo en cuenta mis tendencias actuales, habría preferido una fotografía de la mujer de Warren Harding, «la Duquesa», quien anotaba hasta la más mínima ofensa en una libretita roja y se vengaba en consecuencia. Hoy me gusta que las primeras damas sean un poco más corrosivas.

Bebí otro trago de vodka. No había nada que deseara más que volver a quedarme inconsciente, envuelta en la oscuridad, desaparecida. Me sentía vulnerable. Noté cómo me inundaban las lágrimas, como un globo de agua que está a punto de reventar e implora un pinchazo con un alfiler. Wind Gap era perjudicial para mi salud. Aquella casa era perjudicial para mi salud.

Un suave golpe en la puerta, poco más que un repiqueteo.

—¿Sí?

Escondí el vaso de vodka al lado de la cama.

—¿Camille? Soy tu madre.

—¿Sí?

—Te traigo un poco de crema.

Me acerqué a la puerta con una sensación irreal, protegida y envuelta en esa necesaria capa que me había proporcionado el vodka para enfrentarme a aquel lugar en particular aquel día en particular. Había llevado muy bien lo del alcohol durante los seis meses anteriores, pero aquí eso no contaba. Al otro lado de la puerta mi madre acechaba, asomándose con cautela, como si fuera la sala de trofeos de un hijo muerto. Se acercó. Me ofreció un tubo grande de color verde claro.

—Tiene vitamina E. La he comprado esta mañana.

Mi madre cree en los efectos paliativos de la vitamina E, como si untándome la cantidad suficiente yo pudiese volver a ser suave y perfecta de nuevo. No ha funcionado todavía.

—Gracias.

Me examinó con la mirada el cuello, los brazos, las piernas, todo a la vista por la camiseta, lo único que me había puesto para dormir. Luego volvió a mirarme a la cara frunciendo el ceño. Lanzó un suspiro y meneó la cabeza con gesto de resignación. A continuación se limitó a quedarse allí de pie.

−¿Fue muy duro para ti el funeral, mamá?

Aun en ese momento, no pude resistirme a intentar entablar un poco de conversación.

−Sí, sí que lo fue. Había tantas cosas parecidas… Ese ataúd tan pequeño…

−Para mí también fue duro −asentí−. De hecho, me sorprendió lo duro que me resultó. La echo de menos. Todavía. ¿No es raro?

−Lo raro sería que no la echases de menos. Es tu hermana. Es casi tan doloroso como perder un hijo. A pesar de que fueses tan joven. −Abajo, Alan silbaba con gran empeño, pero mi madre parecía no oírlo−. No me gustó demasiado la carta que leyó Jeannie Keene −prosiguió−. Era un funeral, no un mitin electoral. ¿Y por qué iban todos vestidos con una ropa tan informal?

−A mí la carta me pareció bien. Fue muy sentida −señalé−. ¿Tú no leíste nada en el funeral de Marian?

−No, no. Apenas podía sostenerme en pie, no estaba para dar discursos. Me parece increíble que no te acuerdes de eso, Camille. Debería darte vergüenza haber olvidado tantas cosas.

−Yo solo tenía trece años cuando murió, mamá. Acuérdate, era muy joven.

Hacía ya casi veinte años… ¿era posible?

−Sí, bueno. Vamos a dejarlo. ¿Te apetece hacer algo hoy? Los rosales de Daly Park han florecido, si quieres dar un paseo.

−Tendría que ir a la comisaría.

−No digas eso mientras estés en esta casa −espetó−. Di que tienes recados que hacer o amigos a los que visitar.

−Tengo recados que hacer.

−Muy bien. Que tengas un buen día.

Se fue por el suntuoso pasillo, y oí el rápido crujir de los escalones que iban a la planta de abajo.

Me di un baño con poca agua, fresca, con las luces apagadas y otro vaso de vodka en equilibrio sobre el borde de la bañera.

A continuación me vestí y salí al pasillo. La casa estaba muy silenciosa, todo lo silenciosa que permitía su estructura centenaria. Oí el sonido de un ventilador runruneando en la cocina mientras escuchaba desde fuera para asegurarme de que no había nadie dentro. Luego entré, cogí una manzana verde brillante y le di un mordisco al salir de la casa. El cielo estaba completamente despejado.

Fuera, en el porche, vi una aparición: una niña con la cara y la mirada fijas en una gigantesca casa de muñecas, de un metro veinte, diseñada como una réplica exacta de la de mi madre. Una melena larga y rubia caía en una cascada ordenada por su espalda, que es lo que yo veía. Cuando se volvió, me di cuenta de que era la chica con la que había hablado a la entrada del bosque, la misma que se reía con sus amigas delante de la iglesia en el funeral de Natalie. La más guapa.

—¿Amma? —le pregunté, y se echó a reír.

—Pues claro. ¿Quién si no iba a estar jugando en el porche de la casa de Adora con una casita de Adora en miniatura?

La muchacha llevaba un vestido infantil de tirantes y a cuadros, a juego con un sombrero de paja que había a su lado. Aparentaba la edad que tenía, trece años, por primera vez desde que la había visto. Bueno, no. Lo cierto es que en ese momento parecía aún más pequeña. La ropa que llevaba era más adecuada para una niña de diez años. Arrugó la frente cuando vio que la repasaba de arriba abajo.

—Llevo esto por Adora. Cuando estoy en casa, soy su muñequita.

—¿Y cuando no estás en casa?

—Soy otras cosas. Tú eres Camille, mi hermanastra. La primera hija de Adora, antes de… Marian. Tú eres «pre» y yo soy «post». No me reconociste.

—Llevo fuera demasiado tiempo, y Adora dejó de enviar felicitaciones navideñas hace cinco años.

—A lo mejor dejó de enviártelas a ti, porque todavía nos sacamos las malditas fotos. Todos los años, Adora me compra un vestido rojo y verde a cuadros para la ocasión, y en cuanto acabamos lo tiro al fuego.

Sacó un escabel del tamaño de una mandarina del salón de la casa de muñecas y me lo enseñó.

—Ahora hay que cambiarle la tapicería. Adora ha cambiado el patrón de color del melocotón al amarillo. Me prometió que me llevaría a la tienda de tejidos para que pueda hacer nuevas cubiertas a juego. Esta casa de muñecas es mi pequeño capricho.

Casi hizo que sonase natural, «mi pequeño capricho». Las palabras salieron flotando de su boca, dulces y redondas como caramelos de azúcar y mantequilla, murmuradas ladeando un poco la cabeza; pero la expresión era, definitivamente, de mi madre. Su muñequita había aprendido a hablar exactamente como Adora.

—Pues salta a la vista que has hecho un buen trabajo —dije, e hice un leve gesto de despedida con la mano.

—Gracias —contestó. Concentró la mirada en mi habitación dentro de la casa de muñecas. Con suavidad, empujó la cama con un dedito—. Espero que disfrutes de tu estancia aquí —murmuró a la habitación, como si se dirigiera a una Camille diminuta e invisible.

Encontré al comisario Vickery golpeando la abolladura de una señal de stop en la esquina de la Segunda con Ely, una calle tranquila de casas pequeñas a escasas manzanas de la comisaría. Utilizaba un martillo, y con cada uno de los golpes metálicos se estremecía. Ya tenía mojada la espalda de la camisa y las gafas le habían resbalado hasta la punta de la nariz.

—No tengo nada que decir, señorita Preaker.

¡Clonc!

—Ya sé que todo esto le resulta muy molesto, comisario Vickery. Ni yo misma quería que me encargasen este reportaje. Me obligaron porque soy de aquí.

—Y lleva años sin venir, según me han dicho.

¡Clonc!

No le contesté. Me quedé mirando la hierba que crecía a través de una grieta en la acera. Lo de «señorita» me escoció un poco, no sabía si porque se trataba de una deferencia a la que no estaba acostumbrada o por haberlo interpretado como una alusión reprobatoria a mi estado civil: una mujer soltera que pase de los treinta, aunque solo sea por un pelo, era una cosa rara en aquellas latitudes.

—Una persona decente habría dejado su trabajo antes que escribir sobre niñas muertas. —¡Clonc!—. Oportunismo, señorita Preaker.

Al otro lado de la calle, un anciano con un cartón de leche en la mano caminaba arrastrando los pies muy despacio hacia una casa de madera blanca.

—No me siento como una persona muy decente ahora mismo, en eso tiene razón. —No me importaba hacerle un poco la pelota a Vickery. Quería caerle bien, no solo porque eso me facilitaría el trabajo, sino también porque su bravuconería me recordaba a Curry, a quien echaba de menos—. Pero un poco de publicidad podría atraer algo de atención sobre el caso, ayudar a resolverlo. Ha ocurrido en otras ocasiones.

—Maldita sea… —Tiró el martillo al suelo con un golpe sordo y se volvió para mirarme—. Ya hemos pedido ayuda, nos han mandado a un inspector especial de Kansas City que lleva meses con la investigación, yendo y viniendo. Y no ha podido sacar nada en claro, ni una puta pista. Dice que podría ser que algún autoestopista perturbado parase aquí un día, le gustase el lugar y decidiese quedarse una temporada. Bueno, pues esta ciudad no es tan grande, y estoy seguro de no haber visto a nadie que no sea del puto Wind Gap.

Me lanzó una mirada elocuente.

—Por aquí los bosques son muy extensos, y también muy densos —sugerí.

—Esto no lo ha hecho un forastero, y apostaría a que usted también lo sabe.

–Pensaba que preferiría que fuese un extraño.

Vickery suspiró, se encendió un cigarrillo y colocó la mano alrededor del poste de la señal en actitud protectora.

–Joder, pues claro que lo preferiría –dijo–. Pero no soy gilipollas. No he trabajado antes en ningún caso de homicidio, pero no soy ningún idiota.

En ese momento deseé no haber bebido tanto vodka. Mis pensamientos se difuminaban, no lograba retener lo que me estaba diciendo, no podía hacerle las preguntas adecuadas.

–¿Cree usted que alguien de Wind Gap es el responsable de esto?

–Sin comentarios.

–Extraoficialmente, ¿por qué iba alguien de Wind Gap a matar a unas niñas?

–Un día me llamaron porque Ann había matado a la mascota de los vecinos, un pájaro, con un palo que ella misma había afilado con uno de los cuchillos de caza de su padre. En cuanto a Natalie… joder, su familia se trasladó aquí hace dos años porque le clavó unas tijeras en un ojo a una de sus compañeras de clase cuando vivían en Filadelfia. Su padre dejó su trabajo en una empresa importante para que pudieran empezar de cero. En el estado donde se crió su abuelo, en una ciudad pequeña. Como si una ciudad pequeña no tuviese sus propios problemas.

–El menor de los cuales no es precisamente el hecho de que todo el mundo sabe quiénes son las manzanas podridas.

–Exactamente.

–¿Así que cree que esto podría haberlo hecho alguien a quien no le gustan los niños? ¿Y estas niñas en concreto? ¿Tal vez le habían hecho algo y esta ha sido su venganza?

Vickery se pellizcó la punta de la nariz y se rascó el bigote. Volvió a mirar el martillo que había en el suelo y noté cómo se debatía entre recogerlo y mandarme al diablo o seguir hablando. Justo en ese momento, un sedán negro aminoró la marcha junto a nosotros y la ventanilla del asiento del acompañante empezó a bajar antes incluso de que el coche se detuviera. La cara del conductor, oculta tras unas gafas de sol, asomó por la ventanilla para mirarnos.

—Eh, Bill. Pensaba que habíamos quedado en tu despacho ahora.

—Tenía trabajo que hacer.

Era Kansas City. Me miró, bajándose las gafas con un estudiado movimiento. Tenía un mechón de pelo castaño claro que no dejaba de caerle sobre el ojo izquierdo. Azul. Me sonrió con unos dientes perfectos como pastillas de chicle.

—Hola.

Miró a Vickery, quien se agachó deliberadamente para recoger el martillo, y luego volvió a mirarme a mí.

—Hola —contesté.

Me tiré de las mangas de la camisa hasta agarrar las puntas con los dedos y esconder las manos dentro, y apoyé mi peso sobre una pierna.

—Bueno, Bill, ¿quieres que te lleve? ¿O eres de los que van andando a todas partes? También puedo ir a buscar unos cafés y reunirme allí contigo.

—No tomo café, ya deberías saberlo a estas alturas. Estaré ahí dentro de quince minutos.

—A ver si consigues estar allí a las diez, ¿eh? Ya llegamos tarde. —Kansas City me miró una vez más—. ¿Estás seguro de que no quieres que te lleve, Bill?

Vickery no dijo nada, se limitó a negar con la cabeza.

—¿Quién es tu amiga, Bill? Creía que ya había conocido a todos los windgapianos que tenía que conocer. ¿O es... windga-pienses?

Sonrió.

Me quedé callada como una colegiala, esperando que Vickery me presentase.

¡Clonc! Vickery había optado por hacer oídos sordos. En Chicago, yo habría tendido la mano, me habría presentado con una sonrisa y habría disfrutado de la reacción. Aquí me limité a mirar a Vickery y a permanecer muda.

63

—Muy bien entonces, nos vemos en la comisaría.

Volvió a subir la ventanilla y el coche arrancó y se marchó.

—¿Era ese el inspector especial de Kansas City? —pregunté.

Como respuesta, Vickery se encendió otro cigarrillo y se fue. Al otro lado de la calle, el anciano acababa de llegar al último escalón de la entrada.

4

Alguien había pintado unos arabescos con espray azul en las patas de la torre de agua del Jacob J. Garrett Memorial Park, y ahora ofrecía un aspecto extrañamente remilgado, como si le hubieran puesto unos patucos de ganchillo. El parque en sí —el último lugar donde Natalie Keene había sido vista con vida— estaba desierto. La tierra del campo de béisbol se cernía suspendida como a un metro del suelo, y notaba su sabor al fondo de la garganta como un té que hubiera estado en infusión demasiado tiempo. La maleza crecía espesa a la orilla del bosque. Me sorprendió que nadie hubiera ordenado que la cortasen, que la eliminasen como habían hecho con las piedras en las que Ann Nash se había quedado enganchada.

Cuando iba al instituto, Garrett Park era el sitio donde iba todo el mundo los fines de semana para beber cerveza o fumar porros, o conseguir que te hicieran una paja bosque adentro. Fue allí donde me dieron mi primer beso, a los trece años, un jugador de fútbol americano con una mascada de tabaco metida en las encías. La embestida del tabaco me impactó más que el beso; vomité detrás de su coche, vino helado con trocitos brillantes de fruta.

—James Capisi estaba aquí.

Me volví y vi a un niño rubio de unos diez años, con el pelo cortado a cepillo y una pelota de tenis en la mano.

—¿James Capisi? —pregunté.

—Mi amigo, estaba aquí cuando ella se llevó a Natalie —dijo el niño—. James la vio. Llevaba un camisón. Estaban jugando al frisbee, allí, junto al bosque, y ella se llevó a Natalie. Le podría haber tocado a James, pero él decidió quedarse aquí en el campo. Así que era Natalie la que estaba allí, junto a los árboles. James estaba aquí por el sol. No puede estar al sol porque su madre tiene cáncer de piel, pero él lo hace de todos modos. O lo hacía.

El chico hizo botar la pelota de tenis y levantó una nube de polvo que quedó suspendida a su alrededor.

—¿Ya no le gusta el sol?

—Ya no le gusta nada.

—¿Por lo de Natalie?

Se encogió de hombros con un movimiento brusco y enérgico.

—James es una nenaza.

El crío me miró de arriba abajo y luego de repente me tiró la pelota con fuerza. Me dio en la cadera y rebotó.

Se le escapó una risita.

—Huy, lo siento.

Fue a recoger la pelota y se abalanzó sobre ella con teatralidad, luego se levantó de un salto y la tiró de nuevo contra el suelo. La bola subió unos tres metros en el aire y después siguió rebotando cada vez más bajo.

—Me parece que no acabo de entender lo que has dicho. ¿Quién llevaba un camisón?

Seguí con la mirada los rebotes de la pelota.

—La mujer que se llevó a Natalie.

—Un momento, ¿qué quieres decir?

La versión que había llegado a mis oídos era que Natalie había estado jugando allí con unos amigos y que luego todos se habían ido a casa, uno tras otro; se daba por sentado que a la niña la habían secuestrado en algún punto del corto camino a casa.

—James vio cómo la mujer se llevaba a Natalie. Solo quedaban ellos dos, y estaban jugando al frisbee, y a Natalie se le escapó el disco, que fue a parar a la hierba junto al bosque, y la mujer apareció y la cogió. Luego desaparecieron las dos. Y James se fue corriendo a casa. Y no ha vuelto a salir desde entonces.

—Entonces ¿cómo sabes tú lo que pasó?

—Fui a verlo una vez. Me lo contó. Soy su amigo.

—¿Vive James por aquí?

—Que se joda. De todas formas, a lo mejor me voy a casa de mi abuela a pasar el verano. En Arkansas. Estaré mejor que aquí.

El chico lanzó la pelota contra la valla de tela metálica que rodeaba el campo de béisbol, y la bola se quedó encajada, haciendo traquetear el metal.

—¿Eres de aquí?

Empezó a dar patadas al suelo, levantando polvo.

—Sí. Antes vivía aquí, pero ahora ya no. Estoy de visita.

Lo intenté de nuevo:

—¿Vive James por aquí cerca?

—¿Vas al instituto? —me preguntó.

Su cara estaba intensamente bronceada, parecía un marine en miniatura.

—No.

—¿A la universidad?

Tenía la barbilla manchada de saliva.

—Soy muy mayor.

—Tengo que irme. —Se alejó dando saltitos hacia atrás, arrancó la pelota de la valla como si fuera un diente picado, se volvió para mirarme de nuevo y meneó las caderas en una danza nerviosa—. Tengo que irme.

Lanzó a la calle la pelota, que rebotó en mi coche con un ruido impresionante. El chico se fue corriendo tras ella y desapareció.

Busqué «Capisi, Janel» en una guía telefónica del grosor de una revista en una solitaria gasolinera FaStop de Wind Gap. A continuación llené un vaso con refresco de fresa y me dirigí en coche al 3617 de Holmes Street.

El hogar de la familia Capisi estaba en el límite del área de alquileres bajos en el extremo más oriental de la ciudad, un grupo de casuchas destartaladas de dos habitaciones, la mayoría de cuyos habitantes trabajan en la granja porcina de las inmediaciones, una explotación privada que proporciona casi el dos por ciento de la producción derivada del cerdo del país. Si se le pregunta a cualquier pobre de Wind Gap, casi todos dirán que trabajan en la granja, y que su viejo también trabajaba allí. En la zona dedicada al engorde, hay lechones que deben ser esquilados y enjaulados, cerdas que deben ser fecundadas y encerradas, y estercoleros que hay que limpiar y ordenar. La zona de la matanza es peor: unos empleados cargan a los cerdos, obligándolos a bajar por una rampa, al pie de la cual esperan los matarifes. Otros los agarran por las patas traseras, los sujetan con correas y entregan al animal para que lo levanten, sin dejar de chillar y patalear, colgando boca abajo. Les rajan la garganta con cuchillos de matanza bien afilados, y la sangre salpica con goterones como de pintura las baldosas del suelo. Luego los llevan al tanque de agua hirviendo. Los gritos constantes, chillidos desesperados y metálicos, obligan a la mayoría de los trabajadores a llevar tapones en los oídos, y a pasar los días en una especie de furia sorda. Por la noche beben y escuchan música a todo volumen. El bar local, el Heelah's, no sirve nada relacionado con el cerdo, solo muslitos de pollo, que es lógico suponer que han sido elaborados de forma industrial por los trabajadores igualmente furiosos de una fábrica de otra ciudad de mala muerte.

En honor a la verdad, debo añadir que mi madre es la dueña de la explotación y que obtiene unos beneficios anuales de aproximadamente un millón doscientos mil dólares. La gestión la deja en manos de otra gente.

Había un gato maullando en el porche delantero de los Capisi, y cuando me acerqué a la casa, oí el barullo de uno de esos típicos programas matinales. Llamé a la puerta mosquitera y esperé. El gato se frotó contra mis piernas y noté sus costillas a través del tejido del pantalón. Volví a llamar a la puerta y apagaron el televisor. El gato corrió a esconderse bajo el balancín del porche y soltó un maullido estridente. Tracé la palabra «aullido» en la palma de mi mano derecha con la uña del dedo y volví a llamar.

—¿Mamá? —exclamó una voz de niño en la ventana abierta.

Me acerqué y, a través del polvo acumulado en la mosquitera, vi a un chiquillo delgado con rizos oscuros y ojos saltones.

—Eh, hola, siento molestarte. ¿Eres James?

—¿Qué quiere?

—Hola, James, siento mucho molestarte. ¿Estabas viendo algo bueno en la tele?

—¿Es de la policía?

—Estoy tratando de ayudar a descubrir quién le hizo daño a tu amiga. ¿Puedo hablar contigo?

No se marchó, sino que se limitó a recorrer con el dedo el borde del alféizar. Me senté en el balancín, en el extremo opuesto a donde estaba él.

—Me llamo Camille. Un amigo tuyo me ha dicho lo que viste. Un chico con el pelo rubio muy, muy corto, ¿sabes de quién hablo?

—Dee.

—¿Se llama así? Lo he visto en el parque, el mismo parque donde jugabas con Natalie aquel día.

—Ella se la llevó. Nadie me cree. No tengo miedo; solo tengo que quedarme en casa, eso es todo. Mi mamá tiene cáncer. Está enferma.

—Eso me ha dicho Dee. No me extraña que no quieras salir de casa. Espero no haberte asustado presentándome así, de esta manera.

El chico empezó a rascar la mosquitera con una larga uña de arriba abajo. El ruidito seco me hacía daño en los oídos.

—No se parece usted a ella. Si se pareciese a ella, llamaría a la policía. O le pegaría un tiro.

—¿Qué aspecto tenía?

Se encogió de hombros.

—Ya lo he dicho. Un millón de veces.

—Una vez más.

—Era mayor.

—¿Mayor como yo?

—Mayor como una madre.

—¿Qué más?

—Llevaba un camisón blanco y tenía el pelo blanco. Era toda de color blanco, pero no como un fantasma. Es lo que no dejo de repetir.

—¿Blanca como qué?

—Como si nunca en su vida hubiese salido a la calle.

—¿Y la mujer cogió a Natalie cuando esta se dirigía hacia el bosque?

Hice la pregunta en el mismo tono persuasivo que utilizaba mi madre con sus camareros favoritos.

—No estoy mintiendo.

—Por supuesto que no. ¿La mujer cogió a Natalie mientras estabais jugando?

—Y muy rápido —dijo asintiendo con la cabeza—. Natalie caminaba por la hierba buscando el frisbee cuando vi a la mujer salir del bosque y quedarse mirando a Natalie. Yo la vi antes que Natalie, pero no me asusté.

—Seguro que no.

—Ni siquiera cuando cogió a Natalie; al principio no estaba asustado.

—Pero... ¿luego sí?

—No. —Se le apagó la voz—. No lo estaba.

—James, ¿puedes contarme qué ocurrió cuando cogió a Natalie?

—Tiró de Natalie hacia ella, como si la estuviera abrazando. Y luego me miró, se me quedó mirando fijamente.

—¿La mujer te miró?

—Sí. Me sonrió. Por un segundo pensé que no pasaba nada. Pero la mujer permaneció callada, y entonces dejó de sonreír. Se llevó el dedo a los labios para pedirme que guardara silencio. Y luego desapareció en el bosque, con Natalie. —Volvió a encogerse de hombros—. Pero todo esto ya lo he contado antes.

—¿A la policía?

—Primero a mi madre y luego a la policía. Mi madre me hizo caso, pero la policía no le dio importancia.

—¿Por qué no?

—Pensaron que mentía, pero yo no me inventaría una cosa así, sería una tontería.

—¿Hizo Natalie algo mientras pasaba todo eso?

—No, se quedó allí inmóvil. Creo que no sabía qué hacer.

—¿Se parecía esa mujer a alguien a quien hubieses visto antes?

—No, ya se lo he dicho.

Se apartó de la mosquitera y luego empezó a mirar por encima del hombro a la sala de estar.

—Bueno, siento haberte molestado. A lo mejor tendrías que invitar a algún amigo a casa, para que te hiciese compañía. —Volvió a encogerse de hombros y se mordisqueó una uña—. Tal vez te sentaría bien salir un rato.

—Pero no quiero. Además, tenemos un arma.

Señaló hacia atrás, a una pistola que se mantenía en equilibrio sobre el brazo de un sofá, junto a un sándwich de jamón a medio comer. Dios...

—¿Estás seguro de que deberías tener esa arma ahí? No querrás utilizarla... las armas son muy peligrosas.

—No tanto. A mi madre no le importa. —Me miró directamente por primera vez—. Es usted muy guapa. Tiene un pelo muy bonito.

—Gracias.

—Tengo que irme.

—Vale. Ten cuidado, James.

—Eso es lo que hago.

Lanzó un suspiro y se alejó de la ventana. Al cabo de un segundo volví a oír los gritos y las discusiones de la televisión.

Hay once bares en Wind Gap. Fui a uno que no conocía, el Sensors, que debió de surgir en algún destello de estupidez de la década de los ochenta, a juzgar por las luces de neón en zigzag de la pared y la minipista de baile en el centro. Estaba tomándome un bourbon y poniendo en orden las notas del día cuando la Ley de Kansas City se dejó caer en el asiento acolchado frente a mí. Plantó su cerveza en la mesa entre los dos.

—Creía que los periodistas no podían hablar con menores de edad sin permiso.

Sonrió y dio un trago.

La madre de James debía de haber hecho una llamada.

—Los periodistas tienen que ser más agresivos cuando la policía los margina por completo de una investigación —repliqué sin levantar la vista.

—Y la policía no puede hacer bien su trabajo si los periodistas publican todos los detalles de su investigación en los diarios de Chicago.

Aquel era un juego muy viejo. Volví a concentrarme en mis notas, empapadas por la humedad del vaso.

—Vamos a probar con otro enfoque. Me llamo Richard Willis. —Dio otro trago y se relamió los labios—. Ya puede hacer algún chiste fácil con mi nombre. Funciona a varios niveles.

—Muy tentador.

—Puede elegir entre llamarme Dick, de capullo, o Willis, de tipo duro.

—Ah, sí, ya lo he pillado.

—Y usted es Camille Preaker, la chica de Wind Gap que triunfó en la gran ciudad.

—Sí, señor, esa soy yo.

Esbozó su alarmante sonrisa de anuncio de chicle y se pasó la mano por el pelo. No llevaba alianza. Me pregunté cuándo había empezado a fijarme en esas cosas.

—De acuerdo, Camille, ¿por qué no firmamos una tregua? Al menos de momento, a ver qué tal nos va. Supongo que no hace falta que le eche un sermón por lo de ese crío, Capisi.

—Supongo que se da cuenta de que no hay nada por lo que sermonearme. ¿Por qué ha desestimado la policía la declaración de un testigo presencial del secuestro de Natalie Keene?

Cogí el bolígrafo para que viera que aquello era oficial.

—¿Y quién dice que la hemos desestimado?

—James Capisi.

—Ah, bueno, esa sí que es una buena fuente. —Se rió—. Voy a decirle una cosa, «señorita» Preaker. —Estaba haciendo una imitación bastante buena de Vickery, incluso en el detalle de retorcerse un anillo imaginario en el meñique–. No damos a los niños de nueve años información relevante acerca de las pesquisas de una investigación en marcha, tanto si nos creemos su historia como si no.

–¿Y se la creen?

–No puedo hacer comentarios al respecto.

–Por lo visto, cuentan con una descripción bastante detallada de una posible sospechosa de asesinato, así que cabría esperar que la comunicasen a la población para que estuviese alerta. Sin embargo, no lo han hecho, por lo que deduzco que no dan crédito a su historia.

–Una vez más, no puedo hacer comentarios.

–Tengo entendido que Ann Nash no sufrió abusos sexuales –continué–. ¿Es ese también el caso de Natalie Keene?

–Señorita Preaker... No puedo hacer comentarios en estos momentos.

–Entonces ¿por qué se ha sentado aquí a hablar conmigo?

–Bueno, en primer lugar, me consta que el otro día pasó usted mucho tiempo, seguramente tiempo de trabajo, con nuestro agente, relatándole su versión del descubrimiento del cadáver de Natalie. Quería darle las gracias.

–¿Mi «versión»?

–Todo el mundo tiene su propia versión de un recuerdo –dijo–. Por ejemplo, usted declaró que Natalie tenía los ojos abiertos. Los Broussard dijeron que los tenía cerrados.

–No puedo hacer comentarios al respecto.

Me apetecía ser un poco mala.

–Me inclino por dar más crédito a una mujer que se gana la vida como reportera que a una pareja de ancianos dueños de un restaurante –dijo Willis–, pero me gustaría saber si está completamente segura.

–¿Sufrió Natalie abusos sexuales? Extraoficialmente.

Solté el bolígrafo.

Se quedó callado un segundo, dando vueltas a su botella de cerveza.

–No.

–Estoy completamente segura de que tenía los ojos abiertos. Pero usted también estaba allí.

–Así es –contestó.

–Así que no me necesita para eso. ¿Qué era lo segundo?

–¿Cómo?

–Ha dicho: «En primer lugar…».

–Ah, sí. Bueno, la segunda razón por la que quería hablar con usted, para serle sincero, cualidad que tengo la impresión de que sabrá apreciar, es que estoy desesperado por hablar con alguien que no sea de aquí. –Me deslumbró con su dentadura–. Quiero decir… ya sé que usted es de aquí, y no sé cómo logró sobrevivir. He estado yendo y viniendo desde el pasado agosto y me estoy volviendo loco. No es que Kansas City sea una gran metrópoli llena de actividad, pero al menos hay vida nocturna. Vida cultural… algo de cultura. Hay gente.

–Estoy segura de que se las apaña.

–Más me vale. Puede que ahora me quede una buena temporada.

–Sí. –Le apunté con mi libreta–. Bueno, ¿y cuál es su teoría, señor Willis?

–De hecho, es inspector Willis. –Volvió a sonreír. Apuré la copa de un sorbo y empecé a mordisquear la raquítica pajita de cóctel–. Dime, Camille, ¿puedo invitarte a otra copa?

Agité el vaso y asentí.

–Bourbon solo, sin hielo.

–Bien.

Mientras él estaba en la barra, cogí el bolígrafo y me escribí la palabra «Dick» en la muñeca, en cursiva con florituras. Regresó con dos vasos de Wild Turkey.

–Bueno… –Me miró arqueando las cejas–. Mi propuesta es que charlemos un rato. Como dos personas normales. La verdad es que lo necesito. Bill Vickery no se muere precisamente de ganas de conocerme.

–Pues ya somos dos.

74

—Bien. Así que eres de Wind Gap y ahora trabajas para un periódico en Chicago. ¿Para el *Tribune*?

—Para el *Daily Post*.

—Ese no lo conozco.

—No me extraña.

—Vaya, no es una opinión muy favorable, ¿no?

—El periódico está bien. Solo bien.

No estaba de humor para ser encantadora, ni siquiera estaba segura de acordarme de cómo se hacía. Adora es la seductora de la familia: hasta el tipo que viene a rociar la casa contra las termitas una vez al año le manda enternecedoras postales de Navidad.

—No me estás dando mucha cancha que digamos, Camille. Si quieres que me vaya, me iré.

La verdad es que no quería que se fuese. Era un tipo agradable a la vista, y su voz me hacía sentirme menos deprimida. El hecho de que él tampoco fuese de allí era otro punto a su favor.

—Lo siento, me he puesto un poco borde. Es que ha sido un regreso un tanto difícil, y el hecho de tener que escribir sobre todo esto tampoco ayuda.

—¿Cuánto tiempo hacía que no venías?

—Años. Ocho, para ser exactos.

—Pero todavía tienes familia aquí.

—Oh, sí, ya lo creo. Windgapianos hasta la médula. Creo que ese es el término que prefieren, en respuesta a tu pregunta de esta mañana.

—Ah, gracias. Detestaría ofender a la buena gente de por aquí. Más de lo que ya lo he hecho. ¿Y a tu familia le gusta esto?

—Ajá… Ni se les ocurriría marcharse de aquí. Demasiados amigos, una casa demasiado perfecta, etcétera.

—Entonces ¿tus padres nacieron aquí, los dos?

Un grupo de hombres con rostros familiares, aproximadamente de mi edad, se acomodó en una mesa de un reservado cercano con sendas jarras de cerveza. Esperaba que no me viesen.

—Mi madre nació aquí, mi padrastro es de Tennessee. Se vino a vivir aquí cuando se casaron.

—¿Cuándo fue eso?

—Hace casi treinta años, creo.

Intenté aminorar la velocidad a la que estaba bebiendo para no dejarlo atrás.

—¿Y tu padre?

Esbocé una sonrisa elocuente.

—¿Y tú, te criaste en Kansas City?

—Sí. Nunca se me ocurriría marcharme. Demasiados amigos, una casa demasiado perfecta, etcétera.

—Y ser poli ahí… ¿está bien?

—Hay algo de acción, lo suficiente para no convertirme en Vickery. El año pasado me asignaron algún que otro caso importante, asesinatos sobre todo. Y también tuvimos a un asesino en serie que estaba agrediendo a mujeres por toda la ciudad.

—¿Las violaba?

—No, las estrangulaba y luego les metía la mano en la boca y les rascaba la garganta hasta destrozársela.

—Dios…

—Lo atrapamos. Era un vendedor de licores de mediana edad que vivía con su madre, y todavía tenía tejido de la garganta de la última mujer bajo las uñas. Diez días después de la agresión, nada menos.

No estaba claro si lamentaba la estupidez del tipo o su falta de higiene.

—Buen trabajo.

—Y ahora estoy aquí. Una ciudad más pequeña, pero un radio de acción mayor. Cuando Vickery nos llamó la primera vez, el caso no era tan importante todavía, así que enviaron a alguien de la franja media del escalafón: a mí. —Sonrió, como restándose importancia—. Luego se convirtió en un asesinato en serie. Por ahora han decidido mantenerme en el caso… con la condición de que no la cague.

Su situación me resultaba familiar.

—Es extraño que tu gran oportunidad te la brinde algo tan horrible —prosiguió—. Pero tú debes de saber mucho sobre eso. ¿Qué clase de noticias cubres en Chicago?

—Estoy en la sección policial, así que seguramente la misma mierda que ves tú a diario: agresiones, violaciones, asesinatos... —Quería hacerle saber que yo también tenía mis historias de terror. Una gilipollez, pero sucumbí a la tentación—. El mes pasado fue un hombre de ochenta y dos años. El hijo lo mató y luego lo dejó en una bañera con desatascador Drano para que se disolviera. El tipo confesó, pero por supuesto no se le ocurrió ninguna razón para explicar el crimen.

Me arrepentí de haber usado la palabra «mierda» para describir agresiones, violaciones y asesinatos. Era una falta de respeto.

—Por lo que parece, los dos hemos visto muchas cosas feas —dijo Richard.

—Sí.

Hice girar la copa en la mano; no tenía nada que decir.

—Lo siento.

—Yo también.

Me examinó. El barman atenuó las luces de la sala, la señal oficial de que se acercaba la hora del cierre.

—Podríamos quedar un día para ir a ver una película.

Lo dijo en tono conciliador, como si una noche en el multicine local pudiese arreglar todos mis males.

—Tal vez. —Me bebí el resto de la copa—. Tal vez.

Arrancó la etiqueta de la botella vacía de cerveza que había a su lado y la alisó sobre la mesa. Lo dejó todo hecho una porquería, señal inequívoca de que nunca había trabajado en un bar.

—Bueno, Richard, gracias por la copa. Debo irme a casa.

—Ha estado bien charlar contigo, Camille. ¿Te acompaño al coche?

—No, no hace falta.

—¿Estás bien para conducir? No te lo digo como poli, lo prometo.

—Estoy bien.

—Vale. Que descanses.

—Tú también. La próxima vez, quiero algo oficial para poder publicarlo.

Alan, Adora y Amma estaban en la sala de estar cuando volví. La escena me resultó desconcertante, se parecía mucho a los viejos tiempos con Marian. Amma y mi madre estaban sentadas en el sofá; mi madre acunaba a Amma —con un camisón de lana a pesar del calor— mientras sostenía un cubito de hielo contra sus labios. Mi hermanastra me miró con cara de profunda satisfacción y luego siguió jugando con una flamante mesa de madera de caoba, exactamente igual a la que había en la habitación contigua, solo que de unos diez centímetros de altura.

—No es nada serio —dijo Alan, levantando la vista del periódico—. Amma solo tiene un resfriado veraniego.

Sentí una punzada de alarma, seguida de una sensación de fastidio: estaba volviendo a sumirme en los viejos hábitos, a punto de salir corriendo hacia la cocina para calentar un poco de té, igual que hacía con Marian cada vez que se ponía enferma. Estaba a punto de ir a sentarme junto a mi madre, esperando a que también me rodeara con el brazo. Mi madre y Amma no dijeron nada. Mi madre ni siquiera me miró; se limitó a arrimar a Amma aún más a ella y a susurrarle al oído.

—Los Crellin tenemos una salud un poco delicada —anunció Alan con cierto sentimiento de culpa.

De hecho, los médicos de Woodberry seguramente veían a un Crellin por semana: tanto mi madre como Alan reaccionaban con auténtica exageración cuando se trataba de su salud. De niña, recuerdo a mi madre intentando endilgarme toda clase de ungüentos y aceites, remedios caseros y chorradas homeopáticas. En ocasiones me tomaba aquellos mejunjes asquerosos, pero la mayoría de las veces me negaba. Luego Marian se puso enferma, muy enferma, y Adora pasó a tener cosas más importantes que hacer que tratar de engatusarme para que comiera extracto de germen de trigo. En ese momento sentí cierto remordimiento por la cantidad de jarabes y pastillas que ella me había ofrecido y yo rechacé. Aquella fue la última vez que acaparé toda su atención como madre. De repente deseé no haber sido una hija tan difícil.

Los Crellin. Todos los allí presentes eran Crellin excepto yo, pensé puerilmente.

—Siento que estés enferma, Amma —dije.

—El diseño de las patas está mal —protestó Amma de pronto.

Le enseñó la mesa a mi madre, indignada.

—Qué vista tienes, Amma —exclamó Adora, entrecerrando los ojos para examinar la miniatura—. Pero si apenas se nota, cariño. Solo lo sabrás tú.

Peinó con los dedos hacia atrás el nacimiento del pelo húmedo de Amma.

—No pueden estar mal —replicó Amma, fulminando la mesa con la mirada—. Tenemos que devolverla. ¿Qué gracia tiene encargarla a medida si no está bien?

—Cielo, te prometo que no se ve.

Mi madre le dio unas suaves palmaditas en la mejilla, pero Amma ya se estaba levantando.

—Dijiste que sería perfecta. ¡Lo prometiste! —Le tembló la voz y las lágrimas empezaron a resbalarle por la cara—. Ahora se ha estropeado, se ha estropeado todo. Es el comedor… ¡no puedo poner una mesa que no pega! ¡La odio!

—Amma…

Alan dobló el periódico e hizo ademán de ir a abrazarla, pero ella se escabulló.

—¡Es lo único que quiero, es lo único que pedí, y ni siquiera os importa que no esté bien hecha!

En ese momento chillaba entre lágrimas, una rabieta en toda regla, con la cara crispada por la ira.

—Amma, tranquilízate —dijo Alan con calma, intentando de nuevo abrazarla.

—¡Es lo único que quiero! —gritó Amma.

Tiró la mesa al suelo, donde se rompió en cinco pedazos. No dejó de golpearla hasta reducirla a astillas y luego enterró la cabeza en el cojín del sofá y siguió llorando a lágrima viva.

–Bueno –dijo mi madre–, me parece que vamos a tener que comprar otra.

Me fui a mi cuarto, lejos de aquella chiquilla horrible que en nada se parecía a Marian. Sentí cómo mi cuerpo se enardecía. Me puse a pasear por la habitación, traté de recordar cómo respirar, cómo calmar mi piel… pero esta me seguía gritando. A veces mis cicatrices tienen vida propia.

Verán, yo me hago cortes. También incisiones, tajos, escarificaciones y heridas. Soy un caso muy especial; tengo un propósito. Bueno, lo que pasa es que mi piel grita. Está recubierta de palabras, «cocina», «bollo», «gatito», «rizos», como si un crío de primaria hubiese aprendido a escribir sobre mi carne con un cuchillo en la mano. A veces, pero solo a veces, me río. Cuando salgo de la bañera y veo, con el rabillo del ojo, en el lado de una pierna: «muñeca». Cuando me pongo un suéter y, en un destello, veo en la parte interna del brazo: «dañino». ¿Por qué esas palabras? Miles de horas de terapia han arrojado como resultado unas cuantas ideas de los buenos doctores. A menudo son palabras femeninas, como en una especie de batalla de los sexos tipo niños contra niñas, azul y rosa, coches y muñecas, etcétera. O son rotundamente negativas. Número de sinónimos para «ansiedad» grabados a cuchillo en mi piel: once. Lo único que sé con absoluta certeza es que, en su momento, ver aquellas letras escritas sobre mí era algo crucial, y no solo verlas, sino también sentirlas. En mi cadera izquierda ardía «enagua».

Y cerca de ella, mi primera palabra, grabada un día de verano de mucha ansiedad a la edad de trece años: «mala». Esa mañana me desperté acalorada y aburrida, preocupada por las horas que me quedaban por delante. ¿Cómo te mantienes a salvo cuando tu día entero es tan inmenso y vacío como el cielo? Podía pasar cualquier cosa. Recuerdo haber sentido esa palabra, pesada y pegajosa, atravesándome el hueso del pubis. El cuchillo para carne de mi madre. Yo, cortando como una cría a lo largo de unas líneas rojas imaginarias. Limpiándome. Ahondando aún más. Limpiándome. Vertiendo lejía en el cuchillo y entrando a hurtadillas en la cocina para devolverlo. «Mala.» Un gran alivio. El resto del día me ocupé de mi herida. Escarbé en las aristas de la M con un bastoncillo para los oídos empapado en alcohol. Me acaricié la mejilla hasta que desaparecía el escozor. Loción. Gasa. Y repetir.

El problema empezó mucho antes, por supuesto. Los problemas siempre empiezan mucho antes de que llegues a verlos realmente. Cuando tenía nueve años copié, con un lápiz de topos grandes, la saga entera de *La casa de la pradera*, palabra por palabra, en libretas de espiral con las tapas verde brillante.

Cuando tenía diez años, escribía en mis vaqueros con un boli azul una de cada dos palabras que decía mi profesor. Luego, sintiéndome culpable, en secreto, los lavaba en mi cuarto de baño con champú para niños. Las palabras se emborronaban y se desdibujaban, dejando jeroglíficos de color añil en las perneras de los pantalones, como si un pajarillo con las patitas manchadas de tinta hubiese pasado por encima dando saltitos.

A los once, anotaba compulsivamente todo lo que me decía todo el mundo en un diminuto bloc de notas azul; una minirreportera en ciernes. Tenía que capturar cada frase en papel porque de lo contrario no era real, se escurría. Veía las palabras suspendidas en el aire —«Camille, pásame la leche»— y la ansiedad empezaba a anidar en mi interior a medida que se iban desvaneciendo, como la estela de un avión. Sin embargo, si las escribía, si las conservaba, no tenía que preocuparme por que se extinguieran: era una conservacionista lingüística. Era la rarita de la clase, la neurótica de octavo, siempre tensa, la que se pasaba el día anotando frases frenéticamente («El señor Feeney es rematadamente gay», «Jamie Dobson es fea», «Nunca tienen batido de chocolate») con un afán rayano en el fervor religioso.

Marian murió el día que cumplí trece años. Me desperté, fui por el pasillo a darle los buenos días —era lo primero que hacía siempre— y me la encontré con los ojos abiertos y la colcha subida hasta la barbilla. Recuerdo que no me sorprendió tanto como cabría esperar. Llevaba muriéndose desde que yo podía recordar.

Ese verano también pasaron otras cosas. Me volví repentina e inequívocamente guapa. Podría haber ocurrido lo contrario. Marian siempre había sido la guapa oficial: grandes ojos azules, nariz pequeña, una barbilla perfectamente puntiaguda. Mis rasgos cambiaban día a día, como si unas nubes sobrevolasen por encima de mí proyectando sombras favorecedoras u horribles sobre mi cara. Pero cuando la cosa se estabilizó —y todos parecimos darnos cuenta ese verano, el mismo verano que descubrí gotitas de sangre corriendo por mis muslos, el mismo verano que empecé a masturbarme compulsiva y furiosamente—, me quedé encantada. Estaba prendada de mí misma, un increíble flirteo en cada espejo que encontraba. Desinhibida como un potrillo. Y la gente me adoraba. Ya no era la niña rarita (con la hermana muerta, qué violento), sino la chica guapa (con la hermana muerta, qué triste). Y me hice popular.

También fue ese verano cuando empecé a cortarme, y me entregué a ello casi con tanto ahínco como a mi recién estrenada belleza. Me encantaba cuidar de mí, limpiar el pequeño charco rojo de sangre con un trapo húmedo para revelar mágicamente, justo encima de mi ombligo: «revuelto». Empapar de alcohol un trozo de algodón y que unos hilos tenues se adhirieran a los trazos sanguinolentos de «alegre». El último año de instituto me entró la vena guarra, que más adelante corregí. Unos cuantos cortes rápidos y «coño» se convierte en «caño», «polla» se vuelve «pollo» y «puta» se transforma en una improbable «púa», la te y la a convertidas en una vacilante A mayúscula.

La última palabra que me grabé en la piel, dieciséis años después de haber empezado: «desaparecer».

A veces oigo a las palabras pelearse entre ellas por todo mi cuerpo. Arriba, en el hombro, «bragas» le grita a «virgen», en la parte interna del tobillo derecho. Bajo un dedo gordo del pie, «coser» le lanza amenazas sordas a «nena», justo debajo de mi pecho izquierdo. Puedo apaciguarlas pensando en «desaparecer», siempre discreta y regia, ejerciendo su dominio sobre las demás palabras desde la seguridad que le proporciona el refugio de mi nuca.

Además, en el centro de mi espalda, en un lugar muy inaccesible, hay un círculo de piel perfecta del tamaño de un puño.

Con los años he ido creando mis propias bromas, las que solo entiendo yo. «Soy como un libro abierto.» «¿Quieres que te lo deletree?» «En mi caso, desde luego, la letra con sangre entra.» ¿A que tienen gracia? No soporto mirarme sin estar completamente vestida. Es posible que algún día acuda a un cirujano, a ver qué se puede hacer para alisarme la piel, pero ahora mismo no podría soportar su reacción. En vez de eso, bebo para no tener que pensar demasiado en lo que le he hecho a mi cuerpo y para no hacerlo más. Y, sin embargo, la mayor parte del tiempo que paso despierta tengo ganas de cortarme. Y no son palabras cortas: «equivocada», «desencajada», «engañosa». La gente de mi hospital en Illinois no aprobaría esta ansia.

Para aquellos que necesiten un nombre, hay montones de términos médicos, para dar y tomar. Lo único que sé es que los cortes hacían que me sintiera segura. Eran una evidencia. Pensamientos y palabras capturados donde yo podía verlos y localizarlos. La verdad descarnada, sobre mi piel, en una caligrafía extravagante. Si alguien me dice que va a ir al médico, querré cortarme «preocupante» en el brazo. Si me dice que se ha enamorado, me grabaré los trazos de «trágico» en el pecho. No es que hubiese querido necesariamente curarme, es que me había quedado sin sitio para escribir, haciéndome cortes entre los dedos de los pies —«mal», «llorar»— como una yonqui buscando una última vena. «Desaparecer» fue la que marcó el final. Me había reservado la nuca, un lugar íntimo y privilegiado, para un último y definitivo corte. Luego me entregué. Estuve en el hospital doce semanas. En un lugar especial para gente que se autolesiona, casi todas mujeres, casi todas menores de veinticinco años. Entré cuando tenía treinta. Salí hace solo seis meses. Tiempos difíciles.

Curry vino a visitarme una vez y me trajo rosas amarillas. Les quitaron todas las espinas antes de permitirle el acceso a la recepción, y las depositaron en contenedores de plástico —Curry dijo que parecían botes de pastillas— que guardaron bajo llave hasta que pasase el carrito de la basura. Nos sentamos en la sala común, toda con cantos redondeados y sofás acolchados, y mientras hablábamos del periódico, de su mujer y de las últimas noticias de Chicago, escudriñé su cuerpo en busca de algo cortante y afilado: la hebilla del cinturón, un imperdible, una leontina.

–Lo siento mucho, pequeña –dijo al término de su visita, y era evidente que lo decía de corazón, porque su voz sonó como anegada.

Cuando se fue, sentía tanto asco de mí misma que vomité en el baño, y mientras vomitaba me fijé en los tornillos recubiertos de goma de la parte posterior de la taza del váter. Arranqué la cubierta de uno de ellos y me rasqué la palma de la mano —«yo»— hasta que los celadores me sacaron de allí a rastras, con la sangre manando de la herida como si fueran estigmas.

Mi compañera de habitación se suicidó esa misma semana. No lo hizo cortándose, lo cual resultó, naturalmente, bastante irónico. Se bebió una botella entera de limpiacristales que un empleado de mantenimiento había olvidado guardar. Tenía dieciséis años, una antigua animadora que se autolesionaba por encima del muslo para que nadie lo advirtiera. Sus padres me fulminaron con la mirada cuando vinieron a recoger sus cosas.

Dicen que en períodos de depresión todo se ve negro, pero a mí no me habría importado despertar en una cantera de azabache. La depresión para mí es de color amarillo orina. Kilómetros exhaustos y descoloridos de débiles meadas.

Las enfermeras nos daban fármacos para aliviar el escozor de nuestra piel, y más fármacos para aplacar el ardor de nuestro cerebro. Nos cacheaban dos veces por semana en busca de objetos punzantes, y nos sentábamos en grupos para purgarnos, en teoría, de la ira y el odio que sentíamos hacia nosotras mismas. Aprendíamos a no agredirnos. Aprendíamos a culpar. Después de un mes de buen comportamiento, nos ganábamos baños de espuma y masajes. Nos enseñaban los beneficios del tacto.

Solo tuve otra única visita, la de mi madre, a quien no había visto en un lustro. Olía a flores púrpura y llevaba una pulsera de abalorios que a mí me encantaba de pequeña. Cuando estuvimos a solas, me habló del follaje y de no sé qué nueva ordenanza municipal que exigía que las luces navideñas se retirasen antes del 15 de enero. Cuando mis médicos se reunieron con nosotras, lloró y me achuchó y se preocupó por mí. Me acarició el pelo y preguntó por qué me había hecho aquello a mí misma.

A continuación, inevitablemente, salieron a relucir las historias de Marian. Ella ya había perdido a una hija, y eso por poco la mata. ¿Por qué la mayor (aunque no necesariamente menos querida) se hacía daño a sí misma de forma deliberada? Yo era tan distinta de su hija muerta, quien, lo que son las cosas, tendría casi treinta años de haber vivido. Marian amaba la vida, justo lo que le había sido arrebatado. Dios, cómo disfrutaba de la vida… «¿Te acuerdas, Camille, de cómo se reía aun estando en el hospital?»

Detestaba hacerle ver a mi madre que eso era lo natural en una perpleja niña moribunda de diez años. ¿Para qué molestarme? Es imposible competir con los muertos. Ojalá pudiese dejar de intentarlo.

5

Cuando bajé a desayunar, Alan llevaba unos pantalones blancos, con la raya planchada como papel doblado, y una camisa oxford de color verde claro. Estaba sentado solo a la enorme mesa de comedor de madera de caoba, y su liviana sombra se proyectaba brillante sobre la superficie pulida. Examiné deliberadamente las patas de la mesa para ver a qué había venido todo el jaleo de la noche anterior. Alan prefirió hacer como que no se daba cuenta y siguió comiéndose con una cucharilla su tazón de huevos revueltos con leche. Cuando levantó la vista para mirarme, un pegajoso hilillo de yema le colgaba del mentón como si fuera baba.

—Camille, siéntate. ¿Qué quieres que te prepare Gayla?

Hizo sonar la campanilla de plata que había a su lado y por la puerta de vaivén de la cocina apareció Gayla, una chica de campo que diez años atrás había cambiado los cerdos por limpiar y cocinar a diario en casa de mi madre. Era de mi estatura, alta, pero no podía pesar más de cuarenta y cinco kilos. La bata de enfermera blanca y almidonada que llevaba de uniforme le quedaba muy holgada, como una campana.

Mi madre entró y pasó junto a ella, besó a Alan en la mejilla y depositó una pera delante de su sitio a la mesa, sobre una servilleta blanca de algodón.

—Gayla, te acuerdas de Camille, ¿verdad?

—Pues claro que sí, señora Crellin —contestó, mirándome con su cara vulpina. Me sonrió con unos dientes disparejos y unos labios cortados y agrietados—. Hola, Camille. Tengo huevos, tostadas, fruta...

—Solo café, por favor. Con leche y azúcar.

—Camille, hemos comprado comida solo por ti —dijo mi madre, mordisqueando el extremo más carnoso de la pera—. Cómete un plátano al menos.

—Y un plátano —añadió Gayla, dirigiéndose de vuelta a la cocina con una mueca en el rostro.

—Camille, tengo que disculparme contigo por lo de anoche —empezó a decir Alan—. Amma está pasando por una de esas etapas tan difíciles.

—Se pone muy pesada —dijo mi madre—. Casi siempre de forma encantadora, pero a veces se pasa un poco de la raya.

—O más que un poco —señalé—. La de anoche fue una rabieta colosal para una cría de trece años. Daba un poco de miedo.

Ese era mi yo de Chicago, que había vuelto a hacer acto de presencia: más segura y, definitivamente, más bocazas. Me sentí aliviada.

—Sí, bueno, tú a su edad tampoco eras muy dócil que digamos.

No sabía a qué se refería mi madre: al hábito de autolesionarme, a los ataques de llanto por mi hermana muerta, a la vida sexual hiperactiva en la que me embarqué por entonces… Decidí limitarme a asentir con la cabeza.

—Bueno, espero que esté bien —dije para zanjar el tema, y me levanté para marcharme.

—Por favor, Camille, vuelve a sentarte —me pidió Alan con suavidad, limpiándose las comisuras de los labios—. Háblanos de la Ciudad del Viento. Siéntate con nosotros un minuto.

—La Ciudad del Viento está bien. El trabajo también, estoy obteniendo buenos resultados.

—¿A qué te refieres con buenos resultados?

Alan se inclinó hacia mí con las manos entrelazadas, como si creyese que su pregunta era de lo más amable.

—Pues verás, he estado haciendo reportajes de mayor calado. Ya he cubierto tres asesinatos desde principios de año.

—¿Y eso es algo bueno, Camille? —Mi madre dejó de mordisquear la pera—. Nunca entenderé de dónde has sacado esa afición por lo truculento. Yo diría que ya hay bastante truculencia en tu vida sin que tengas que ir buscándola por ahí deliberadamente.

Se echó a reír: una carcajada estridente, como un globo que se escapa y se desinfla de golpe en el aire.

Gayla volvió con mi café y un plátano encajado torpemente en un bol. Cuando salía, entró Amma, como si fueran dos actrices de una obra de salón. Besó a mi madre en la mejilla, saludó a Alan y se sentó enfrente de mí. Me dio una patada por debajo de la mesa y se rió. «¡Huy! ¿Te he dado?»

—Siento que tuvieras que verme así anoche, Camille —dijo Amma—. Sobre todo teniendo en cuenta que no nos conocemos bien, pero es que estoy en una etapa difícil. —Me dedicó una sonrisa forzada—. Pero ahora nos hemos reencontrado. Eres como la pobre Cenicienta y yo soy la hermanastra malvada. Medio hermana.

—No hay una pizca de maldad en ti, cariño —dijo Alan.

—Pero Camille fue la primera. La primera suele ser la mejor. Ahora que ha vuelto, ¿querrás a Camille más que a mí? —preguntó Amma.

Al principio formuló la pregunta en tono de broma, pero las mejillas se le fueron tiñendo de rojo mientras aguardaba la respuesta de mi madre.

—No —contestó Adora en voz baja.

Gayla puso un plato de jamón delante de Amma, que le echó miel por encima en círculos entrelazados.

—Porque tú me quieres a mí —dijo Amma, entre un bocado y otro de jamón. El vomitivo olor a carne y dulzor lo inundó todo—. Ojalá me asesinasen.

—Amma, no digas esas cosas —repuso mi madre, palideciendo.

Se llevó los dedos temblorosos a las pestañas, y luego volvió a bajarlos a la mesa con determinación.

—Así no tendría que preocuparme por nada nunca más. Cuando mueres te vuelves perfecta. Sería como la princesa Diana. Ahora todo el mundo la quiere.

—Eres la chica más popular de toda la escuela, y en casa te adoramos, Amma. No seas avariciosa.

Amma volvió a darme una patada por debajo de la mesa y me lanzó una sonrisa rotunda, como si se acabara de zanjar un asunto importante. Se subió por el hombro un borde de la vestimenta que llevaba puesta, y me di cuenta de que lo que había tomado por una bata era en realidad una sábana azul envuelta hábilmente. Mi madre también se dio cuenta.

—¿Se puede saber qué diablos llevas puesto, Amma?

—Es mi capa de doncella. Voy a ir al bosque a jugar a Juana de Arco. Las chicas me van a quemar.

—No vas a hacer tal cosa, tesoro —espetó mi madre quitándole la miel a Amma, que seguía empapando el jamón—. Dos niñas de tu edad están muertas, ¿y tú crees que te voy a dejar ir a jugar al bosque?

«Los niños en el bosque juegan a juegos salvajes y secretos.» Era el comienzo de un poema que antes me sabía de memoria.

—No te preocupes, no nos pasará nada —dijo Amma, y sonrió con empalagosa afectación.

—Tú te quedas aquí.

Amma pinchó el jamón con enfado y masculló alguna impertinencia. Mi madre se volvió hacia mí con la cabeza ladeada, el diamante de su dedo anular lanzándome destellos a los ojos como un SOS.

—Bueno, Camille, ¿podemos por lo menos hacer algo agradable durante tu estancia aquí? —preguntó—. Podríamos celebrar un picnic en el jardín de atrás. O podríamos sacar el descapotable, salir a dar una vuelta, tal vez ir a Woodberry a jugar al golf. Gayla, tráeme un poco de té helado, por favor.

—Todo eso suena muy bien. Pero necesito saber cuánto tiempo más voy a quedarme aquí.

—Sí, también estaría bien que lo supiésemos nosotros. No es que no puedas quedarte todo el tiempo que quieras —dijo—, pero estaría bien saberlo, para que podamos hacer nuestros propios planes.

—Claro.

Di un mordisco al plátano, de un verde pálido que no sabía a nada.

—O tal vez Alan y yo podríamos ir a Chicago este año. La verdad es que nunca hemos visitado la ciudad.

Mi hospital estaba a noventa minutos al sur de la ciudad. Mi madre llegó al aeropuerto O'Hare y cogió un taxi. Le costó ciento veintiocho dólares, ciento cuarenta con la propina.

—Eso también podría estar bien. Tenemos unos museos estupendos. Os encantaría el lago.

—No creo que pueda volver a disfrutar contemplando las aguas.

—¿Por qué no?

Ya conocía la respuesta.

—Después de lo que le pasó a esa niña, Ann Nash. Ahogada en el arroyo... —Hizo una pausa para tomar un sorbo de su té helado—. La conocía, ¿sabes?

Amma soltó un gemido y empezó a moverse inquieta en su asiento.

—Pero no se ahogó —dije, a sabiendas de que mi corrección la molestaría—. Fue estrangulada. Luego fue a parar al arroyo.

—Y después lo de la niña de los Keene. Les tenía mucho cariño a ambas. Muchísimo.

Se calló, con la mirada perdida, nostálgica, y Alan la cogió de la mano. Amma se levantó, soltó un gritito parecido al ladrido de un cachorro nervioso, y salió corriendo.

—Pobrecilla —dijo mi madre—. Lo está pasando casi tan mal como yo.

—Ella veía a esas chicas todos los días, así que seguro que lo está pasando mal —dije, irritada a mi pesar—. ¿De qué las conocías tú?

—No hace falta que te recuerde que Wind Gap es una ciudad pequeña. Eran unas niñas dulces y bonitas. Preciosas.

—Pero tú no las conocías en realidad.

—Sí las conocía. Las conocía muy bien.

—¿Por qué?

—Camille, por favor, no hagas eso. Te acabo de decir que estoy muy disgustada y nerviosa, y en lugar de confortarme me atacas.

—Ya. Entonces ¿te has jurado no acercarte a ninguna masa de agua en el futuro?

Mi madre emitió un sonido breve y chirriante.

—Cierra la boca ahora mismo, Camille.

Dobló la servilleta sobre los restos de su pera como si fueran unos pañales y abandonó la habitación. Alan la siguió con su silbido maníaco, como un pianista antiguo confiriendo una atmósfera dramática a una película muda.

Todas las tragedias que ocurren en el mundo le ocurren a mi madre, y eso, más que cualquier otra cosa de ella, me revuelve el estómago. Se preocupa por gente a la que ni siquiera conoce, gente que ha sufrido un revés de la fortuna. Llora con las noticias de todos los rincones del globo. Todo es demasiado para ella, la crueldad de los seres humanos.

Después de la muerte de Marian, no salió de su habitación durante un año. Una habitación preciosa: una cama con dosel del tamaño de un buque, un tocador lleno de botellitas de perfume de cristal esmerilado. Un suelo tan suntuoso que había sido fotografiado por varias revistas de decoración: hecho de marfil puro, cortado en cuadrados, iluminaba la habitación desde abajo. Esa habitación y su suelo decadente me tenían atemorizada, tanto más cuanto me tenían prohibida la entrada. Personajes distinguidos como Truman Winslow, el alcalde de Wind Gap, la visitaban semanalmente y le llevaban flores frescas y novelas clásicas. Podía vislumbrar a mi madre en las ocasiones en que la puerta se abría para permitir el paso a esas personas. Siempre estaba en la cama, recostada sobre un montón de almohadones mullidos, vestida con batas finas de estampado floral. Nunca me dejaron entrar.

El plazo de entrega del artículo a Curry finalizaba al cabo de dos días y todavía tenía muy poco material. En mi habitación, tumbada ceremoniosamente en la cama con las manos entrelazadas como un cadáver, resumí todo lo que sabía, tratando de conferirle cierta estructura. Nadie había presenciado el secuestro de Ann Nash el mes de agosto anterior. La niña había desaparecido sin más y su cuerpo fue encontrado a unos cuantos kilómetros, en Falls Creek, diez horas más tarde. La estrangularon unas cuatro horas después de su desaparición. Nunca se llegó a encontrar su bicicleta. Si tuviera que hacer una suposición, yo diría que la víctima conocía a la persona. Coger a una niña y su bicicleta en contra de su voluntad hubiera causado demasiado revuelo en esas calles tan tranquilas. ¿Era alguien de la parroquia, o incluso del vecindario? Alguien que parecía de fiar.

Sin embargo, después de haber mostrado tanta cautela para cometer el primer asesinato, ¿por qué llevarse a Natalie a plena luz del día, y delante de un amigo? No tenía sentido. Si hubiese sido James Capisi el que hubiese estado junto al bosque, en lugar de estar culpablemente al sol, ¿estaría ahora muerto? ¿O había sido Natalie Keene un objetivo deliberado? También la retuvo por más tiempo: estuvo más de dos días desaparecida antes de que hallaran su cuerpo, encajado en los treinta centímetros que separaban la ferretería de un salón de belleza en la ajetreada Main Street.

¿Qué vio James Capisi? Ese niño me inquietaba. No creía que estuviese mintiendo, pero los niños asimilan el terror de un modo distinto. Ese niño había visto algo horrible, y ese algo horrible se convirtió en la bruja mala de los cuentos de hadas, la cruel madrastra de Blancanieves. Pero ¿y si esa persona simplemente tenía un aspecto femenino? ¿Y si era un hombre desgarbado con el pelo largo, un travestido o un chico andrógino? Las mujeres no mataban de ese modo, simplemente no lo hacían. Las asesinas en serie se podían contar con los dedos de una mano, y sus víctimas eran casi siempre hombres... por lo general, con un trasfondo sexual. Pero, por otra parte, las chicas no habían sufrido ningún tipo de agresión sexual, y eso tampoco encajaba con el patrón.

La elección de las dos niñas tampoco parecía tener sentido. De no haber sido por Natalie Keene, habría creído que habían sido víctimas de la mala suerte. Pero si James Capisi no mentía, el asesino había invertido sus esfuerzos en raptar a esa chica en el parque, y si realmente era esa chica en concreto la que buscaba el asesino, entonces la elección de Ann tampoco había sido un capricho casual. Ninguna de las dos niñas era tan guapa como para haber alimentado una obsesión enfermiza. Tal como Bob Nash había dicho, Ashleigh siempre había sido «la guapa». Natalie provenía de una familia adinerada, aún relativamente nueva en Wind Gap. Ann, en cambio, pertenecía más bien a la clase media baja, y los Nash llevaban viviendo en Wind Gap varias generaciones. Las niñas no eran amigas, y la única conexión entre ambas era una mezcla de brutalidad y malevolencia compartida, si había que dar crédito a lo que Vickery me había contado. Y luego estaba la teoría del autoestopista. ¿Era posible que Richard Willis creyese eso verdaderamente? Wind Gap estaba cerca de una ruta principal de tránsito de camiones desde y hacia Memphis, pero nueve meses era mucho tiempo para que un forastero lograra pasar inadvertido, y en los bosques que rodeaban Wind Gap no se había encontrado nada de momento, ni siquiera muchos animales. Hacía años que los habían cazado a todos.

Sentí cómo mis pensamientos se revolvían contra sí mismos, contaminados por viejos prejuicios y por un exceso de información subjetiva del entorno. De pronto sentí una necesidad imperiosa de hablar con Richard Willis, con alguien que no fuese de Wind Gap, que viese lo que estaba sucediendo como un trabajo, un proyecto cuyas piezas había que ensamblar y completar, hasta colocar el último clavo en su sitio, con orden y contención. Yo misma necesitaba pensar así.

Me di un baño de agua fresca con las luces apagadas. Luego me senté en el borde de la bañera y me restregué por toda la piel la crema que me había dado mi madre, una sola vez, rápidamente. Las asperezas y protuberancias me dieron escalofríos.

Me puse unos pantalones ligeros de algodón y una camiseta de manga larga y cuello redondo. Me cepillé el pelo y me miré en el espejo. Pese a lo que me había hecho en el resto del cuerpo, mi cara aún era hermosa. No porque se pudiese destacar alguno de sus rasgos como extraordinario, sino en el sentido de que todo en ella estaba en perfecto equilibrio. Todo en ella tenía sentido, de una forma asombrosa. Grandes ojos azules, unos pómulos bien marcados que flanqueaban el pequeño triángulo de la nariz. Unos labios carnosos que se torcían ligeramente hacia abajo en las comisuras. Yo era una preciosidad a la que daba gusto mirar, siempre y cuando estuviese completamente vestida. Si las cosas hubiesen sido distintas, podría haberme divertido de lo lindo con una legión de amantes a los que destrozar el corazón. Podría haber coqueteado con hombres brillantes. Podría haberme casado.

Fuera, nuestra porción del cielo de Missouri era, como de costumbre, de color azul eléctrico. Se me humedecieron los ojos solo de pensarlo.

Encontré a Richard en el restaurante de los Broussard, comiendo gofres sin sirope y con una pila de carpetas en la mesa que le llegaba casi a la altura del hombro. Me dejé caer en el asiento de enfrente y sentí una especie de felicidad extraña, una mezcla de complicidad y comodidad.

Él levantó la vista y me sonrió.

—Señorita Preaker... Ten, cómete unas tostadas. Siempre que vengo les digo que no quiero tostadas, pero no hay manera. Parece como si tuvieran que cubrir una cuota o algo así.

Cogí una tostada y la unté de mantequilla. El pan estaba frío y duro, y al morder cayeron unas cuantas migas encima de la mesa. Las barrí con la mano hasta meterlas debajo del plato y fui directa al grano.

—Escucha, Richard. Tienes que hablar conmigo, ya sea oficial o extraoficialmente. No logro sacar nada en claro de todo esto. No consigo ser lo bastante objetiva.

Dio unas palmaditas en la pila de carpetas que tenía al lado y blandió su bloc de notas amarillo ante mí.

—Tengo toda la objetividad que quieras... por lo menos, desde 1927 en adelante. Nadie sabe lo que pasó con los archivos antes de ese año. Me imagino que debió de tirarlos alguna recepcionista para mantener la comisaría impecable.

—¿A qué clase de archivos te refieres?

—Estoy elaborando un perfil delictivo de Wind Gap, un historial de los crímenes violentos en la ciudad —me explicó, al tiempo que me pasaba una carpeta—. ¿Sabías que en 1975 dos adolescentes fueron halladas muertas en la orilla de Falls Creek, muy cerca del lugar donde apareció Ann Nash, con cortes en las muñecas? La policía lo despachó como un suicidio. Las chicas mantenían una relación «estrechamente íntima y malsana para su edad. Se sospecha una relación homosexual». Pero nunca encontraron el cuchillo. Muy raro.

—Una de ellas se llamaba Murray.

—Ah, ya lo sabías.

—Acababa de tener un bebé.

—Sí, una niña.

—La niña tiene que ser Faye Murray. Iba a mi instituto. La llamaban Bollo Murray. Los chicos se la llevaban al bosque después de clase y se turnaban para mantener relaciones sexuales con ella. La madre se suicida y, dieciséis años después, Faye tiene que follar con todos los chicos del instituto.

—No te sigo.

—Para demostrar que no es lesbiana. De tal palo tal astilla, ¿no? Si no hubiera follado con esos chicos, nadie habría querido relacionarse con ella. Pero lo hizo, y así demostró que no era lesbiana, pero sí que era una puta. Así que nadie quiso relacionarse con ella de todos modos. Así es Wind Gap. Todos conocemos los secretos de todos. Y todos los utilizamos.

—Un lugar encantador.

—Sí. Bueno, dime algo.

—Acabo de hacerlo.

Me hizo reír, y eso me sorprendió. Me imaginé entregando el artículo a Curry con la frase: «La policía no tiene pistas, pero cree que Wind Gap es un "lugar encantador"».

—Mira, Camille, hagamos un trato. Yo te digo algo que puedas utilizar oficialmente y tú me ayudas a llenar las lagunas de estas historias del pasado. Necesito a alguien que me diga cómo es esta

ciudad en realidad, y Vickery no es esa persona. Es demasiado…
protector.

—Tú me dices algo oficialmente, pero trabajas conmigo extraoficialmente. Yo no podré utilizar nada de lo que tú me digas a menos que me des tu consentimiento. Y tú podrás utilizar todo lo que yo te diga.

No era el mejor de los tratos, pero tendría que servir.

—¿Y qué quieres que te diga oficialmente? —preguntó Richard sonriendo.

—¿De veras crees que los crímenes los cometió una persona de fuera?

—¿Es para el artículo?

—Sí.

—Bueno, no hemos descartado a nadie. —Tomó un último bocado de gofre y se quedó pensativo un momento, con los ojos clavados en el techo—. Estamos investigando minuciosamente a posibles sospechosos dentro de la comunidad local, pero también tenemos en cuenta la posibilidad de que los asesinatos sean obra de un forastero.

—Así que no tenéis ni idea.

Sonrió y se encogió de hombros.

—Te he dado una declaración oficial.

—Vale, extraoficialmente, ¿no tenéis ni idea?

Levantó y bajó unas cuantas veces el tapón del bote pegajoso de sirope y luego cruzó los cubiertos en su plato.

—Extraoficialmente, Camille, ¿crees que esto puede haberlo hecho alguien de fuera? Tú eres reportera de homicidios.

—No lo creo.

El hecho de decirlo en voz alta me alteró. Traté de apartar la vista de las púas del tenedor que tenía delante.

—Una chica lista.

—Vickery dijo que tú creías que lo había hecho un autoestopista o alguien por el estilo.

—Maldita sea, solo lo mencioné como una posibilidad la primera vez que vine aquí… hace nueve meses. Vickery se aferra a eso como si fuera una prueba de mi incompetencia. Ese hombre y yo tenemos problemas de comunicación.

—¿Tenéis algún sospechoso?

—Deja que te invite a tomar una copa esta semana. Quiero que me cuentes todo lo que sepas de los habitantes de Wind Gap.

Cogió la cuenta y devolvió el bote de sirope junto a la pared. El bote dejó un círculo azucarado sobre la mesa y, sin pensar, metí el dedo en él y me lo llevé a la boca. Unas cicatrices asomaron por debajo de la manga de la camiseta. Richard levantó la mirada justo cuando estaba volviendo a meter las manos debajo de la mesa.

No me importaba la idea de contarle a Richard todas las historias que conocía de Wind Gap. No sentía ninguna lealtad especial hacia la ciudad. Era el lugar donde había muerto mi hermana, el lugar donde había empezado a cortarme. Una ciudad tan asfixiante y pequeña que todos los días te tropezabas con gente a la que odiabas. Gente que sabía cosas sobre ti. Es la clase de lugar que te deja huella.

Aunque también es cierto que, en apariencia, no podrían haberme tratado mejor durante el tiempo que viví allí. Mi madre se encargó de eso. La ciudad entera la adoraba, ella era como la parte más vistosa del pastel: la chica más hermosa y dulce que había alumbrado Wind Gap. Sus padres, mis abuelos, eran los dueños de la explotación porcina y de la mitad de las casas de alrededor, y sometían a mi madre a las mismas reglas estrictas que aplicaban a sus empleados: prohibido beber, prohibido fumar, prohibido soltar tacos y obligatorio ir a misa. No alcanzo a imaginarme cómo debió de sentarles que mi madre se quedara embarazada a los diecisiete. Un chico de Kentucky al que había conocido en los campamentos organizados por la iglesia vino de visita en Navidad y me dejó a mí en su vientre. A mis abuelos les salieron sendos tumores gemelos y furibundos que crecían al mismo ritmo trepidante que la barriga de mi madre, y murieron de cáncer un año después de que yo naciera.

Los padres de mi madre tenían unos amigos en Tennessee, y el hijo de estos empezó a cortejar a Adora antes incluso de que yo dejara de tomar papillas, e iba a visitarla casi todos los fines de semana. No me imagino aquel noviazgo sino como un flirteo torpe, muy torpe. Alan, de punta en blanco y con la ropa recién planchada, hablando sin parar sobre el tiempo. Mi madre, sola y abandonada por primera vez en su vida, con la necesidad de buscarse un buen partido, riéndole sus... ¿chistes? No estoy segura de que Alan haya contado un chiste en toda su vida, pero sí estoy segura de que mi madre encontró alguna razón para reírse tontamente como una colegiala para él. ¿Y dónde estaba yo en toda esa escena? Seguramente en alguna habitación en la otra punta de la casa, al cuidado de la doncella, a quien Adora pagaba cinco pavos extra por mantenerme calladita. Y ya me imagino a Alan, pidiéndole matrimonio a mi madre mientras fingía mirar por encima de su hombro, o toqueteaba nerviosamente alguna planta, cualquier cosa con tal de evitar el contacto visual. Mi madre, aceptando gentilmente y luego sirviéndole más té. Quizá un beso casto.

No importa. Para cuando empecé a balbucear mis primeras palabras, ya estaban casados. No sé prácticamente nada sobre mi verdadero padre. El nombre que aparece en el certificado de nacimiento es falso: Newman Kennedy, por el actor y el presidente favoritos de mi madre, respectivamente. Se negó a revelarme su verdadero nombre, para que no tratase de buscarlo. No, todo el mundo debía considerarme la hija de Alan, lo cual resultó difícil, porque mi madre no tardó en dar a luz a una hija de Alan, ocho meses después de que se casaran. Mi madre tenía veinte años y él treinta y cinco, además de dinero familiar que a mi madre no le hacía ninguna falta, puesto que ya disponía de su propia fortuna. Ninguno de los dos ha trabajado nunca. Con los años, no he descubierto muchas cosas más acerca de Alan. Es un jinete de primera que dejó de montar a caballo porque eso enerva a Adora. Está enfermo muy a menudo, e incluso cuando no lo está, apenas se mueve. Lee infinidad de libros sobre la guerra de Secesión y parece contento dejando que sea mi madre la que hable siempre. Es liso y plano como el cristal. Y, sin embargo, Adora nunca ha intentado forjar ningún vínculo entre nosotros. Se me consideraba la hija de Alan, pero él nunca llegó a ejercer de padre conmigo, y nadie me animó a que lo llamase por otro nombre que no fuese su nombre de pila. Alan nunca me dio su apellido y yo nunca se lo pedí. Recuerdo que un día, cuando era pequeña, probé a llamarlo «papá», y el estupor que se reflejó en su cara bastó para frustrar cualquier futuro intento. Francamente, creo que Adora prefiere que nos tratemos como dos desconocidos. Quiere que todas las relaciones de la casa pasen a través de ella.

Bueno, pero volvamos a la pequeña. Marian fue una dulce sucesión de enfermedades. Tuvo problemas respiratorios desde el principio; se despertaba a media noche resoplando en busca de aire, azulada y con manchas. La oía como si fuera un viento enfermizo en la otra punta del pasillo, en el dormitorio contiguo al de mi madre. Las luces se encendían y se oían arrullos, o a veces llantos o gritos. Desplazamientos regulares a la sala de urgencias del hospital de Woodberry, a unos cuarenta kilómetros. Más adelante tuvo problemas digestivos y se pasaba el día murmurando a sus muñecas en una cama de hospital que le instalaron en su propia habitación, mientras mi madre la alimentaba con tubos de suero a través del gotero intravenoso.

Durante esos últimos años, mi madre se arrancó todas las pestañas. Le resultaba imposible apartar los dedos de ellas y dejaba pequeños montoncillos en las superficies de las mesas. Yo me decía a mí misma que eran nidos de hadas. Recuerdo haber encontrado dos largas pestañas rubias pegadas en un lado de mi pie y haberlas guardado durante semanas junto a mi almohada. Por la noche me hacía cosquillas con ellas en las mejillas y en los labios, hasta que un día me desperté y vi que habían volado.

Cuando mi hermana murió al fin, experimenté cierto sentimiento de gratitud. Tenía la sensación de que la habían arrojado a este mundo sin estar formada por completo, que nunca había estado preparada para afrontarlo en toda su magnitud. La gente susurraba palabras de consuelo diciendo que Marian había vuelto al cielo, pero mi madre no pensaba consentir que la apartaran de su dolor. Hasta el día de hoy sigue siendo un hobby.

La idea de subirme a mi coche, con su azul descolorido cubierto de cagadas de pájaro y los asientos de cuero sin duda ardiendo, no me atraía precisamente, así que decidí dar un paseo a pie por la ciudad. En Main Street pasé junto a la pollería, adonde llegan las piezas frescas directamente de los campos de exterminio de Arkansas. El olor me inundó las fosas nasales. Una docena o más de pollos desplumados colgaban con aire lascivo en el escaparate, y unas cuantas plumas blancas tapizaban la repisa de debajo.

Hacia el final de la calle, donde había aparecido un improvisado santuario en memoria de Natalie, vi a Amma y a sus tres amigas. Estaban hurgando entre los globos y los regalitos de homenaje; tres de ellas montaban guardia mientras mi hermanastra robaba dos velas, un ramo de flores y un osito de peluche. Todo menos el oso fue a parar a su bolso de tamaño extragrande. Se quedó con el osito en sus manos mientras las muchachas entrelazaban sus brazos y echaban a andar dando saltitos alegremente en mi dirección. De hecho, venían directas hacia mí, y no se detuvieron hasta estar a un palmo de distancia, inundando el aire con la clase de perfume fuerte cuyas muestras vienen en las páginas de las revistas.

—¿Nos has visto hacer eso? ¿Vas a incluirlo en tu artículo? —chilló Amma.

Decididamente, ya se le había pasado por completo el berrinche por la casa de muñecas. Saltaba a la vista que esa clase de cosas, tan infantiles, se quedaban en casa. Había cambiado el vestido de tirantes por una minifalda, unas sandalias de plataforma y un top elástico.

—Si lo vas a incluir, escribe bien mi nombre: Amity Adora Crellin. Chicas, esta es… mi hermana. De Chicago. La «bastarda» de la familia. —Amma me miró arqueando las cejas y las chicas se echaron a reír—. Camille, estas son mis mejooores amigas, pero no hace falta que escribas sobre ellas. Yo soy la líder.

—Es la líder porque es la que más grita —apuntó una chica menuda de pelo rubio pajizo y voz ronca.

—Y es la que tiene las tetas más grandes —dijo la segunda amiga, con el cabello del rubio broncíneo de una campana metálica.

La tercera chica, de pelo rubio cobrizo, acercó la mano al pecho izquierdo de Amma y se lo apretó.

—Mitad de verdad, mitad relleno.

—¡Quita la puta mano de ahí, Jodes! —exclamó Amma, y como si estuviese castigando a un gatito, le dio un manotazo en la mandíbula.

La chica se puso roja como un tomate y masculló una disculpa.

—Bueno, ¿y qué es lo que buscas, hermana? —preguntó Amma, mirando a su osito—. ¿Por qué estás escribiendo un reportaje sobre dos niñas muertas en las que no se fijaba nadie, para empezar? Como si el hecho de que te asesinen fuese a hacerte popular...

Dos de las amigas soltaron unas carcajadas forzadas, mientras la tercera seguía con la mirada clavada en el suelo. Una lágrima cayó en la acera.

Reconocí aquella manera de hablar provocadora entre chicas: era el equivalente verbal de arrancar las malas hierbas. Y aunque a una parte de mí le gustaba aquel espectáculo, sentía cierto afán protector hacia Natalie y Ann, por lo que la falta de respeto de mi hermana, tan agresiva, me sacaba de quicio. Para ser sincera, debo añadir que también sentía celos de Amma. (¿Su segundo nombre era «Adora»?)

—Estoy segura de que a Adora no le haría ninguna gracia leer que su hijita ha robado cosas de un pequeño altar en homenaje a una compañera de colegio —dije.

—Una compañera de colegio no es una amiga —soltó la chica alta, mirando a su alrededor para que las demás le ratificaran mi estupidez.

—Venga, Camille, solo estábamos de broma —dijo Amma—. Me siento fatal. Eran buenas niñas, solo que un poco raritas.

—Muy raritas —confirmó una de ellas.

—Eh, chicas... ¿Y si el tío se está cargando a todos los bichos raros? —sugirió Amma, riendo—. ¿A que sería genial?

La chica llorosa levantó la vista al oír aquello y sonrió. Amma siguió ignorándola deliberadamente.

—¿El tío? —pregunté.

—Todo el mundo sabe quién lo hizo —dijo la rubia de voz ronca.

—El hermano de Natalie. A los friquis les viene de familia —sentenció Amma.

—Tiene como una obsesión por las niñas pequeñas —explicó la que se llamaba Jodes, con aire enfurruñado.

—Siempre está buscando excusas para hablar conmigo —continuó Amma—. Al menos ahora sé que no me matará. Soy demasiado guay.

Lanzó un beso al aire y le pasó el osito a Jodes, rodeó con los brazos a las otras dos y, con un descarado «Perdón», me empujó para pasar por mi lado. Jodes las siguió.

Detecté en la insidia de Amma cierto tufo a desesperación y justificación. Como se había lamentado durante el desayuno: «Ojalá me asesinasen». Amma no quería que nadie recibiese más atención que ella, y mucho menos unas niñas que ni siquiera habían podido competir con ella en vida.

Telefoneé a Curry a su casa hacia medianoche. Curry hace cada día un trayecto inverso al de todo el mundo para ir a trabajar, noventa minutos hasta nuestra redacción en las afueras desde la casa unifamiliar que sus padres le dejaron en Mount Greenwood, un enclave irlandés de clase obrera en el South Side de Chicago. Él y su esposa Eileen no tienen hijos. Nunca han querido tenerlos, suele decir Curry gruñendo, pero he visto el modo en que mira a los críos de dos y tres años de sus empleados desde lejos, la atención que presta cuando algún bebé hace una rara aparición en nuestra redacción. Curry y su mujer se casaron ya mayores. Supongo que no han podido tener hijos.

Eileen es una mujer con curvas, pelirroja y pecosa a la que conoció en el túnel de lavado de coches de su barrio cuando él tenía cuarenta y dos años. Más adelante descubrió que era prima segunda de su mejor amigo de la infancia. Se casaron tres meses después del día que hablaron por primera vez y llevan juntos veintidós años. Me gusta que a Curry le guste contar la historia.

Eileen se mostró muy afectuosa cuando contestó al teléfono, que era lo que yo necesitaba. Pues claro que no estaban durmiendo, dijo riendo. De hecho, Curry estaba trabajando en uno de sus puzzles de cuatro mil quinientas piezas. Había ocupado toda la sala de estar y ella le había dado un plazo de una semana para acabarlo.

Oí a Curry acercarse al teléfono, y casi pude percibir el olor a tabaco.

—Preaker, pequeña, ¿qué hay? ¿Estás bien?

—Estoy bien, pero no hay muchos progresos por aquí. He tardado todo este tiempo solo en conseguir una declaración oficial de la policía.

—¿Y qué dicen?

—Que están investigando a todo el mundo.

—Bah, eso es una mierda. Tiene que haber algo más. Averígualo. ¿Has vuelto a hablar con los padres?

—Todavía no.

—Habla con los padres. Si no consigues nada, quiero ese perfil sobre las niñas muertas. Se trata de una historia de interés humano, no quiero solo una cobertura policial. Habla también con otros padres, a ver si tienen alguna teoría. Pregúntales si están tomando precauciones adicionales. Habla con los cerrajeros y los dependientes de las armerías, a ver si han aumentado las ventas. Entrevista a algún cura o algunos maestros. Tal vez a algún dentista; averigua lo difícil que es extraer semejante cantidad de dientes, qué clase de instrumental sería necesario, si hace falta tener experiencia previa… Habla con algunos chavales. Quiero voces, quiero caras. Entrégame un artículo completo para el domingo; vamos a emplearnos a fondo con esto mientras aún tengamos la exclusiva.

Tomé notas, primero en un bloc de papel amarillo y luego mentalmente, mientras con el rotulador empezaba a trazar el contorno de las cicatrices de mi brazo derecho.

—Quieres decir antes de que haya otro asesinato.

—A menos que la policía sepa mucho más de lo que te ha dicho, va a haber otro, eso está claro. Esa clase de tíos no se detienen después de dos asesinatos, no cuando siguen un ritual.

Curry no sabe una palabra acerca de crímenes rituales, pero devora unas cuantas noveluchas de detectives a la semana, ediciones en rústica de páginas amarillentas y tapas brillantes que compra en su librería de libros de segunda mano. «Dos por un pavo, Preaker, a eso lo llamo yo entretenimiento.»

—Bueno, Cachorrilla, ¿alguna teoría acerca de si es alguien de Wind Gap?

A Curry parecía gustarle mi apodo, su reportera novata favorita. Su voz siempre me producía un cosquilleo cuando me llamaba así, como si la propia palabra se ruborizara. Me lo imaginaba en la sala de estar, observando su puzzle, mientras Eileen daba una rápida calada a su cigarrillo y removía la ensaladilla de atún con pepinillos para el almuerzo de Curry. Comía ensaladilla tres veces a la semana.

—Extraoficialmente, dicen que sí.

—Maldita sea, pues haz que lo digan oficialmente. Lo necesitamos. Eso es bueno.

—Y luego hay algo muy extraño, Curry. He hablado con un niño que dice que estaba con Natalie cuando la secuestraron. Dice que fue una mujer.

—¿Una mujer? No es una mujer. ¿Qué dice la policía?

—Sin comentarios.

—¿Quién es el chico?

—El hijo de una empleada de la granja porcina. Un niño muy dulce. Parece asustado de verdad, Curry.

—La policía no le cree, o habrías oído hablar de ello. ¿Me equivoco?

—La verdad es que no lo sé. Se muestran muy herméticos.

—Joder, Preaker, haz que hablen de una vez. Que te digan algo de forma oficial.

—Eso es muy fácil de decir. Tengo la sensación de que el hecho de que yo sea del lugar es casi una desventaja. Me consideran una especie de oportunista por volver ahora para hablar de esto.

—Tienes que conseguir caerles bien. Tú eres una persona que cae bien a la gente. Tu madre responderá por ti.

—A mi madre tampoco le hace ninguna gracia que esté aquí.

Hubo un silencio, y luego se oyó un suspiro procedente del extremo de la línea de Curry que me zumbó en los oídos. Mi brazo derecho era un mapa de carreteras azul oscuro.

—¿Estás bien, Preaker? ¿Te estás cuidando?

No dije nada. De repente sentí ganas de echarme a llorar.

—Estoy bien. Es este lugar, que me hace sentirme rara. Me siento… mal.

—No te rindas, pequeña. Lo estás haciendo muy bien. Vas a estar bien, y si no es así, me llamas. Te sacaré de ahí.

—Vale, Curry.

—Eileen dice que tengas cuidado. Joder, y yo también te lo digo.

6

Las ciudades pequeñas normalmente satisfacen las necesidades de una clase concreta de bebedor. Esa clase puede variar. Están las ciudades de garitos, que tienen sus bares en los arrabales, lo que hace que sus clientes se sientan poco menos que forajidos. Luego están las ciudades de bares de postín, donde se bebe a sorbitos en locales donde cobran unos precios exorbitantes por un gin rickey, de modo que los pobres tienen que beber en casa. Y luego están las ciudades de clase media con centros comerciales, donde las cervezas vienen acompañadas de aros de cebolla y sándwiches con nombres graciosos.

Por fortuna en Wind Gap todo el mundo bebe, así que tenemos todos esos bares y más. Tal vez seamos una ciudad pequeña, pero en cuestión de empinar el codo arrasamos con cualquier otra ciudad que se nos ponga por delante. El local más próximo a la casa de mi madre era un establecimiento caro de superficies acristaladas, especializado en ensaladas y vino con soda, el único restaurante de categoría de todo Wind Gap. Era la hora del brunch y no podía soportar la imagen de Alan con sus huevos caldosos, así que me fui directamente a La Mère. Solo estudié francés hasta los dieciséis años, pero a juzgar por la temática rabiosamente náutica de la decoración del local, creo que los propietarios tenían intención de llamarlo La Mer, El Mar, y no La Mère, La Madre. Pese a todo, el nombre seguía siendo de lo más apropiado, ya que La Madre, mi madre, frecuentaba aquel lugar, al igual que sus amigas. A todas les encanta la ensalada César con pollo, que no es francesa ni lleva pescado ni marisco, pero no seré yo quien insista sobre ese punto.

—¡Camille!

Una rubia con vestido de tenis atravesó trotando la sala, reluciente toda ella con collares de oro y gruesos anillos. Era la mejor amiga de Adora, Annabelle Gasser; su apellido de soltera era Anderson y su apodo Annie-B. Todo el mundo sabía que Annabelle aborrecía con todas sus fuerzas el apellido de su marido, hasta el punto de arrugar la nariz cuando lo pronunciaba. Nunca se le ocurrió pensar que no tenía por qué haberlo adoptado.

—¡Hola, cielo! Tu mamá me ha dicho que estabas en la ciudad. —No como a la pobre Jackie O'Neele, ninguneada por Adora, a quien también divisé en la mesa y que parecía estar igual de borracha que en el funeral. Annabelle me dio un beso en cada mejilla y retrocedió un paso para examinarme de arriba abajo—. Sigues igual de guapísima. Vamos, ven a sentarte con nosotras. Solo estamos tomándonos unas botellitas de vino y cotorreando un poco. Si te sientas con nosotras reduciremos el promedio de edad.

Annabelle me arrastró a una mesa donde Jackie charlaba con otras dos mujeres rubias muy bronceadas. No dejó de hablar ni siquiera mientras Annabelle hacía las presentaciones, se limitó a seguir parloteando sobre sus nuevos muebles para el dormitorio, y luego tiró un vaso de agua al volverse hacia mí.

—¿Camille? ¡Estás aquí! Me alegro tanto de verte, corazón.

Parecía sincera. El olor a Juicy Fruit volvió a emanar de ella.

—Lleva aquí cinco minutos —espetó otra rubia, tirando el hielo y el agua al suelo con el dorso de su mano bronceada. En dos de sus dedos brillaban sendos diamantes.

—Ah, sí, ya me acuerdo. Estás aquí para cubrir los asesinatos, niña mala —continuó Jackie—. A Adora no le debe de gustar mucho que duermas en su casa, con esa cabecita tuya tan sucia…

Esbozó una sonrisa que debió de haber sido descarada veinte años atrás, pero que en ese momento la hacía parecer ligeramente loca.

—¡Jackie! —exclamó una rubia, mirándola con ojos desorbitados.

—Claro que antes de que pasara a manos de Adora, todas nos quedábamos a dormir en casa de Joya con nuestras sucias cabecitas. La misma casa, aunque con una loca distinta como dueña —dijo, toqueteándose la carne de detrás de las orejas. ¿Los puntos del lifting?

—No llegaste a conocer a tu abuela Joya, ¿verdad que no, Camille? —preguntó Annabelle con un ronroneo.

—¡Uf! Menuda pieza estaba hecha, cariño —dijo Jackie—. Daba miedo, mucho miedo.

—¿Y eso? —pregunté.

Nunca había oído semejante cosa sobre mi abuela. Adora había admitido que era estricta, pero había dicho poco más sobre ella.

—Bah, Jackie está exagerando —repuso Annabelle—. A nadie le gusta su madre en la época del instituto, y Joya murió poco después. Nunca llegaron a tener tiempo de establecer una relación adulta.

Por un momento sentí un lastimoso atisbo de esperanza de que aquella fuese la razón de que mi madre y yo estuviésemos tan distanciadas: a ella le había faltado práctica. La idea murió antes de que Annabelle hubiese terminado de rellenarme la copa.

—Sí, Annabelle —dijo Jackie—. Estoy segura de que si Joya aún viviese, se lo pasarían en grande. Al menos Joya. Le encantaría destrozar a Camille. ¿Te acuerdas de aquellas uñas suyas tan increíblemente largas? Nunca se las pintaba. Eso siempre me pareció muy raro.

—Cambio de tema —sonrió Annabelle, y cada palabra sonó como el tintineo de una campanilla de plata anunciando la cena.

—A mí me parece que el trabajo de Camille tiene que ser fascinante —dijo una de las rubias diligentemente.

—Sobre todo este —señaló otra.

—Sí, Camille, dinos quién lo hizo —soltó Jackie.

Volvió a esbozar una sonrisa insinuante y abrió y cerró sus ojos marrones y redondos. Me recordó a un muñeco de ventrílocuo que hubiese cobrado vida. Con la piel tirante y los capilares rotos.

Tenía unas cuantas llamadas que hacer, pero decidí que aquello podía ser más interesante: ¿un cuarteto de amas de casa borrachas, aburridas y con muy mala leche que estaban al tanto de todos los chismes de Wind Gap? Podría cargarlo en la cuenta de gastos como una comida de negocios.

—En realidad, me interesa mucho más saber qué pensáis vosotras.

Una frase que no creo que oyeran muy a menudo.

Jackie mojó su pan en un platito con aliño para ensalada y lo dejó gotear delante de ella.

—Bueno, todas sabéis lo que opino yo. El padre de Ann, Bob Nash. Es un pervertido. Siempre se me queda mirando el escote cuando lo veo en la tienda.

—Para lo que hay que ver... —comentó Annabelle, dándome un ligero codazo con gesto burlón.

—Hablo en serio. Es algo exagerado. Hace tiempo que quiero decírselo a Steven.

—Tengo noticias muy suculentas —intervino la cuarta rubia. ¿Dana o Diana? Se me había olvidado en cuanto Annabelle nos presentó.

—Huy, DeeAnna siempre tiene grandes primicias, Camille —me explicó Annabelle, apretándome el brazo.

DeeAnna hizo una pausa para que sus palabras tuvieran más efecto, se pasó la lengua por los dientes, se sirvió otra copa de vino y nos miró por encima del borde de cristal.

—John Keene se ha ido de casa de sus padres —anunció.

—¿Qué? —exclamó una rubia.

—Nooo, estás de broma —dijo otra.

—Madre de Dios... —masculló una tercera.

—Y... —siguió hablando DeeAnna con aire triunfal, sonriendo como la azafata de un concurso a punto de adjudicar un premio—, se ha ido a la casa de Julie Wheeler. A la cochera de la parte de atrás.

—Es demasiado bueno para ser verdad —comentó Melissa o Melinda.

—Bueno, pues ahora ya sabemos que sí se lo están haciendo. —Annabelle se rió—. Es imposible que Meredith pueda seguir adelante con la pantomima de su «niña perfecta». Verás, Camille —prosiguió volviéndose hacia mí—, John Keene es el hermano mayor de Natalie, y cuando esa familia se vino a vivir aquí, la ciudad entera se volvió loca por él. La verdad es que es guapísimo. Gua-pí-si-mo. Julie Wheeler es una amiga de tu madre y nuestra; no tuvo hijos hasta los… ¿qué, los treinta? Y cuando por fin tuvo a su hija se volvió sencillamente insufrible. Una de esas personas cuyos hijos nunca hacen nada malo. Así que cuando Meredith, su hija, se lió con John… oh, Dios, la que armó. Creíamos que nunca iba a dejar de alardear de hija: Meredith, la pequeña virgen que solo saca sobresalientes, se liga al adonis del campus. Pero es imposible que un chico como él, de su edad, salga con una chica que no se acueste con él. Eso es imposible, sencillamente. Y ahora todo esto les viene de maravilla. Tendríamos que hacerles fotos y ponérselas a Julie debajo del limpiaparabrisas.

—Bueno, ya sabes cómo lo va a vender ella —la interrumpió Jackie—: lo buenos que son por haber acogido a John en su casa y darle un poco de espacio para respirar mientras llora la muerte de su hermana…

—Pero ¿por qué se ha ido de casa? —preguntó Melissa/Melinda, a quien yo empezaba a considerar la voz de la razón—. Quiero decir, ¿no debería estar con sus padres en un momento como este? ¿Por qué iba a necesitar espacio para respirar?

—Porque él es el asesino —soltó DeeAnna, y toda la mesa se echó a reír.

—Huy, eso sí que sería estupendo: que Meredith Wheeler se estuviera tirando a un asesino en serie —dijo Jackie.

De repente, la mesa dejó de reír. Annabelle soltó un hipido que parecía más bien un estornudo y consultó su reloj. Jackie apoyó la barbilla en la mano y resopló con tanta fuerza que hizo temblar las migas de pan que había en su plato.

—No me puedo creer que esto esté pasando de verdad —comentó DeeAnna, mirándose las uñas—. Aquí, en nuestra misma ciudad, donde nos hemos criado. Esas pobres niñas… Me pongo mala solo de pensarlo. Se me revuelve el estómago.

—Me alegro tanto de que mis hijas sean ya mayores —dijo Annabelle—. Creo que no podría soportarlo. No podría, simplemente. La pobre Adora tiene que estar muerta de preocupación por Amma.

Mordisqueé un trozo de pan como un pajarillo, a la manera infantil de mis anfitrionas, y desvié la conversación de Adora.

—¿De verdad cree la gente que John Keene puede haber tenido algo que ver con todo esto? ¿O son simples habladurías de las malas lenguas? —Sentí cómo escupía esa última parte. Había olvidado que en Wind Gap unas mujeres como aquellas podían hacerle la vida realmente imposible a la gente que no les caía bien—. Solo lo pregunto porque un grupo de chicas, seguramente estudiantes de primer año de instituto, me dijeron lo mismo justo ayer.

Pensé que sería mejor no mencionar que Amma era una de ellas.

—A ver si lo adivino, cuatro rubitas bocazas que se creen más guapas de lo que son en realidad —dijo Jackie.

—Jackie, querida, ¿te das cuenta de a quién le acabas de decir eso? —señaló Melissa/Melinda, dándole un golpecito en el hombro.

—Joder, mierda. Siempre se me olvida que Amma y Camille tienen algún parentesco… Épocas distintas, ¿sabes? —Jackie sonrió. Un fuerte ruido de descorche se oyó a su espalda y ella levantó la copa sin ni siquiera mirar al camarero—. Camille, más vale que te enteres por nosotras: tu pequeña Amma es una auténtica lianta.

—Me han dicho que esas niñatas van a todas las fiestas del instituto —dijo DeeAnna— y se llevan a todos los chicos. Hacen cosas que nosotras no hicimos hasta que llevábamos casadas muchísimos años… y solo después de la transacción de algunas piezas de joyería muy valiosas. —Agitó un brazalete de tenis de diamantes.

Todas se echaron a reír; Jackie golpeó incluso la mesa con ambos puños como una cría en pleno ataque de risa.

—Pero…

—No sé si la gente cree realmente que John lo hizo. Sé que la policía habló con él —explicó Annabelle—. Definitivamente, es una familia muy rara.

—Vaya, pues creía que estabais muy unidas a ellos —dije—. Os vi en su casa después del entierro. —«Cabronas de mierda», añadí para mis adentros.

—Toda la gente importante de Wind Gap estaba en esa casa después del entierro —apuntó DeeAnna—. Como para perdernos una función como esa...

Hizo un intento de reanudar las risas, pero Jackie y Annabelle asentían con aire solemne. Melissa/Melinda miraba a su alrededor como si desease estar en cualquier otra mesa del restaurante.

—¿Dónde está tu madre? —preguntó Annabelle de repente—. Tendría que venir por aquí algún día, le sentaría muy bien. Lleva comportándose de una forma muy rara desde que empezó todo esto.

—Ya se comportaba de forma extraña antes de esto —dijo Jackie, moviendo exageradamente la mandíbula. Me pregunté si no iría a vomitar.

—Jackie, por favor...

—Va en serio. Camille, deja que te diga algo: ahora mismo, tal y como están las cosas con tu madre, estarías mejor en Chicago. Deberías volver allí cuanto antes. —Su rostro había perdido todo rastro de locura. Ahora se la veía completamente solemne. Y sinceramente preocupada. Sentí que volvía a caerme bien—. De verdad, Camille...

—Jackie, cierra la boca —la interrumpió Annabelle, y le arrojó un panecillo, con fuerza, a la cara.

Le rebotó en la nariz y cayó sobre la mesa con un ruido sordo. Un arrebato de violencia más bien tonto, como cuando Dee me tiró la pelota de tenis: te causa menos impresión el impacto que el hecho en sí. Jackie asimiló el golpe con un movimiento desdeñoso con la mano y siguió hablando.

—Diré lo que me dé la gana, y estoy diciendo que Adora podría hacer daño...

Annabelle se puso en pie, se acercó a Jackie y la cogió del brazo para levantarla.

—Jackie, tienes que ir al lavabo a vomitar —dijo. Su voz era una mezcla de arrullo y amenaza—. Has bebido demasiado y si no vomitas te vas a encontrar fatal. Deja que te lleve al lavabo y te ayude a sentirte mejor.

En un primer instante Jackie le apartó la mano, pero Annabelle la agarró con más fuerza y las dos no tardaron en desaparecer en dirección al lavabo. Silencio en la mesa. Yo estaba boquiabierta.

—No es nada —dijo DeeAnna—. Las chicas mayores también nos peleamos de vez en cuando, igual que vosotras, las jóvenes. Escucha, Camille, ¿te has enterado de que a lo mejor abren un Gap aquí?

Las palabras de Jackie se me habían quedado grabadas: «Tal y como están las cosas con tu madre, estarías mejor en Chicago». ¿Cuántas señales más necesitaba para marcharme de Wind Gap? Me pregunté por qué razón exactamente se habrían peleado ella y Adora. Detrás de su enfado tenía que haber algo más que el simple olvido de una postal de felicitación. Anoté mentalmente que tenía que pasar por casa de Jackie cuando esta estuviese más sobria, si es que lo estaba alguna vez. Aunque, bien pensado, yo no era la persona más indicada para censurar a una alcohólica.

Bastante entonada por el vino, llamé a casa de los Nash desde un súper; una temblorosa voz de chica contestó y luego se quedó callada. La oía respirar, pero no obtuve ninguna respuesta a mis peticiones de hablar con su padre o con su madre. Luego se oyó un lento y suave clic antes de que se cortase la línea. Decidí probar suerte en persona.

Un monovolumen de la época disco estaba aparcado en la entrada de la casa de los Nash junto a un Trans Am amarillo herrumbroso, por lo que supuse que tanto Bob como Betsy estaban en casa. La hija mayor respondió al timbre, pero se limitó a quedarse al otro lado de la mosquitera con la mirada fija en mi vientre cuando le pregunté si estaban sus padres. Los Nash eran de constitución más bien menuda. Sabía que aquella, Ashleigh, tenía doce años, pero como el niño regordete al que había visto en mi primera visita, parecía varios años menor y actuaba como tal. Se chupaba el pelo y ni siquiera pestañeó cuando el pequeño Bobby se acercó tambaleante hacia ella y rompió a llorar en cuanto me vio. Luego se puso a berrear. Pasó un minuto largo hasta que Betsy Nash se acercó a la puerta. Tenía el mismo aspecto atolondrado que sus dos hijos y parecía confusa cuando me presenté.

—En Wind Gap no hay ningún periódico local —dijo.

—Cierto, soy del *Chicago Daily Post* —expliqué—. De Chicago. Illinois.

—Bueno, mi marido es quien se encarga de las suscripciones y esas cosas —repuso, y empezó a acariciar con los dedos el pelo rubio de su hijo.

—No he venido a ofrecerle una suscripción... ¿Está el señor Nash en casa? ¿Podría hablar con él un momentito?

Los tres Nash se apartaron de la puerta en bloque y al cabo de unos minutos Bob Nash me hizo pasar y se puso a apartar la colada del sofá para hacerme sitio.

—Joder, esta casa es una pocilga —masculló en voz alta, dirigiéndose a su esposa—. Perdone el desorden, señorita Preaker. Aquí está todo hecho un desastre desde lo de Ann.

—Oh, no se preocupe por eso —dije, sacando un par de calzoncillos diminutos de debajo de mi trasero—. Así es como está mi casa todo el tiempo.

Eso era justo lo contrario de la verdad. Una cualidad que sí he heredado de mi madre es la limpieza compulsiva. Tengo que reprimirme para no planchar los calcetines. Cuando salí del hospital, pasé incluso por una fase en la que tenía que hervirlo todo: pinzas y rizadores de pestañas, horquillas y cepillos de dientes. Era un capricho que me permitía a mí misma. Sin embargo, terminé tirando las pinzas a la basura: demasiados pensamientos a medianoche sobre el agradable tacto de sus brillantes puntas. Una cabecita muy sucia, desde luego.

Sentí deseos de que Betsy Nash desapareciese. Literalmente. Era tan insustancial que me la imaginaba evaporándose lentamente, dejando tras sí una única y pegajosa mancha en el borde del sofá. Pero se quedó allí, sus ojos moviéndose nerviosos de su marido a mí antes incluso de que empezásemos a hablar. Como si estuviese espoleándonos para iniciar la conversación. Los niños también merodeaban por allí, como pequeños fantasmas rubios atrapados en un limbo entre la indolencia y la estupidez. La niña guapa saldría adelante, pero la vida de la mediana regordeta, que en ese momento entraba en la sala con paso vacilante y aire bobalicón, estaba condenada al sexo por necesidad y a los atracones de bollos. El niño era del tipo de los que acaban bebiendo en los aparcamientos de las gasolineras. La clase de chicos enfadados y aburridos que vi cuando llegaba a Wind Gap.

—Señor Nash, necesito hablar con usted un poco más sobre Ann. Es para un artículo más extenso —empecé a decir—. Fue usted muy amable al dedicarme su tiempo, y esperaba que tal vez pudiese dedicarme un poco más.

—Cualquier cosa que pueda atraer algo de atención sobre este caso, nos parece bien —contestó—. ¿Qué quiere saber?

—¿Qué clase de juegos le gustaban? ¿Cuál era su comida favorita? ¿Qué palabras utilizaría para describirla? ¿Tenía madera de líder o más bien era influenciable? ¿Tenía muchas amigas o solo unas pocas muy íntimas? ¿Le gustaba la escuela? ¿Qué hacía los sábados? —Los Nash se me quedaron mirando en silencio un segundo—. Cosas así… para empezar. —Sonreí.

—Mi esposa es la más indicada para responder a la mayoría de esas preguntas —dijo Bob Nash—. Ella es… quien los cuida.

Se volvió hacia Betsy Nash, que estaba doblando el mismo vestido una y otra vez sobre su regazo.

—Le gustaba la pizza y las varitas de pescado —respondió—. Se llevaba bien con muchas niñas, pero solo tenía unas cuantas amigas de verdad, creo que ya me entiende. Jugaba mucho sola.

—Oye, mami, Barbie necesita ropa —interrumpió Ashleigh, blandiendo una muñeca de plástico desnuda ante la cara de su madre.

Ninguno de los tres le hicimos caso y la niña tiró el juguete al suelo y empezó a dar vueltas por la habitación imitando los movimientos de una bailarina. Viendo en aquello una oportunidad insólita, Tiffanie se abalanzó sobre la muñeca y empezó a separar y juntar las bronceadas piernas de goma, abrir y cerrar, abrir y cerrar.

—Era una chica dura, la más dura. Esa era mi chica —dijo Bob Nash—. Podría haber jugado al fútbol si hubiera sido un chico. No paraba de darse golpes, corriendo de acá para allá; siempre iba llena de rasguños y moratones.

—Ann era mi boca —comentó Betsy en voz baja; luego no añadió nada más.

—¿Qué quiere decir con eso, señora Nash?

—Era muy parlanchina, siempre decía todo lo que le pasaba por la cabeza. En el buen sentido. La mayoría de las veces. —Volvió a quedarse en silencio, pero vi que su cerebro estaba retrocediendo en el tiempo, así que no dije nada—. ¿Sabe? Pensaba que algún día sería abogada o que participaría en los debates en la universidad o algo así, porque era tan… Nunca se paraba a medir sus palabras, como hago yo. Yo creo que todo lo que digo es una estupidez. Ann pensaba que todo el mundo tenía que oír lo que ella tuviese que decir.

—Ha mencionado la escuela, señorita Preaker —la interrumpió Bob Nash—. Ahí era donde su locuacidad la metía en líos. Podía ser un poco mandona, y a lo largo de los años nos llamaron en alguna ocasión del colegio para decirnos que no se portaba muy bien en clase. Se ponía un poco difícil.

—Pero a veces creo que era porque era muy lista —intervino Betsy Nash.

—Sí, era más lista que el hambre —convino Bob Nash—. A veces creo que era más lista que su propio padre. Y a veces incluso ella se creía más lista que su propio padre.

—¡Mírame, mami!

Tiffanie la regordeta, que hasta entonces había estado mordisqueando distraídamente los pies de la muñeca, corrió al centro de la sala de estar y se puso a dar volteretas. Ashleigh, presa de una ira imaginaria, gritó al ver la atención que prestaba su madre a la mediana y le dio un fuerte empujón. Luego le tiró del pelo enérgicamente una sola vez. El rostro de Tiffanie se desencajó enrojecido con un sonoro aullido, que volvió a desencadenar el llanto del pequeño Bobby Jr.

—Ha sido culpa de Tiffanie —se defendió Ashleigh, y se puso a gimotear ella también.

Yo había roto alguna delicada dinámica: una casa con varios niños es un nido de celos malsanos, eso lo sabía, y a los hijos de los Nash les daba pánico la idea de tener que competir no solo entre ellos, sino también con una hermana muerta. Los entendía perfectamente.

—Betsy… —murmuró Bob Nash con calma, arqueando ligeramente las cejas.

La mujer cogió rápidamente a Bobby Jr. y se lo subió a una cadera, levantó a Tiffanie del suelo con una mano y puso el otro brazo alrededor de la ya inconsolable Ashleigh, y enseguida los cuatro abandonaron la habitación.

Bob Nash se los quedó mirando un segundo.

—Llevan así casi un año, esas niñas —dijo—. Se comportan como si fueran crías, aunque se supone que deberían estar ansiosas por crecer. La muerte de Ann ha cambiado esta casa más que… —Se removió en el sofá—. Ella era una persona de verdad, ¿sabe? Cualquiera pensaría: Nueve años, ¿qué es eso? ¿Qué se puede ser con nueve años? Pero Ann tenía personalidad, mucha personalidad. Yo podía adivinar lo que pensaba de las cosas, cuando veíamos la televisión sabía lo que le parecía gracioso y lo que le parecía estúpido. Eso no me pasa con mis otros hijos. Joder, ni siquiera me pasa con mi esposa. En cambio Ann siempre estaba ahí, sentías que estaba ahí. Yo solo… —A Bob Nash se le hizo un nudo en la garganta. Se puso de pie y se alejó de mí, se volvió una vez y luego se alejó de nuevo, dio la vuelta al sofá y luego se quedó de pie delante de mí—. Maldita sea, quiero que vuelva. Quiero decir, ¿y ahora qué? ¿Esto es todo? —Extendió el brazo en un movimiento que abarcaba toda la habitación, hacia la puerta por donde habían salido su esposa e hijos–. Porque si esto es todo, no tiene mucho sentido, ¿no? Y, maldita sea, alguien tiene que encontrar a ese hombre, porque tiene que decirme: ¿Por qué Ann? Necesito saberlo. Siempre pensé que sería a ella a la que le iría bien en la vida.

Me quedé en silencio un minuto; podía sentir el pulso en el cuello.

–Señor Nash, me han comentado que tal vez la personalidad de Ann, que usted mismo ha calificado de muy fuerte, pudo haber molestado a algunas personas. ¿Cree usted que eso podría tener algo que ver con su muerte?

Sentí cómo se ponía en guardia ante mí, lo vi en el modo en que se sentó y se recostó lentamente en el sofá, abriéndose de brazos y aparentando cierta despreocupación.

–¿Molestar a quién?

–Bueno, tengo entendido que hubo problemas entre Ann y el pájaro de un vecino. Que ella pudo haber hecho daño al pájaro de un vecino…

Bob Nash se frotó los ojos y se miró los pies.

–Dios, cómo corren los chismes en esta ciudad… Nadie llegó a demostrar que fuese Ann quien hizo aquello. Ella y los vecinos ya habían tenido algún que otro roce. Joe Duke, el vecino de enfrente… Sus hijas son mayores y se metían mucho con Ann, le gastaban bromas pesadas y esas cosas. Entonces, un día, la invitaron a su casa a jugar con ellas. No sé qué fue lo que sucedió en realidad, pero cuando Ann volvió a casa, todas estaban chillando que había matado a su maldito pájaro. –Se echó a reír y se encogió de hombros–. A mí no me habría importado que hubiese sido ella; era un viejo pajarraco escandaloso.

–¿Cree usted que Ann era capaz de hacer algo así, si la provocaban?

–Bueno, cualquiera que provocase a Ann habría sido un idiota –dijo–. No se tomaba bien esa clase de cosas. No era precisamente una damisela.

—¿Cree que conocía a la persona que la mató?

Nash cogió una camiseta rosa del sofá y la dobló a cuadros como si fuera un pañuelo.

—Antes creía que no, pero ahora creo que sí. Creo que se fue con alguien a quien conocía.

—¿Y es más probable que se fuera con un hombre o con una mujer? —inquirí.

—¿Así que ha oído la historia de James Capisi?

Asentí con la cabeza.

—Bueno, es más probable que una chiquilla confíe en una persona que le recuerde a su madre, ¿no?

Depende de cómo sea su madre, pensé.

—Pero sigo pensando que se trata de un hombre. No me imagino a una mujer haciendo… eso a una criatura. He oído que John Keene no tiene coartada. A lo mejor quería matar a una niña, veía a Natalie a todas horas todos los días, y entonces no pudo resistir el impulso y fue y mató a otra niña bruta y chicarrona del estilo de Natalie. Pero luego, al final, tampoco pudo resistirlo y mató también a Natalie.

—¿Es eso lo que se rumorea? —quise saber.

—Algo así, supongo.

Betsy Nash apareció de improviso en el umbral de la puerta. Mirándose las rodillas, anunció:

—Bob. Adora está aquí.

El estómago se me encogió contra mi voluntad.

Mi madre entró tan campante, oliendo a agua azul y cristalina. Parecía más cómoda en la casa de los Nash que la propia señora Nash. Era un don natural de Adora, hacer que otras mujeres se sintieran insignificantes. Betsy Nash se retiró de la sala, como la criada de una película de los años treinta. Mi madre se negó a mirarme, y se dirigió directamente a Bob Nash.

—Bob, Betsy me ha dicho que había una periodista aquí y enseguida he deducido que se trataba de mi hija. No sabes cuánto lo siento. Te pido mil perdones por la intromisión.

Bob Nash miró fijamente a Adora y luego a mí.

—¿Esta es tu hija? No tenía ni idea.

—No, claro que no. Camille no es una persona muy familiar.

—¿Por qué no me ha dicho nada? —me preguntó Nash.

—Ya le dije que era de Wind Gap. No pensaba que le interese saber quién es mi madre.

—No, no estoy enfadado, no me malinterprete. Es solo que su madre es muy buena amiga nuestra —dijo, como si Adora fuese una bienhechora de gran corazón—. Daba clases particulares de lengua y ortografía a Ann. Ella y mi hija estaban muy unidas. Ann estaba muy orgullosa de tener una amiga adulta.

Mi madre se sentó con las manos entrelazadas en el regazo y la falda extendida sobre el sofá, y me guiñó un ojo. Tuve la impresión de que me estaba advirtiendo que no dijese algo, pero no sabía el qué.

—No tenía ni idea —dije al fin.

Y era verdad. Creía que mi madre había fingido conocer a aquellas dos chiquillas para exagerar el duelo por su muerte. Ahora me sorprendía lo discreta que había sido. Pero ¿por qué daba clases particulares a Ann? Cuando yo era pequeña, se había ofrecido a ayudar en la asociación de padres de mi colegio —sobre todo para pasar un rato con otras amas de casa de Wind Gap—, pero no me imaginaba que fuese capaz de llevar su principio de *noblesse oblige* hasta el extremo de pasar las tardes con una chiquilla harapienta de la parte oeste de la ciudad. A veces subestimaba a Adora. Supongo.

—Camille, creo que deberías marcharte —dijo Adora—. He venido a visitar a esta familia y estos días me resulta difícil relajarme cuando tú estás cerca.

—No he acabado de hablar con el señor Nash.

—Sí, sí que has acabado.

Adora miró a Nash para que confirmase sus palabras y este esbozó una sonrisa incómoda, como alguien que mirara directamente al sol.

—A lo mejor podemos retomar esta conversación otro día, señorita… Camille.

De pronto, una palabra empezó a relampaguearme en la parte baja de la cadera: «castigo». Noté cómo empezaba a arder.

—Gracias por su tiempo, señor Nash —me despedí, y salí de la habitación sin mirar a mi madre.

Empecé a llorar antes incluso de haber llegado al coche.

7

Un vez estaba en una fría esquina en Chicago, esperando a que el semáforo se pusiera en verde, cuando llegó un ciego con su bastón. «¿Cuál es este cruce?», preguntó, y como no le respondí, se volvió hacia mí y dijo: «¿Hay alguien ahí?».

«Estoy aquí», contesté, y esas palabras me parecieron increíblemente reconfortantes. Cada vez que me entra el pánico, las digo en voz alta para mí sola. «Estoy aquí.» No suelo sentir que lo esté; me siento como si una ráfaga cálida de viento fuese a soplar en mi dirección y a hacerme desaparecer para siempre, sin dejar siquiera un cachito de uña. Algunos días ese pensamiento me resulta tranquilizador; otros, en cambio, me da escalofríos.

Mi sensación de ingravidez se debe, creo, al hecho de que sé muy pocas cosas acerca de mi pasado... o al menos esa es la conclusión a la que llegaron los loqueros del hospital. Hace ya mucho tiempo que he desistido de la idea de averiguar algo sobre mi padre; cuando me lo imagino, es una imagen genérica del «padre». No soporto pensar en él de forma demasiado específica, imaginármelo comprando en el súper o tomándose una taza de café por las mañanas, volviendo a casa con sus niños... ¿Me daré algún día de bruces con una chica que se parezca a mí? De niña trataba con ahínco de encontrar un parecido convincente entre mi madre y yo, algún vínculo que demostrase que descendía de ella. La examinaba cuando no me veía, robaba los retratos enmarcados de su habitación e intentaba convencerme a mí misma de que había heredado sus ojos. O tal vez fuese algo que no estaba en la cara, la curva de una pantorrilla o el hueco del cuello.

Ni siquiera me contó nunca cómo había conocido a Alan. Todo lo que sé acerca de la historia entre ambos lo he ido descubriendo por terceros. En mi casa no están bien vistas las preguntas, se consideran una indiscreción. Recuerdo la impresión que me produjo oír a mi compañera de habitación en la universidad hablando con su madre por teléfono: las nimiedades con todo lujo de detalles y la falta de autocensura se me antojaban decadentes. Contaba tonterías sin importancia, como que había olvidado que estaba matriculada en una asignatura –había olvidado por completo que tenía clase de Introducción a la Geografía tres días a la semana–, y lo decía en el mismo tono jactancioso de un párvulo que hubiese ganado un premio con un dibujo de ceras.

Recuerdo que al final conocí a su madre en persona, y también cómo esta se movía muy desenvuelta por nuestra habitación inspeccionándolo todo y haciendo toda clase de preguntas, sabiendo como ya sabía tantas cosas sobre mí. Le dio a Alison una bolsa grande de plástico llena de imperdibles que le pareció que podían serle de utilidad, y cuando se marcharon a almorzar me sorprendí a mí misma echándome a llorar. Aquel gesto, tan insignificante y tan amable, me desconcertó por completo. ¿Era aquello lo que hacían las madres, preguntarse si a sus hijas podrían hacerles falta imperdibles? La mía llamaba una vez al mes y siempre hacía las mismas preguntas prácticas (notas, clases, futuros gastos…).

De niña, no recuerdo haberle dicho nunca a Adora cuál era mi color preferido, ni qué nombre me gustaría ponerle a mi hija cuando fuese mayor. No creo que llegase a saber nunca cuál era mi plato favorito y desde luego nunca me presenté en su cuarto de madrugada, llorando por culpa de las pesadillas. Siempre siento lástima por la niña que fui, porque nunca se me pasó por la cabeza que mi madre pudiese consolarme. Nunca me ha dicho que me quiere, y nunca he supuesto que sea así. Se ocupaba de mí. Atendía mis necesidades. Ah, sí, y una vez me compró crema con vitamina E.

Durante un tiempo quise convencerme de que el distanciamiento de Adora era una defensa construida después de lo de Marian, pero lo cierto es que creo que siempre ha tenido más problemas con los niños de los que está dispuesta a admitir. De hecho, creo que los odia. Hay celos, cierto resentimiento que puedo sentir aún hoy, en mis recuerdos. En algún momento seguramente le gustó la idea de tener una hija. Cuando Adora era niña, estoy segura de que soñaba con ser madre, con dar mimos, con lamer a su bebé como una gata amamantando a sus crías. Siente esa clase de voracidad por los niños, se abate de esa manera sobre ellos. Incluso a mí, en público, me trataba como una madre amantísima. Una vez terminado su período de duelo por Marian, me exhibía por toda la ciudad, sonriendo y prodigándome carantoñas, haciéndome cosquillas mientras charlaba con la gente en las aceras. Cuando llegábamos a casa, se metía en su habitación como una frase dejada a medias, y yo me sentaba fuera con la cara apoyada contra su puerta y reproducía en mi cabeza lo ocurrido durante el día, buscando pistas que me indicasen qué podía haber hecho para disgustarla.

Hay un recuerdo que se me ha quedado incrustado en la memoria como un coágulo de sangre sucio. Marian llevaba muerta un par de años y mi madre había invitado a un grupo de amigas a casa a tomar algo. Una de ellas trajo un bebé. Se pasaron horas arrullándolo, cubriéndolo de besos y marcas de pintalabios, limpiándolo con pañuelos de papel y luego vuelta a ensuciarlo con pintalabios. Se suponía que yo debía estar leyendo en mi cuarto, pero me senté en lo alto de la escalera a observarlas.

Al final le pasaron el pequeño a mi madre y ella lo estrechó con fuerza. «¡Ay, qué maravilla poder volver a abrazar a un bebé!» Adora lo columpió sobre su rodilla, lo paseó por las habitaciones, le susurró cosas al oído, y yo lo contemplaba todo desde arriba como si fuera una pequeña diosa rencorosa, apretándome el dorso de la mano contra la cara e imaginando qué sensación produciría el contacto de mi mejilla con la de mi madre.

Cuando las señoras se fueron a la cocina para ayudar a recoger los platos, algo cambió. Recuerdo a mi madre, a solas en la sala de estar, mirando al bebé de forma casi lasciva. Apretó los labios con fuerza contra la mejilla carnosa del pequeño y luego abrió la boca solo un poco, atrapó un diminuto trozo de carne entre los dientes y le dio un pequeño mordisco.

El bebé se puso a aullar. La mancha de la mejilla fue desapareciendo mientras Adora mecía al niño contra su pecho y les decía a las demás mujeres que se había puesto un poco nervioso. Yo corrí a la habitación de Marian y me metí debajo de las mantas.

De vuelta en Footh's a tomar una copa después del episodio con mi madre y los Nash. Estaba bebiendo demasiado, pero nunca hasta el punto de emborracharme, razoné conmigo misma. Solo necesitaba echar un trago. Siempre he sentido debilidad por la imagen del licor como lubricación, una capa protectora contra todos los pensamientos dañinos que fabrica la mente. El camarero era un tipo con la cara redonda que iba dos cursos detrás de mí en el instituto y que estaba casi segura de que se llamaba Barry, pero no tanto como para llegar a llamarlo así.

—Bienvenida —murmuró mientras me llenaba un vaso grande de plástico de la gasolinera con dos tercios de bourbon y luego añadía un poco de cola—. Invita la casa —dijo, dirigiéndose al servilletero—. Aquí no aceptamos dinero de las mujeres guapas.

El cuello se le puso colorado y de repente fingió que tenía que atender algo urgente al otro extremo de la barra.

Decidí conducir por Neeho Drive para volver a casa. Era una calle donde habían vivido varios de mis amigos; atravesaba toda la ciudad y se volvía más elegante a medida que se acercaba a la casa de Adora. Vi la vieja casa de Katie Lacey, una mansión de aspecto poco sólido que sus padres habían construido cuando teníamos diez años... después de haber demolido su antigua casa victoriana.

Una manzana por delante de mí, vi a una niña montada en un traqueteante carrito de golf decorado con pegatinas de flores. Llevaba el pelo recogido en unas elaboradas trencitas que recordaban a una muchacha tirolesa en un bote de cacao en polvo. Amma. Había aprovechado la visita de Adora a los Nash para hacer una escapadita: desde el asesinato de Natalie, ver a una niña sola por la calle se había convertido en una rareza en Wind Gap.

En lugar de continuar hacia casa, giró y se dirigió hacia el este, es decir, en dirección a las casuchas cochambrosas y la granja porcina. Doblé la esquina y la seguí tan despacio que casi se me cala el motor.

El trayecto ofrecía una oportuna cuesta abajo para Amma, y el carrito se deslizaba a tanta velocidad que las trenzas ondeaban al viento a su espalda. Al cabo de diez minutos ya habíamos salido a campo abierto. Hierbajos altos y amarillentos y vacas ociosas. Graneros encorvados como si fueran ancianos. Dejé el coche en punto muerto unos minutos para concederle a Amma cierta ventaja y luego seguí conduciendo a la distancia suficiente para no perderla de vista. Pasamos cerca de varias granjas y junto a un puesto de venta de nueces en el arcén atendido por un chaval que sostenía un cigarrillo con el aire desenvuelto de una estrella de cine. La atmósfera no tardó en oler a mierda y saliva rancia, y supe con certeza adónde nos dirigíamos. Después de otros diez minutos aparecieron las rejas metálicas de las porquerizas, largas y relucientes como hileras de grapas. Los chillidos hacían que me sudasen hasta las orejas, como los chirridos de una herrumbrosa bomba de agua. La nariz me empezó a arder involuntariamente y se me humedecieron los ojos. Quienes hayan estado alguna vez cerca de una fábrica de explotación animal saben a lo que me refiero. El olor no es como el agua o el aire, es algo sólido. Como si tuvieses que abrir un agujero en el hedor para encontrar cierto alivio… pero no puedes.

Amma pasó a toda velocidad por la verja de entrada a la granja y el tipo de la garita se limitó a saludarla con la mano. A mí me costó más entrar hasta que pronuncié la palabra mágica: «Adora».

—Es verdad, Adora tiene una hija mayor. Ya me acuerdo —dijo el viejo.

En su tarjeta de identificación se leía «José». Me fijé a ver si le faltaba algún dedo. A los mexicanos no les dan trabajos cómodos en una garita a menos que se esté en deuda con ellos. Así es como funcionan las fábricas por aquí abajo: los mexicanos siempre tienen los trabajos de mierda, los más peligrosos, y aun así los blancos se quejan.

Amma aparcó el carrito junto a una camioneta y se sacudió el polvo de encima. A continuación, echó a andar con paso resuelto y brioso, dejando atrás el matadero y las hileras de porquerizas, con aquellos hocicos rosados y húmedos retorciéndose entre las rejillas de los respiraderos, hasta llegar a una enorme nave metálica donde tiene lugar el amamantamiento. La mayoría de las madres son inseminadas repetidamente, camada tras camada, hasta que sus cuerpos dicen basta y las llevan al matadero. Pero mientras siguen siendo útiles, las obligan a amamantar a los lechones atadas de costado en las jaulas parideras, abiertas de patas y con los pezones al aire. Los cerdos son criaturas extremadamente inteligentes y sociables, y esa intimidad forzada de cadena de montaje hace que a las cerdas madres les entren ganas de morirse. Cosa que hacen, en cuanto se les seca la leche.

La sola idea de esa práctica me parece repulsiva, pero el hecho de verla con tus propios ojos te afecta muy directamente, te hace menos humano. Como ser testigo de una violación y no decir nada. Vi a Amma al final de la nave, de pie junto a una jaula paridera. Unos hombres estaban sacando de ella a una camada de lechones que no dejaban de chillar y la sustituían por otra. Me dirigí al otro extremo de la nave para colocarme detrás de Amma sin que ella me viera. La cerda yacía de lado en estado casi comatoso, con la barriga expuesta entre unas barras de metal y unos pezones enrojecidos y sanguinolentos despuntando hacia fuera como si fueran dedos. Uno de los hombres untó con aceite el pezón más ensangrentado y luego lo sacudió y se echó a reír. No prestaban ninguna atención a Amma, como si fuese normal que ella estuviese allí. Amma le guiñó un ojo a uno de ellos mientras metían a otra cerda en una jaula y se iban a buscar la siguiente camada.

Los lechones de la paridera se amontonaban sobre la cerda como hormigas en un pegote de gelatina. Se peleaban por los pezones, que entraban y salían de sus bocas, tirando con fuerza de ellos como si fueran de goma. La cerda tenía los ojos en blanco, y Amma contemplaba el espectáculo fascinada, sentada en el suelo con las piernas cruzadas. Cinco minutos más tarde seguía en la misma postura, ahora sonriendo y retorciéndose. Tenía que marcharme de allí. Eché a andar, primero despacio y luego a la carrera, en dirección a mi coche. Con la puerta cerrada, la radio a todo volumen y el bourbon caliente escociéndome en la garganta, me alejé de aquel hedor y aquel sonido. Y de aquella niña.

8

Amma. En todo aquel tiempo no había sentido ningún interés especial por ella. Ahora sí lo sentía. Lo que había visto en la granja me tenía la garganta oprimida. Mi madre decía que era la chica más popular de la escuela y yo lo creía. Jackie decía que era la más mala y eso también lo creía. Vivir dentro del remolino de amargura de Adora por fuerza tenía que volver a la gente un poco retorcida. ¿Y qué pensaría Amma de Marian?, me preguntaba. Tenía que ser muy confuso vivir a la sombra de una sombra. Pero Amma era una chica muy lista: montaba sus numeritos fuera de casa. Cuando estaba cerca de Adora, era una niña dócil, cariñosa y frágil... justo como tenía que ser para conseguir el amor de mi madre.

Sin embargo, esa vena violenta... la pataleta, el manotazo a su amiga y ahora aquello tan desagradable. Esa tendencia a hacer y presenciar cosas horribles... De repente, todo eso me recordó a las historias sobre Ann y Natalie. Amma no era como Marian, pero tal vez sí se parecía un poco a aquellas dos.

A última hora de la tarde, justo antes de la cena, decidí intentarlo otra vez y pasar por casa de los Keene. Necesitaba una declaración de la familia para mi artículo y, si no la conseguía, Curry me retiraría del caso y me haría volver. No es que me importara marcharme de Wind Gap, pero necesitaba demostrar que podía arreglármelas sola, sobre todo con mi credibilidad en tela de juicio. Una mujer que se corta con cuchillas no es la primera en la lista para que le asignen reportajes difíciles.

Pasé con el coche junto al lugar donde fue hallado el cadáver de Natalie. Los objetos que Amma no había considerado dignos de ser robados formaban un triste montoncillo: tres velas casi consumidas por completo, apagadas hacía ya tiempo, junto con ramos de flores baratos todavía con los envoltorios del supermercado. Un flácido globo de helio con forma de corazón cabeceaba lánguidamente.

En el camino de entrada de los Keene, el hermano de Natalie estaba sentado en el asiento del acompañante de un descapotable rojo hablando con una chica rubia cuya belleza casi igualaba a la de él. Aparqué el coche detrás de ellos, los vi mirarme a hurtadillas, y luego simularon no darse cuenta de mi presencia. La chica se puso a reír animadamente, pasando unas uñas pintadas de rojo por la parte de atrás del pelo negro del chico. Los saludé con un rápido y torpe movimiento de cabeza, que estoy segura de que no vieron, y pasé por su lado para dirigirme a la entrada principal.

La madre de Natalie contestó al timbre. Tras ella, la casa estaba a oscuras y en silencio. En su cara había una expresión receptiva; no me había reconocido.

—Señora Keene, siento mucho molestarla en estos momentos tan duros, pero necesito hablar con usted.

—¿Sobre Natalie?

—Sí, ¿puedo pasar?

Era un truco sucio colarme en su casa sin identificarme previamente. A Curry le gusta decir que los periodistas son como los vampiros: no pueden entrar en tu casa si no los invitas, pero una vez que están dentro no puedes echarlos hasta que te han dejado seco. La mujer abrió la puerta.

—Oh, qué fresquito y qué bien se está aquí dentro, gracias —dije—. Se suponía que hoy íbamos a alcanzar los treinta grados, pero yo creo que los hemos superado.

—Sí, he oído que hemos llegado a treinta y cinco.

—Me lo creo. ¿Podría darme un vaso de agua, por favor?

Otra triquiñuela de larga tradición: es menos probable que una mujer te eche de su casa si antes te ha ofrecido su hospitalidad. Si tienes alergias o un resfriado, pedir un pañuelo de papel es aún mejor. A las mujeres les encanta la vulnerabilidad. A la mayoría de las mujeres.

—Pues claro.

Hizo una pausa y me miró, como si pensase que debería saber quién era yo pero le diese demasiada vergüenza preguntármelo. Empleados de funeraria, curas, policías, médicos, personas que acudían a darle el pésame... seguramente había conocido a más gente en los días anteriores que en todo un año.

Mientras la señora Keene desaparecía en la cocina, eché un vistazo alrededor. El salón parecía completamente distinto ese día, con los muebles colocados de nuevo en su sitio. En una mesa cercana vi una foto de los dos hijos de los Keene, apoyados a cada lado de un roble gigantesco y vestidos con vaqueros y jerséis rojos. Él esbozaba una sonrisa incómoda, como si estuviera haciendo algo de lo cual preferiría no dejar constancia. Ella medía aproximadamente la mitad que él y parecía obstinadamente seria, como si posara para un viejo daguerrotipo.

—¿Cómo se llama su hijo?

—Ese es John. Es un chico muy bueno y agradable. Siempre me he sentido muy orgullosa de ello. Se acaba de graduar en el instituto.

—En eso las cosas han mejorado un poco. Cuando yo estudiaba allí, nos hacían esperar hasta junio.

—Mmm... Sí, está bien disfrutar de veranos más largos.

Le sonreí y ella me sonrió. Después me senté y tomé un sorbo de agua. No me acordaba de lo que Curry aconsejaba una vez que ya habías entrado en el salón de alguien.

—Lo cierto es que todavía no nos hemos presentado como es debido. Me llamo Camille Preaker. Del *Chicago Daily Post*. La otra noche hablamos brevemente por teléfono.

Dejó de sonreír. Su mandíbula se tensó.

—Tendría que habérmelo dicho antes.

—Ya sé que estos son momentos muy difíciles para usted, y si pudiera hacerle unas preguntas…

—No puede.

—Señora Keene, queremos que se haga justicia a su familia, por eso estoy aquí. Cuanta más información podamos proporcionar a la gente…

—Más periódicos podrán vender. Estoy muy harta de todo esto. Se lo diré por última vez: no vuelva por aquí. No intente ponerse en contacto con nosotros. No tengo absolutamente nada que decirle. —Se acercó a mí y se inclinó hacia delante. Llevaba, al igual que en el funeral, un collar de cuentas de madera con un enorme corazón rojo en el centro. Oscilaba hacia delante y hacia atrás sobre su pecho como el reloj de un hipnotizador—. Creo que es usted un parásito —me escupió—. Me da asco. Espero que algún día, cuando piense en todo esto, se dé cuenta de lo repugnante que es. Y ahora, por favor, váyase.

Me siguió hasta la puerta, como si no creyera que me iría de veras hasta verme traspasar el umbral. Al salir yo, cerró la puerta con tanta fuerza que hizo sonar ligeramente la campanilla del timbre.

Me quedé de pie en la entrada completamente ruborizada, pensando en lo bien que quedaría el detalle del collar con el corazón en mi reportaje, cuando vi a la chica del descapotable rojo mirándome fijamente. El chico había desaparecido.

—Eres Camille Preaker, ¿verdad? —dijo.

—Sí.

—Me acuerdo de ti —prosiguió—. Yo era una mocosa cuando vivías aquí, pero todos te conocíamos.

—¿Cómo te llamas?

—Meredith Wheeler. No creo que te acuerdes de mí, era una cría cuando tú ibas al instituto.

La novia de John Keene. Su nombre me resultaba familiar gracias a las amigas de mi madre, pero era imposible que me acordara de ella. Ella debía de tener seis o siete años cuando me marché de Wind Gap. Aun así, no me sorprendió en absoluto que ella sí se acordase de mí. Las niñas más jovencitas estudiaban obsesivamente a las chicas mayores: quiénes salían con las estrellas del equipo de fútbol, quiénes eran las reinas de la fiesta del instituto, quiénes las más populares... Intercambiabas a tus favoritas como si de cromos de béisbol se tratara. Todavía me acuerdo de CeeCee Wyatt, la reina del baile de fin de curso del instituto Calhoon cuando yo era niña. Una vez me compré once pintalabios en la perfumería tratando de encontrar el tono exacto de rosa que llevaba cuando me saludó una mañana.

—Me acuerdo de ti —mentí—. No me puedo creer que ya tengas edad para conducir.

Se echó a reír, a todas luces complacida por mi mentira.

—Ahora eres periodista, ¿verdad?

—Sí, en Chicago.

—Le diré a John que hable contigo. Estaremos en contacto.

Meredith se largó pitando. Estoy segura de que se sentía muy satisfecha consigo misma («Estaremos en contacto») mientras se retocaba el brillo de labios sin pensar en absoluto en la niña muerta de diez años que iba a ser el tema de la conversación.

Telefoneé a la ferretería principal de la ciudad, donde habían encontrado el cadáver de Natalie. Sin identificarme, empecé a hablar de la posibilidad de reformar mi cuarto de baño, de cambiar los azulejos. Traté de no ser muy brusca al derivar la conversación hacia los asesinatos. Supongo que últimamente mucha gente se ha estado replanteando el tema de la seguridad en el hogar, sugerí.

—Así es, señora. Estos últimos días ha aumentado la demanda de cadenas para puertas y cerraduras dobles —refunfuñó la voz.

—Ah, ¿sí? ¿Y cuántas han vendido?

—Unas tres docenas, calculo.

—¿La mayoría a familias? ¿Matrimonios con hijos?

—Sí, claro. Son los que tienen más razones para estar preocupados, ¿no? Una cosa horrible. Confiamos en poder hacer algún tipo de donativo a la familia de la pequeña Natalie. –Hizo una pausa–. ¿Quiere venir a echar un vistazo a las muestras de azulejos?

–Sí, tal vez lo haga, gracias.

Otra tarea de reportera tachada de la lista, y ni siquiera había tenido que exponerme a los insultos de una madre doliente.

Para nuestra cena, Richard escogió Gritty's, un restaurante «familiar» con un bufet de ensaladas en el que había de todo menos ensalada. La lechuga siempre estaba en un pequeño recipiente en un rincón, grasienta y pálida, como si se hubiesen acordado de incluirla en el último momento. Richard estaba tonteando con la gorda y dicharachera encargada cuando llegué, hecha un manojo de nervios, doce minutos tarde. La chica, con una cara que combinaba de maravilla con los pasteles que giraban en el aparador que tenía detrás, no pareció percatarse de mi entrada en escena. Estaba inmersa en las posibilidades de Richard: en su cabeza ya estaba redactando la entrada de su diario para esa noche.

–Preaker –dijo él, sin apartar los ojos de la chica–, tu impuntualidad es de escándalo. Suerte tienes de que JoAnn estuviese aquí para hacerme compañía.

La chica rió tontamente y luego me fulminó con la mirada antes de conducirnos a un reservado, donde me puso de malos modos una carta grasienta delante de las narices. En la superficie de la mesa aún se veía el contorno de los platos del cliente anterior.

Apareció la camarera, que me sirvió un vaso de agua del tamaño de un chupito y luego le dio a Richard uno grande de porexpán lleno de refresco.

–Hola, Richard. Me he acordado, ¿lo ves?

–Por eso eres mi camarera favorita, Kathy.

Qué mono.

–Hola, Camille. Me habían dicho que estabas por aquí.

No quería volver a oír esa frase nunca más. Tras echarle un segundo vistazo, reconocí en la camarera a una de mis antiguas compañeras de clase. Habíamos sido amigas durante un semestre el segundo año de universidad, porque salíamos con dos deportistas que además eran amigos —el mío se llamaba Phil y el suyo Jerry—, dos chicos que jugaban al fútbol americano en otoño, practicaban lucha libre en invierno y montaban fiestas todo el año en la sala de juegos del sótano de casa de Phil. Tuve un recuerdo fugaz de las dos cogidas de la mano para mantener el equilibrio mientras meábamos en la nieve, justo al otro lado de las puertas correderas de cristal, demasiado borrachas para enfrentarnos a la madre de Phil en el piso de arriba. Recuerdo que me contó que se lo había hecho con Jerry en la mesa de billar, lo cual explicaba por qué el tapete estaba tan pegajoso.

—Hola, Kathy, me alegro de verte. ¿Qué tal estás?

Extendió los brazos y echó un vistazo en torno al restaurante.

—Pues ya te lo puedes imaginar. Pero, bueno, eso me pasa por quedarme en esta ciudad, ¿no? Bobby te manda recuerdos. Bobby Kidder.

—¡Ah, sí! Dios… —Se me había olvidado que estaban casados—. ¿Cómo está?

—El mismo Bobby de siempre. Tienes que venir a vernos algún día. Si tienes tiempo. Vivimos en Fisher.

Me imaginé sentada en la sala de estar de Bobby y Kathy Kidder, escuchando el sonoro tictac del reloj e intentando que se me ocurriera algo que decir. Kathy sería la que hablase todo el tiempo, siempre lo había hecho. Era la clase de persona que prefería leer los carteles de las calles en voz alta antes que soportar el silencio. Y si Bobby era el mismo de siempre, se trataba de un hombre de pocas palabras pero simpático, un chico con escasas aficiones y unos ojos azul grisáceo que solo enfocaban la mirada cuando la conversación giraba en torno al tema de la caza. En la época del instituto, guardaba las pezuñas de todos los ciervos que cazaba y siempre llevaba el último par en el bolsillo, y la sacaba y empezaba a tocar ritmos de batería con ellas en la superficie dura que tuviese más a mano. A mí siempre me parecía el código morse del ciervo muerto, una llamada de socorro tardía procedente del venado del día siguiente.

—Bueno, decidme, ¿vais a querer el bufet de ensaladas?

Yo pedí una cerveza, lo que generó una elocuente pausa. Kathy se volvió para echar un vistazo al reloj de la pared.

—Mmm… Se supone que no podemos servir alcohol hasta las ocho, pero veré si puedo sacarte una sin que se enteren… por los viejos tiempos, ¿vale?

—Bueno, no quiero que te metas en ningún lío por mi culpa…

Muy típico de Wind Gap eso de establecer reglas arbitrarias para el consumo de alcohol. Si el margen fueran las cinco, al menos tendría sentido, pero ponerlo a las ocho era justo la manera más directa de hacer que te sintieras culpable.

—Por Dios, Camille, sería lo más interesante que me ha pasado en años…

Mientras Kathy iba a la cocina a hurtar una cerveza para mí, Richard y yo llenamos nuestras bandejas con filetes de pollo frito, sémola de maíz, puré de patatas y, en el caso de Richard, un pedazo tembloroso de gelatina que ya se le estaba derritiendo encima de la comida cuando volvimos a nuestra mesa. Kathy había dejado una botella de cerveza discretamente en el cojín de mi asiento.

—¿Siempre empiezas a beber tan pronto?

—Solo me voy a tomar una cerveza.

—Cuando entraste te olía el aliento a alcohol, disimulado bajo una capa de caramelos Certs… ¿de clorofila?

Me sonrió, como si simplemente tuviese curiosidad, sin emitir ningún juicio. Estaba segura de que en la sala de interrogatorios era una auténtica estrella.

—Caramelos, sí; alcohol, no.

A decir verdad, por eso es por lo que había llegado tarde. Justo antes de entrar en el aparcamiento, advertí que necesitaba disimular rápidamente el traguito que me había tomado después de estar en casa de los Keene, así que conduje varias manzanas más hasta el súper para comprar caramelos. De clorofila.

—Vale, Camille —dijo con delicadeza—. No te preocupes, no es asunto mío.

Tomó una cucharada de puré de patatas, teñido de rojo por la gelatina, y permaneció en silencio. Parecía ligeramente avergonzado.

—Bueno, ¿y qué quieres saber de Wind Gap?

Sentía que lo había decepcionado profundamente, como un progenitor que acaba de incumplir la promesa de cumpleaños de llevar a su hijo al zoo. A partir de ese momento estaba dispuesta a contarle la verdad, a responder de manera impecable a la siguiente pregunta que me formulase a modo de compensación... y de pronto me pregunté si no sería esa la razón por la que había cuestionado de entrada mi afición a la bebida. Un poli listo.

Me miró fijamente.

—Quiero saber acerca de la violencia en esta ciudad. Cada lugar tiene su forma de expresar sus tensiones. ¿Se hace abiertamente, a escondidas? ¿Se suelen dar actos violentos en grupo, como las peleas de bares, las violaciones en grupo... o son específicos, personales? ¿Quién los comete? ¿Quién es el objetivo?

—Bueno, no sé si podré ofrecerte un panorama muy amplio de todo el historial de violencia de Wind Gap.

—Háblame de algún incidente verdaderamente violento que presenciases cuando vivías aquí.

Mi madre con el bebé.

—Vi a una mujer hacer daño a un crío.

—¿Una bofetada? ¿Una paliza?

—Le dio un mordisco.

—Vale, ¿a un niño o a una niña?

—Era una niña, creo.

—¿La niña era suya?

—No.

—Bien, bien, esto puede servir. Así que tenemos un acto de violencia muy personal contra una niña pequeña. Comprobaré quién lo hizo.

—No sé el nombre de la persona que lo hizo. Era un familiar de alguien de la ciudad.

—Bueno, ¿y quién podría saber el nombre de esa mujer? Supongo que si tiene parientes aquí, merecería la pena investigarlo.

Sentí que se me desencajaban las articulaciones, que mis miembros se ponían a flotar a mi alrededor como maderos a la deriva en un lago oleoso. Apreté las yemas de los dedos contra las púas del tenedor. El mero hecho de haber contado la historia en voz alta me causaba pánico. Ni siquiera se me había ocurrido que Richard pudiese querer detalles.

—Oye, se suponía que esto solo era un perfil general sobre la violencia —protesté, con la voz hueca por el zumbido de la sangre en mis oídos—. No dispongo de más detalles. Era una mujer a la que no reconocí y no sé con quién estaba. Solo supuse que era de fuera de la ciudad.

—Creía que los periodistas no trabajabais con suposiciones.

Estaba sonriendo de nuevo.

—Por aquel entonces no era periodista, solo era una niña…

—Camille, te estoy haciendo pasar un mal trago, lo siento. —Me arrancó el tenedor de los dedos, lo colocó lentamente en su lado de la mesa, me cogió la mano y la besó. Vi asomar la palabra «pintalabios» por debajo de mi manga derecha—. Perdóname, no pretendía someterte al tercer grado. Estaba interpretando al poli malo.

—Me cuesta trabajo verte en el papel de poli malo.

Sonrió abiertamente.

—Sí, me viene un poco forzado, eso es verdad. La culpa la tiene esta cara de niño guapo…

Por un segundo tomamos un sorbo de nuestras bebidas. Él jugueteó con el salero y añadió:

—¿Puedo hacerte algunas preguntas más? —Asentí—. ¿Cuál es el siguiente episodio violento que recuerdas?

El potente olor de la ensalada de atún de mi plato estaba haciendo que se me revolviese el estómago. Busqué a Kathy con la mirada para que me sirviese otra cerveza.

—Fue en quinto. Dos chicos acorralaron a una niña a la hora del recreo y le hicieron meterse un palo.

—¿Contra su voluntad? ¿La forzaron?

—Mmm... supongo que sí, algo así. Eran unos abusones, le dijeron que lo hiciese y ella lo hizo.

—¿Y lo presenciaste o te lo contaron?

—Nos obligaron a varios a mirar. Cuando la profesora lo descubrió, tuvimos que pedir disculpas.

—¿A la niña?

—No, la niña también tuvo que disculparse, ante la clase: «Las jovencitas tienen la obligación de controlar sus cuerpos, ya que los chicos no pueden hacerlo».

—Joder, a veces se me olvida lo distintas que eran las cosas, y no hace tantos años. Cuánta... ignorancia. —Richard anotó algo en su bloc y se zampó un bocado de gelatina—. ¿De qué más te acuerdas?

—Una vez, una chica de octavo se emborrachó en una fiesta del instituto y cuatro o cinco tíos del equipo de fútbol americano mantuvieron relaciones con ella, se la fueron pasando, más o menos. ¿Eso cuenta?

—Camille, pues claro que cuenta. Lo sabes, ¿verdad?

—Bueno, no sabía si eso contaba como violencia propiamente dicha o...

—Sí, yo consideraría una panda de gamberros violando a una chica de trece años como un acto de violencia propiamente dicha, sin ninguna duda.

—¿Qué tal está todo?

Kathy apareció de repente a nuestro lado, sonriéndonos.

—¿Crees que podrías conseguirme otra cerveza?

—Que sean dos.

—Vale, pero esta vez lo haré como favor a Richard, teniendo en cuenta que es el que da las mejores propinas de la ciudad.

—Gracias, Kathy —sonrió Richard.

Me incliné hacia delante sobre la mesa.

—Richard, no estoy cuestionando que fuese algo malo; solo trato de determinar cuál es tu criterio de acto violento.

—Sí, y me hago una idea bastante exacta de la clase de violencia a la que nos enfrentamos aquí, solo por el hecho de que me preguntes si eso cuenta. ¿Se informó a la policía?

–Pues claro que no.

–Me sorprende que de entrada no hicieran pedir disculpas a la chica por dejarse violar. Trece años… Me dan ganas de vomitar.

Intentó cogerme la mano de nuevo, pero yo la escondí en mi regazo.

–Entonces es la edad lo que lo convierte en violación.

–No, sería violación a cualquier edad.

–Si bebiera un poco más de la cuenta esta noche y perdiese la cabeza y me acostase con cuatro tíos, ¿sería eso violación?

–Legalmente, no lo sé, dependería de muchas cosas… como de tu abogado, por ejemplo. Pero éticamente, joder, sí.

–Eres sexista.

–¿Qué?

–Que eres sexista. Estoy hasta las mismísimas narices de hombres progres y liberales que practican la discriminación sexual bajo la apariencia de proteger a las mujeres contra la discriminación sexual.

–Te aseguro que no estoy haciendo nada de eso.

–Hay un tipo en mi redacción, un tipo… «sensible». Cuando ascendieron a otro en lugar de a mí, me dijo que los denunciara por discriminación. No sufrí ninguna discriminación; era una reportera mediocre, sencillamente. Y a veces a las mujeres que están borrachas no las violan; tan solo toman decisiones estúpidas. Y decir que merecemos un trato especial cuando estamos borrachas porque somos mujeres, decir que necesitamos «que nos protejan»… me parece de lo más ofensivo.

Kathy volvió con nuestras cervezas y bebimos en silencio hasta apurar los vasos por completo.

–Joder, Preaker, está bien, tienes razón.

–Vale.

–Pero sí reconoces un patrón, ¿verdad? En las agresiones a mujeres, en la actitud sobre las agresiones.

–Salvo que ni la niña de los Nash ni la de los Keene fueron agredidas sexualmente, ¿verdad?

–Creo que, en nuestra mente masculina, el hecho de arrancar los dientes es equiparable a una violación. Todo es una cuestión de poder: es invasivo, requiere una gran cantidad de fuerza y a medida que va saliendo cada diente… es como una descarga.

—¿Lo que dices tiene carácter oficial?

—Si veo esto publicado en tu periódico, aunque solo sea una insinuación relacionada con esta conversación en alguno de tus artículos, tú y yo jamás volveremos a cruzar una sola palabra. Y eso sería terrible, porque me gusta charlar contigo. Salud.

Richard entrechocó su vaso vacío con el mío. Yo permanecí en silencio.

—De hecho, deja que te lleve a algún sitio —dijo—. Solo para divertirnos, nada de hablar de trabajo. Mi cerebro necesita desesperadamente una noche libre de toda esta mierda. Podríamos hacer algo típico en una ciudad pequeña como esta.

Arqueé las cejas con gesto interrogativo.

—¿Hacer caramelitos masticables? ¿Atrapar a un cerdo untado con grasa? —Empezó a enumerar actividades con los dedos—. ¿Elaborar nuestro propio helado? ¿Recorrer Main Street en uno de esos cochecitos Shriner? Oh, ¿hay alguna feria en algún pueblo de los alrededores? Podría hacerte una demostración de fuerza.

—Con esa actitud seguro que te metes a todos los lugareños en el bolsillo.

—A Kathy le gusto.

—Porque le das buenas propinas.

Terminamos en el Garrett Park, subidos a unos columpios que eran demasiado estrechos para nosotros, meciéndonos hacia delante y hacia atrás en el anochecer cálido y polvoriento. El lugar donde Natalie Keene había sido vista con vida por última vez, aunque ninguno de los dos lo mencionó. Más allá del campo de béisbol, una vieja fuente de piedra escupía sin cesar un chorro de agua, que no se detendría hasta el día del Trabajo.

—Veo a muchos chavales de instituto que vienen aquí a divertirse por las noches —dijo Richard—. Vickery está demasiado ocupado para perseguirlos.

—Ya era así en mis tiempos de instituto. Beber alcohol no es nada extraño por aquí. Salvo en Gritty's, por lo visto.

—Me gustaría haberte visto a los dieciséis años. A ver si lo adivino: eras la hija rebelde del predicador. Guapa, inteligente y con dinero. Me imagino que por aquí eso es una combinación perfecta para meterse en líos. Te imagino ahí mismo —dijo, señalando las agrietadas gradas descubiertas—. Compitiendo con los chicos para ver quién bebía más, y ganándoles.

El menor de los escándalos que había protagonizado en aquel parque. Allí había tenido lugar no solo mi primer beso, sino también mi primera mamada, a la edad de trece años. Uno de los chicos mayores del equipo de béisbol me acogió bajo su ala y luego me llevó al bosque. No pensaba besarme hasta que se la chupara, y luego no me besó por culpa del sitio donde había estado mi boca. Amor adolescente. Poco después tuvo lugar mi noche loca con los del equipo de fútbol americano, la historia que tanto había indignado a Richard. Octavo curso, cuatro tíos. Hubo más marcha esa noche de la que he tenido en los últimos diez años. Sentí cómo la palabra «mala» me ardía junto a la pelvis.

—Me lo pasé bastante bien —expliqué—. Con belleza y dinero puedes llegar muy lejos en Wind Gap.

—¿Y con la inteligencia?

—La inteligencia hay que disimularla. Tuve muchos amigos, pero ninguno lo bastante importante, ¿me comprendes?

—Me lo imagino. ¿Te llevabas bien con tu madre?

—No especialmente.

Había bebido una copa de más; sentía que la cara me ardía, como abotargada.

—¿Por qué no?

Richard giró el columpio para mirarme de frente.

—Creo que algunas mujeres no están hechas para ser madres, simplemente. Y algunas mujeres no están hechas para ser hijas.

—¿Te hizo daño alguna vez?

La pregunta me hizo sentir incómoda, sobre todo después de nuestra conversación durante la cena. ¿Me había hecho daño? Estaba segura de que algún día soñaría con un recuerdo de ella arañando, mordiendo o pellizcando. Me sentí como si aquello hubiera sucedido. Me imaginé a mí misma arrancándome la blusa para mostrarle a Richard mis cicatrices, gritando: «¡Sí! ¡Mira!». Indulgente.

—Es una pregunta un poco extraña, Richard.

—Lo siento, es que cuando has dicho eso parecías tan... triste. Enfadada, o algo así.

—Eso es típico de alguien que mantiene una excelente relación con sus padres.

—Sí, soy culpable. —Se echó a reír—. ¿Y si cambio de tema?

—Sí.

—Muy bien, veamos... una charla trivial. Conversación de columpio. —Richard arrugó la cara y levantó la cabeza fingiendo pensar—. Ya está, dime: ¿cuál es tu color favorito, tu sabor de helado favorito y tu estación favorita?

—El azul, el café y el invierno.

—El invierno. A nadie le gusta el invierno.

—Oscurece temprano, eso me gusta.

—¿Por qué?

Porque eso significa que el día ha terminado. Me gusta tachar los días en los calendarios: 151 días tachados y no ha sucedido nada verdaderamente horrible; 152 y el mundo no se ha ido al garete; 153 y no he destrozado la vida de nadie; 154 y nadie me odia a muerte. A veces pienso que no me sentiré del todo a salvo hasta que pueda contar los días que me quedan con una sola mano. Otros tres días y ya no tendré que preocuparme por la vida nunca más.

—Es solo que me gusta la noche.

Estaba a punto de añadir algo, poco, pero algo más, cuando un destartalado Camaro Iroc amarillo se detuvo al otro lado de la calle y Amma y sus rubias bajaron de la parte de atrás. Amma se inclinó sobre la ventanilla del conductor, mostrándole todo su escote al chico, que llevaba el pelo largo, rubio y grasiento que cabe esperar de alguien que todavía conduce un Camaro amarillo. Las tres chicas se pusieron detrás de ella contoneando las caderas, y la más alta, volviéndose para enseñarles el culo a los chicos, se inclinó hacia abajo y fingió atarse el cordón de los zapatos. Unos movimientos estupendos.

Las chicas se acercaron hacia donde estábamos nosotros y Amma empezó a agitar las manos con grandes aspavientos quejándose del humo negro del tubo de escape. Eran unas criaturas muy sexis, eso tenía que admitirlo. Melenas largas y rubias, caras en forma de corazón y piernas delgadas. Minifaldas con tops minúsculos que dejaban al descubierto unas barrigas infantiles y planas. Y con la excepción de la tal Jodes, cuyo busto era demasiado alto y rígido para ser otra cosa que relleno, las demás tenían pechos rotundos, bamboleantes y en extremo desarrollados. Todos esos primeros años de ingesta de leche, de cerdo y de ternera, todas esas hormonas extra con las que alimentamos a nuestro ganado. Pronto veremos a criaturas de pocos años con tetas.

—Hola, Dick —lo saludó Amma.

Estaba chupando un Blow Pop rojo de tamaño gigante.

—Hola, señoritas.

—Eh, Camille, ¿ya me has convertido en una estrella? —preguntó Amma, pasando la lengua alrededor de la bola de caramelo.

Las trenzas de reminiscencias alpinas habían desaparecido, así como la ropa que había llevado para ir a la granja, que tenía que apestar con olores de todo tipo y condición. En ese momento llevaba una camiseta sin mangas y una faldita que le tapaba la entrepierna solo por un par de centímetros.

—Todavía no.

Tenía un cutis aterciopelado, sin manchas ni arrugas, un rostro tan perfecto y carente de personalidad que parecía recién salido del vientre materno. Todas ellas parecían inacabadas. Tenía ganas de que se fueran.

—Dick, ¿cuándo vas a llevarnos a dar una vuelta? —preguntó Amma, dejándose caer en el suelo de tierra ante nosotros, con las rodillas dobladas para revelar un atisbo de sus bragas.

—Para eso tendría que deteneros. Y puede que también a esos chicos con los que vais. Los chicos del instituto son demasiado mayores para vosotras.

—No van al instituto —repuso la chica alta.

—No. —Amma se rió—. Han dejado los estudios.

—Amma, ¿cuántos años tienes? —preguntó Richard.

—Acabo de cumplir trece.

—¿Por qué siempre te interesas tanto por Amma? —interrumpió la del pelo rubio broncíneo—. Nosotras también estamos aquí, ¿sabes? Seguro que ni siquiera sabes cómo nos llamamos.

—Camille, ¿conoces a Kylie, Kelsey y Kelsey? —dijo Richard, señalando a la chica alta, la chica del rubio bronce y la chica a la que mi hermana llamaba…

—Esa es Jodes —lo corrigió Amma—. Hay dos Kelseys, así que la llamamos por su apellido. Para evitar confusiones. ¿Verdad que sí, Jodes?

—Pueden llamarme Kelsey si quieren —dijo la chica, cuyo bajo puesto en la jerarquía seguramente era un castigo por ser la menos guapa. Una barbilla demasiado pequeña.

—Y Amma es tu hermanastra, ¿no? —continuó Richard—. No estoy tan fuera de onda como pueda parecer.

—No, parece más bien que estás justo en la onda —dijo Amma. Hizo que las palabras sonasen cargadas de sexualidad, a pesar de que no se me ocurría ningún doble sentido para aquello—. Y vosotros dos, ¿estáis saliendo o qué? He oído que la pequeña Camille es pura dinamita. O al menos lo era.

A Richard se le escapó una risotada brusca, un graznido sorprendido. La palabra «despreciable» me ardió en la pierna.

—Es verdad, Richard. En mis tiempos era la bomba.

—¡La bomba…! —se mofó Amma. Dos de las chicas se echaron a reír. Jodes dibujaba unas rayas frenéticas con un palo en la tierra—. Deberías oír las historias que se cuentan por ahí, Dick. Te pondrían muy, pero que muy cachondo. O a lo mejor ya lo estás.

—Señoritas, nosotros tenemos que irnos, pero, como siempre, veros ha sido la bomba —dijo Richard, y me tomó de la mano para ayudarme a bajar del columpio; me aferré a ella y se la apreté dos veces mientras caminábamos hacia el coche.

—¿A que es todo un caballero? —gritó Amma, y las cuatro se levantaron y empezaron a seguirnos—. No puede resolver un crimen, pero sí puede tomarse la molestia de acompañar a Camille en su coche de poli de mierda.

Estaban justo encima de nosotros, Amma y Kylie pisándonos los talones, literalmente. Noté cómo la palabra «enfermizo» se encendía donde la sandalia de Amma me había raspado el tendón de Aquiles. Luego se sacó de la boca el húmedo Blow Pop, me lo enterró en el pelo y lo retorció.

—Ya basta —masculló.

Me volví y la agarré de la muñeca con tanta fuerza que noté cómo le latía el pulso. Más despacio que a mí. De hecho, ni siquiera trató de zafarse, sino que se apretó aún más contra mí. Sentí su aliento a fresa en el hueco de mi cuello.

—Venga, vamos, hazme algo —me provocó Amma, sonriendo—. Podrías matarme ahora mismo y Dick no sería capaz de resolver el caso.

La solté, la aparté de mí y Richard y yo nos subimos al coche más rápido de lo que me habría gustado.

9

Me quedé dormida hacia las nueve, sin proponérmelo y de forma tan profunda que me desperté bajo los rayos de un sol airado a las siete de la mañana siguiente. Un árbol seco hizo crujir sus ramas contra mi ventana como si quisiese trepar al interior y meterse en mi cama para darme consuelo.

Me puse el uniforme –manga larga, falda larga– y me dirigí al piso de abajo. Gayla relucía en el jardín trasero, con el vestido blanco de enfermera resplandeciente entre tanto verde. Sostenía una bandeja de plata sobre la que mi madre estaba depositando rosas imperfectas. Mi madre llevaba un vestido de tirantes de color crema que hacía juego con su pelo. Se paseaba al acecho entre los macizos de flores rosadas y amarillas con unos alicates en la mano, y examinaba cada una de ellas con ademán voraz, arrancando los pétalos, manoseándolas y agitándolas.

–Tienes que regarlas más a menudo, Gayla. Mira qué les has hecho.

Separó una de color rosa claro de uno de los rosales, la tiró al suelo, la inmovilizó con un delicado pie y la cortó por la raíz. En la bandeja de Gayla debía de haber ya unas dos docenas de rosas. Yo no supe ver qué tenían de malo.

–Camille, tú y yo vamos a ir hoy de compras a Woodberry –anunció mi madre sin levantar la vista–. ¿Quieres?

No dijo nada sobre el encontronazo en casa de los Nash el día anterior. Eso habría sido demasiado directo.

—Tengo cosas que hacer —contesté—. Por cierto, no sabía que fueses amiga de los Nash. De Ann.

Sentí cierto remordimiento por haberme burlado de su relación con la niña durante el desayuno la otra mañana. No es que sintiese de veras haber molestado a mi madre, era más bien que detestaba tener que apuntar algo en su columna del debe.

—Mmm… Alan y yo vamos a dar una fiesta el próximo sábado. Ya estaba planeada mucho antes de que supiésemos que venías. Aunque supongo que no supimos que venías hasta que te presentaste aquí.

Arrancó otra rosa.

—Creía que apenas conocías a las niñas. No sabía que…

—Vale. Será una agradable fiesta de verano, con un montón de gente elegante, y necesitarás un vestido. Estoy segura de que no has traído ningún vestido, ¿a que no?

—No.

—Bueno, pues entonces será una buena ocasión para ponernos al día. Llevas aquí más de una semana, creo que ya va siendo hora. —Depositó un último tallo en la bandeja—. Muy bien, Gayla, puedes tirarlas a la basura. Ya cogeremos algunas más decentes para la casa más tarde.

—Me las llevo a mi habitación, mamá. A mí me parecen bonitas.

—Pues no lo son.

—No me importa.

—Camille, acabo de examinarlas y no son buenas flores.

Tiró los alicates al suelo y se puso a arrancar un tallo.

—Pero a mí me gustan. Para mi habitación.

—Vaya, mira lo que has hecho… Estoy sangrando.

Mi madre levantó las manos, con espinas clavadas en ambas, y unos regueros de sangre oscura empezaron a resbalarle por las muñecas. Fin de la conversación. Se encaminó hacia la casa, seguida por Gayla, y yo detrás. El tirador de la puerta trasera estaba pegajoso por la sangre.

Alan vendó las dos manos de mi madre exageradamente, y cuando casi nos tropezamos con Amma, que estaba trajinando otra vez con su casa de muñecas en el porche, Adora le tiró de la trenza con aire juguetón y le dijo que viniera con nosotras. Ella nos siguió diligentemente y yo me quedé esperando sus pisotones en mis talones. Pero no fue así con mamá cerca.

Adora quería que yo condujese su descapotable azul celeste hasta Woodberry, donde había dos boutiques de alta costura, pero sin que bajáramos la capota.

—Podríamos coger frío —dijo, lanzándole una sonrisa cómplice a Amma.

Esta se sentó en silencio detrás de mi madre y me dedicó una sonrisa de niña repelente cuando la pillé mirándome por el espejo retrovisor. De vez en cuando pasaba las yemas de los dedos por el pelo de mi madre, muy suavemente, para que ella no se diera cuenta.

Cuando aparqué el Mercedes ante la puerta de su tienda favorita, Adora me pidió con voz débil que le abriese la portezuela del coche. Era la primera vez que se dirigía a mí en veinte minutos. No estaba mal para una puesta al día entre madre e hija. También le abrí la puerta de la boutique, y el tintineo femenino de la campanilla le fue que ni pintado al recibimiento cantarín de la dependienta.

—¡Adora! —Y luego frunció el ceño—. Por Dios santo, querida, ¿qué te ha pasado en las manos?

—Solo ha sido un pequeño accidente, no tiene importancia. Haciendo algunas cosillas en la casa. Iré al médico esta tarde.

Ya lo creo que iría. Era capaz de ir al médico por cortarse con un papel.

—Pero ¿qué ha pasado?

—No quiero hablar de eso, de verdad. Pero sí quiero presentarte a mi hija, Camille. Ha venido de visita.

La dependienta miró a Amma y luego me dedicó una sonrisa vacilante.

—¿Camille? —Se recuperó rápidamente—. Creo que se me había olvidado que tenías una tercera hija. —Bajó la voz al pronunciar la palabra «hija», como si fuese algo malsonante—. Debe de haber salido a su padre —dijo la mujer, mirándome la cara como si fuese un caballo y estuviese decidiendo si debía comprarlo o no–. Amma se parece muchísimo a ti, y Marian también, por las fotos. Ella, en cambio…

–No, no se parece mucho a mí –convino mi madre–. Ha sacado el color de piel de su padre, y sus pómulos. Y su temperamento.

Aquello era más de lo que le había oído decir a mi madre sobre mi padre en toda mi vida. Me pregunté cuántas otras dependientas habrían escuchado esa sarta de comentarios informales sobre él. Por un momento me imaginé charlando con todas las dependientas del sur de Missouri para elaborar un perfil aproximado y borroso de aquel hombre.

Mi madre me acarició el pelo con las manos vendadas.

–Tenemos que comprarle a mi querida hija un vestido nuevo. Algo con mucho colorido. Siempre suele ir de gris y negro. La talla pequeña.

La mujer, tan delgada que los huesos de las caderas se marcaban bajo la tela de su falda como astas, empezó a pasearse entre los colgadores circulares hasta formar un vistoso ramillete de vestidos de color verde, azul y rosa.

–Esto te quedaría estupendamente –dijo Amma, sosteniendo un brillante top dorado ante el pecho de mi madre.

–Déjalo, Amma –repuso ella–. Eso es vulgar.

–¿De verdad te recuerdo a mi padre? –no pude evitar preguntarle a Adora.

Noté cómo se me encendían las mejillas por mi impertinencia.

–Sabía que no ibas a dejarlo pasar así como así –comentó, retocándose el pintalabios frente a un espejo de la tienda, con las vendas de las manos asombrosamente impolutas.

–Solo siento curiosidad; nunca te había oído decir que mi personalidad te recordaba a…

–Tu personalidad me recuerda a alguien completamente diferente de mí. Y desde luego no te pareces en nada a Alan, así que deduzco que debes de haber salido a tu padre. Bueno, y ahora basta ya de hablar de eso.

—Pero, mamá, solo quería saber…

—Camille, estás haciendo que vuelva a sangrar.

Levantó las manos vendadas, ahora moteadas de rojo. Me dieron ganas de arañarla.

La dependienta se abalanzó sobre nosotras con un muestrario de vestidos.

—Este es el que tienes que comprarte, sin ninguna duda —dijo, sosteniendo un vestido turquesa con escote palabra de honor—. ¿Y qué hay de la princesita? —añadió, señalando a Amma con la cabeza—. Seguro que ya le queda bien una de nuestras tallas pequeñas.

—Amma solo tiene trece años. No está lista para esta clase de ropa —repuso mi madre.

—Solo trece, Dios santo. Siempre se me olvida, parece ya tan mayor… Debes de estar muy preocupada, con todo lo que está pasando en Wind Gap.

Mi madre rodeó a Amma con el brazo y la besó en la coronilla.

—Hay días en que pienso que no voy a poder soportar tanta preocupación. Me dan ganas de encerrarla en algún sitio, lejos de todo peligro.

—Como las esposas muertas de Barba Azul —murmuró Amma.

—Como Rapunzel —dijo mi madre—. Venga, Camille, enséñale a tu hermana lo guapa que puedes llegar a estar.

Me siguió al probador, en silencio y con paso decidido, creyéndose con todo el derecho a hacerlo. En la pequeña sala rodeada de espejos, mientras mi madre esperaba fuera sentada en una silla, sopesé mis opciones. Escote palabra de honor, tirantes, sin mangas. Mi madre me estaba castigando. Encontré un vestido rosa con manga tres cuartos, me quité rápidamente la falda y la blusa y me lo probé. El escote era más bajo de lo que había pensado: las palabras del pecho parecían hincharse bajo la luz fluorescente, como gusanos abriendo un túnel bajo mi piel. «Aullido», «leche», «herida», «sangre»…

—Camille, déjame verte.

—Vaya, este me queda fatal.

—Déjame verte.

«Menosprecio» me ardía en la cadera derecha.

—Deja que me pruebe otro.

Rebusqué entre los otros vestidos. Todos eran igual de indiscretos. Volví a verme de refilón en el espejo. Era una imagen horripilante.

—Camille, abre la puerta.

—¿Qué le pasa a Camille? —intervino Amma.

—Este tampoco.

La cremallera del costado se había atascado. En mis brazos desnudos destellaban cicatrices de un intenso color rosado y púrpura. Sin ni siquiera mirarme directamente en el espejo las veía reflejadas en mi cuerpo: un borrón enorme de piel zaherida.

—Camille —espetó mi madre.

—¿Por qué no nos los enseña?

—Camille.

—Mamá, ya has visto los vestidos, ya sabes por qué no me los puedo poner —insistí.

—Tú déjame verlos.

—Ya me probaré yo uno, mami —dijo Amma para engatusarla.

—Camille…

—Está bien.

Abrí la puerta de golpe. Mi madre, con la cara a la altura de mi escote, hizo un gesto de dolor.

—Oh, Dios mío… —Sentí su aliento sobre mí. Levantó una mano vendada, como si quisiese tocarme el pecho, y luego la dejó caer. Detrás de ella, Amma gimoteaba como un cachorro—. Mira lo que le has hecho a tu cuerpo —dijo Adora—. Mírate.

—Ya lo hago.

—Espero que disfrutases de ello. Espero que puedas soportarte a ti misma.

Cerró la puerta y yo traté de arrancarme el vestido, con la cremallera aún atascada, hasta que mis rabiosos tirones consiguieron abrirla lo suficiente para poder bajármelo hasta las caderas y lograr zafarme de él, con un reguero de marcas rosadas en la piel por culpa de la cremallera. Me embutí la tela de algodón del vestido en la boca y grité con todas mis fuerzas.

Oí la voz pausada de mi madre en la habitación contigua. Cuando salí, la dependienta estaba envolviendo una blusa de encaje de manga larga y cuello alto y una falda de color coral que me llegaría a los tobillos. Amma se me quedó mirando, con ojos enrojecidos y nerviosos, antes de ir a esperar junto al coche.

De vuelta en casa seguí a Adora hasta la entrada, donde Alan aguardaba en una pose de fingida despreocupación, con las manos metidas en los bolsillos del pantalón de lino. Pasó junto a él como una exhalación en dirección a la escalera.

—¿Cómo ha ido el día de compras? —le preguntó.

—Horrible —contestó mi madre, lloriqueando.

Arriba, oí el ruido de la puerta al cerrarse. Alan me miró frunciendo el ceño y fue a ocuparse de mi madre. Amma ya había desaparecido.

Me dirigí a la cocina, hacia el cajón de los cubiertos. Solo quería echar un vistazo a los cuchillos que había utilizado en el pasado. No pensaba cortarme, solo permitirme el placer de aquella presión afilada. Notaba ya la punta del cuchillo pinchando con suavidad en las cimas esponjosas de las yemas de los dedos, esa delicada tensión previa antes del corte.

El cajón se abrió solo un dedo y luego se quedó atascado; mi madre lo había asegurado. Tiré una y otra vez, y escuché el sonido metálico de todas aquellas hojas afiladas resbalando unas contra otras. Como peces de metal inquietos. Tenía la piel ardiendo. Estaba a punto de ir a llamar a Curry cuando el timbre se insinuó delicadamente con su educado sonido.

Me asomé y vi a Meredith Wheeler y a John Keene al otro lado de la puerta.

Me sentí como si me hubieran pillado masturbándome. Mordiéndome la parte interna de los carrillos, abrí la puerta. Meredith entró con total desenvoltura, inspeccionando las salas, soltando comentarios trillados sobre lo bonito que era todo y despidiendo vaharadas de un perfume más propio de una dama de sociedad que de una adolescente vestida con un uniforme verde y blanco de animadora. Me pilló mirándola sin disimulo.

—Sí, ya lo sé. El curso se ha acabado, pero hoy es mi última oportunidad para ponerme esto. Tenemos una sesión de animadoras con las chicas del año que viene. Algo así como una ceremonia para pasarles la antorcha. Tú también fuiste animadora, ¿verdad?

—Pues sí, aunque parezca increíble.

No había sido una animadora especialmente buena, pero me sentaba bien la minifalda. Eran los tiempos en que limitaba mis cortes al torso.

—Pues yo sí me lo creo. Eras la chica más guapa de la ciudad. Mi primo iba a primero cuando tú estabas en último curso. ¿Dan Wheeler? Se pasaba el día hablando de ti. Lo guapa y lista que eras, tan guapa, tan lista… Y simpática. Me mataría si supiese que te estoy contando esto. Ahora vive en Springfield, pero no se ha casado.

Su tono lisonjero me recordó justo a la clase de chicas con las que nunca me sentí cómoda, de esas que vendían una especie de camaradería de plástico, las que me contaban cosas de sí mismas que solo las amigas de verdad deberían saber, que se describían a sí mismas como personas «muy humanas».

—Este es John —dijo, como si la sorprendiese verlo allí a su lado.

Era la primera vez que lo veía de cerca. Era un chico verdaderamente hermoso, casi andrógino, alto y esbelto, con unos labios obscenamente carnosos y ojos color de hielo. Se metió un mechón de pelo negro por detrás de la oreja y le sonrió a su mano mientras la extendía para que yo se la estrechara, como si la mano fuese una querida mascota ejecutando un nuevo truco.

—Bueno, ¿dónde queréis que charlemos? —preguntó Meredith.

Me planteé por un momento librarme de la chica, alarmada ante la idea de que no supiera cuándo o cómo cerrar la boca. Sin embargo, él parecía necesitar su compañía y yo no quería asustarlo.

—Vosotros sentaos en la sala de estar —sugerí—. Yo iré a preparar un poco de té.

Antes subí la escalera, introduje una cinta nueva en la grabadora y pegué el oído a la puerta de mi madre. Silencio, salvo por el zumbido de un ventilador. ¿Estaría durmiendo? Y si era así, ¿estaría Alan acurrucado junto a ella o sentado en la silla de su tocador, simplemente mirándola? Incluso después de todo ese tiempo, seguía sin tener la más remota idea de la clase de vida íntima que llevaban Adora y su marido. Al pasar junto al dormitorio de Amma, la vi sentada con aire muy digno en el borde de una mecedora, leyendo un libro que se titulaba *Diosas griegas*. Desde que yo estaba allí, había jugado a ser Juana de Arco, la esposa de Barba Azul y la princesa Diana... todas mártires, caí en la cuenta. Encontraría modelos de mujer aún más nocivos entre las diosas. La dejé con su libro.

En la cocina serví el té. A continuación, conté diez segundos de reloj apretando las púas de un tenedor contra la palma de la mano. Mi piel empezó a calmarse.

Al entrar en la sala de estar, encontré a Meredith con las piernas subidas al regazo de John y besándole el cuello. Cuando dejé la bandeja del té encima de una mesa, no interrumpió sus besos. John me miró y se zafó de ella con lentitud.

—Qué soso estás hoy —protestó ella.

—Bueno, John, me alegro mucho de que hayas accedido a hablar conmigo —empecé a decir—. Me consta que tu madre tiene ciertas reservas.

—Sí, no quiere hablar con casi nadie, pero sobre todo con... la prensa. Es muy reservada.

—Pero ¿a ti no te importa? —quise asegurarme—. Tienes dieciocho años, supongo.

—Acabo de cumplirlos.

Bebía el té ceremoniosamente, como si midiera cucharaditas en la boca.

—Porque lo que quiero en realidad es poder describir a tu hermana a nuestros lectores —expliqué—. El padre de Ann Nash me ha

155

hablado de su hija, y no quisiera que la figura de Natalie quedase desdibujada en esta historia. ¿Sabe tu madre que vas a hablar conmigo?

—No, pero no pasa nada. Creo que tendremos que estar de acuerdo en que estamos en desacuerdo sobre esto. —Se rió con una especie de tartamudeo.

—Su madre es una especie de fanática contra los medios —dijo Meredith, bebiendo del vaso de John—. Es una persona extremadamente reservada. Quiero decir... apenas sabe quién soy yo, y eso que llevamos más de un año saliendo, ¿verdad?

John asintió con la cabeza. Ella frunció el ceño, decepcionada, supuse, porque él no hubiese añadido nada a la historia de su romance. La chica apartó las piernas del regazo de él, las cruzó y empezó a rascar el borde del sofá con la uña.

—Me han dicho que te has ido a vivir con los Wheeler...

—Tenemos una especie de caseta en la parte de atrás, una cochera de los viejos tiempos —explicó Meredith—. Mi hermana pequeña está cabreada porque allí es donde solían juntarse ella y las idiotas de sus amigas. Todas menos tu hermana. Tu hermana es guay. Tú conoces a mi hermana, ¿verdad? ¿A Kelsey?

Cómo no, todo aquello tenía que estar relacionado con Amma.

—¿Kelsey la alta o Kelsey la bajita?

—¿Verdad? En esta ciudad hay demasiadas Kelseys... La mía es la alta.

—Sí, la conozco. Parecen muy amigas.

—Más le vale serlo —repuso Meredith con severidad—, porque la pequeña Amma es la que dirige el cotarro en esa escuela. Sería una estupidez ponerse en su contra.

Basta ya de hablar de Amma, pensé, aunque las imágenes de ella metiéndose con chicas más débiles junto a aquellas taquillas se agolpaban en mi cabeza. La secundaria era una etapa horrible.

—Y dime, John, ¿te estás adaptando bien a vivir allí?

—Está bien —volvió a interrumpir Meredith—. Le hemos preparado un neceser con cosas de chicos... Mi madre hasta le ha comprado un reproductor de cedés.

—Ah, ¿sí?

Miré a John directamente. «Es hora de hablar, colega. No seas nenaza ni me hagas perder el tiempo.»

—Solo necesito estar lejos de casa una temporada —dijo—. Es que estamos todos un poco nerviosos, ¿sabes? Las cosas de Natalie están por todas partes y mi madre no deja que nadie las toque. Sus zapatos están en la entrada y su bañador cuelga de la puerta del baño que compartíamos, así que tengo que verlo todas las mañanas. No puedo vivir así.

—Me lo imagino.

Y era cierto: recuerdo el abriguito rosa de Marian colgando en el armario del recibidor hasta que empecé la universidad. Tal vez aún siga allí.

Encendí la grabadora y la empujé por encima de la mesa hacia el chico.

—Háblame de cómo era tu hermana, John.

—Uf, era una niña estupenda. Era muy, muy lista. Algo increíble.

—¿Lista en qué sentido? ¿Sacaba buenas notas o era más bien avispada?

—Bueno, en la escuela no le iba demasiado bien. Tenía algún que otro problema de disciplina —dijo—. Pero creo que era porque se aburría. Deberían haberla adelantado uno o dos cursos, creo.

—Su madre pensaba que si la adelantaban de curso, eso podía estigmatizarla —intervino Meredith—. A su madre siempre le preocupaba que Natalie destacase de los demás.

Arqueé las cejas mirando a John.

—Es cierto. Lo que más deseaba mi madre es que Natalie se integrase. Era una niña un tanto atolondrada a veces, un poco bruta, como un chico. Una especie de bicho raro. —Se echó a reír, mirándose los pies.

—¿Te estás acordando de alguna anécdota en especial? —pregunté.

Las anécdotas eran la marca de fábrica de Curry. Además, estaba interesada de verdad.

—Sí, aquella vez que se inventó un idioma completamente nuevo. Una cría normal habría ideado alguna especie de galimatías incomprensible, pero Natalie creó incluso todo el alfabeto… parecía ruso. Y de hecho me lo enseñó, o al menos lo intentó. Conmigo se frustraba enseguida.

Se echó a reír de nuevo con el mismo graznido, que parecía provenir de un mundo subterráneo.

—¿Le gustaba la escuela?

—Bueno, es duro ser la nueva, y las niñas de aquí… Bueno, supongo que en todas partes las niñas pueden ser un poco bordes.

—¡Johnny! ¡No seas grosero!

Meredith fingió darle un codazo, pero él no le hizo ningún caso.

—Es como lo de tu hermana… Amma, ¿verdad? —Asentí—. Ellas dos fueron amigas durante un tiempo. Salían a jugar por el bosque y luego Natalie llegaba a casa entusiasmada y llena de rasguños.

—Ah, ¿sí?

Teniendo en cuenta el desprecio con que Amma había pronunciado el nombre de Natalie, me costaba imaginármelo.

—Fueron muy, muy amigas durante un tiempo, pero creo que Amma se cansó de ella porque Natalie era unos años menor. No lo sé. Se distanciaron o algo así. —Amma había aprendido aquello de su madre, el don de desentenderse de las amigas—. Pero no pasó nada —añadió John, como queriendo tranquilizarme. O a él mismo—. Natalie tenía un amigo con quien jugaba mucho, un tal James Capisi. Un chico de campo que tenía un año o así menos que ella y con quien nadie más se relacionaba. Pero ellos parecían llevarse muy bien.

—Él afirma que fue el último en ver a Natalie con vida —dije.

—Es un mentiroso —intervino Meredith—. Yo también he oído esa historia. Siempre se está inventando cosas. Mira, su madre se está muriendo de cáncer, no tiene padre. No tiene a nadie que le preste atención, así que se inventa ese disparate. No te creas nada de lo que te diga.

Volví a mirar a John, quien se encogió de hombros.

—Es que es una historia un poco rocambolesca, ¿no? Una loca que rapta a Natalie a plena luz del día —dijo—. Además, ¿por qué iba una mujer a hacer algo así?

—¿Y por qué iba un hombre a hacer algo así? —pregunté.

—Quién sabe por qué los hombres cometen esa clase de atrocidades… —intervino Meredith—. Es algo genético.

—Tengo que preguntártelo, John: ¿te ha interrogado la policía?

—Junto con mis padres.

—¿Y tienes alguna coartada para las noches de ambos asesinatos?

Aguardé alguna reacción especial, pero siguió tomándose el té con calma.

—No. Estaba por ahí, con el coche. A veces necesito largarme de aquí, ¿sabes? —Lanzó una mirada fugaz a Meredith, quien hizo un mohín cuando lo sorprendió mirándola—. Es una ciudad muy pequeña para lo que yo estoy acostumbrado. A veces es necesario perderse un poco. Ya sé que tú no lo entiendes, Mer.

Meredith permaneció en silencio.

—Yo sí lo entiendo —dije, ofreciéndole mi apoyo—. Recuerdo la sensación claustrofóbica de crecer en esta ciudad, ni siquiera me imagino lo que debe de sentir alguien que se muda aquí desde otra parte.

—Johnny está siendo caballeroso —interrumpió Meredith—. Estaba conmigo esas dos noches. Solo que no quiere crearme problemas. Puedes publicar eso.

Meredith se mecía adelante y atrás en el borde del sofá, rígida, erguida y ligeramente ajena a nosotros, como si hablase en una lengua desconocida.

—Meredith… —murmuró John—. No.

—No pienso tolerar que la gente vaya por ahí pensando que mi novio es un puto asesino de niñas; muchas gracias, pero no, John.

—Si le cuentas esa historia a la policía, sabrán la verdad en menos de una hora y las cosas empeorarán aún más para mí. Nadie piensa en serio que yo matase a mi propia hermana.

John cogió un mechón del pelo de Meredith y lo recorrió suavemente con los dedos desde la raíz hasta la punta. La palabra «cosquillas» parpadeó al azar en mi cadera derecha. Yo creía al chico. Lloraba en público, contaba anécdotas tontas sobre su hermana, jugueteaba con el pelo de su novia, y yo lo creía. Casi oía a Curry mofándose de mi ingenuidad.

–Hablando de historias –empecé a decir–, necesito hacerte una pregunta sobre una: ¿es cierto que Natalie hirió a una de sus compañeras de clase en Filadelfia?

John se quedó paralizado, se volvió hacia Meredith, y por primera vez me mostró su lado desagradable. Me brindó una imagen muy gráfica de la expresión «torcer el gesto». Todo su cuerpo dio una sacudida y por un momento creí que iba a salir disparado por la puerta, pero luego se reclinó y respiró hondo.

–Genial. Por esto es por lo que mi madre odia a la prensa –masculló–. Publicaron un artículo sobre eso en el periódico, cuando vivíamos allí. Solo eran unos cuantos párrafos, pero suficientes para que Natalie pareciese una mala bestia.

–Cuéntame qué sucedió en realidad.

Se encogió de hombros y empezó a hurgarse una uña.

–Fue en clase de plástica; los alumnos estaban cortando y pintando y una niña resultó herida. Natalie era una cría con mal genio y aquella niña siempre la estaba mangoneando. Y ese día en concreto dio la casualidad de que Natalie llevaba unas tijeras en la mano. No se trató de ningún ataque premeditado. Pero si solo tenía nueve años, por el amor de Dios...

Tuve una visión fugaz de Natalie, aquella niña seria de la foto de familia de los Keene, blandiendo unas tijeras ante los ojos de otra niña. Una imagen de sangre roja brillante mezclándose inesperadamente con acuarelas color pastel.

–¿Qué le pasó a la niña?

–Le salvaron el ojo izquierdo. El derecho creo que... lo perdió.

–¿Natalie le clavó las tijeras en los dos ojos?

John se levantó y me miró desde arriba, casi desde el mismo ángulo desde el que me había mirado su madre.

–Natalie estuvo yendo al psicólogo durante un año después de aquello. Se pasó meses despertándose por las noches con pesadillas.

Tenía nueve años. Fue un accidente. Todos nos sentimos fatal. Mi padre creó un fondo de ayuda para la niña. Tuvimos que marcharnos para que Natalie pudiese empezar de cero. Esa es la razón por la que tuvimos que mudarnos aquí: papá aceptó el primer trabajo que le ofrecieron. Nos trasladamos en plena noche, como delincuentes. A este sitio. A esta maldita ciudad de mierda.

—Dios mío, John, no sabía que lo estuvieses pasando tan mal —murmuró Meredith.

En ese momento el chico rompió a llorar y volvió a sentarse, enterrando la cabeza entre las manos.

—No quería decir que lamente haber venido aquí. Lo que quería decir es que siento que ella viniese aquí, porque ahora está muerta. Nosotros solo queríamos ayudarla, pero ahora está muerta... —Dejó escapar un gemido silencioso y Meredith lo abrazó de mala gana—. Alguien ha matado a mi hermana.

No habría cena formal esa noche porque la señorita Adora se encontraba indispuesta, me informó Gayla. Supuse que la afectación de mi madre era lo que exigía anteponer lo de «señorita» a su nombre, y traté de imaginar cómo se habría desarrollado la conversación: «Gayla, los mejores sirvientes de las mejores casas llaman a sus señoras por sus nombres formales. Y nosotros queremos que esta sea una de las mejores casas, ¿no es así?». Debió de ser algo por el estilo.

No estaba segura de si fue su discusión conmigo o la que tuvo con Amma la causante de su malestar. Las oí peleándose como pajaritos en el dormitorio de mi madre. Adora acusaba a Amma, con toda la razón, de haber conducido el carrito de golf sin permiso. Como todas las ciudades rurales, Wind Gap está obsesionada con la maquinaria. La mayoría de los hogares posee un coche y medio por habitante (el medio corresponde a un coche de época de colección o a un viejo montón de chatarra sobre unos bloques de hormigón, dependiendo del nivel de ingresos), además de barcas, motos de agua, motocicletas, tractores y, entre la élite de Wind

Gap, carritos de golf, que los chicos más jóvenes sin carnet de conducir utilizan para desplazarse por ahí. Técnicamente es ilegal, pero nadie los para nunca. Supuse que, después de los asesinatos, mi madre habría intentado cerrar aquella pequeña ventana de libertad para Amma. Yo lo habría hecho. Su pelea se prolongó, con chirridos que recordaban a un columpio oxidado, por espacio de casi media hora. «No me mientas, jovencita…» La advertencia me era tan familiar que me produjo una vieja sensación de náuseas. Así que resultaba que a Amma sí la pillaban alguna que otra vez.

Cuando sonó el teléfono respondí yo, para que Amma no perdiese fuelle, y me sorprendió oír la entrecortada cantinela de animadora de mi vieja amiga Katie Lacey. Angie Papermaker había invitado a las chicas a su casa para una «fiesta de llorar»: beber un montón de vino, ver una película triste, llorar, cotillear… No podía perdérmelo, tenía que ir. Angie vivía en la zona de los nuevos ricos: mansiones enormes en las afueras de Wind Gap. Prácticamente en Tennessee. Por el tono de Katie, no sabía adivinar si aquello le provocaba envidia o displicencia. Conociéndola, seguramente ambas cosas. Siempre había sido una de esas chicas que quieren lo que tienen los demás, aunque en realidad no lo quieran.

Cuando vi a Katie y sus amigas en casa de los Keene, supe que tendría que someterme al suplicio de salir con ellas al menos una noche. Tenía que optar entre aquello o acabar de transcribir mi conversación con John, una tarea que me estaba poniendo peligrosamente triste. Además, al igual que había ocurrido con Annabelle, Jackie y aquel venenoso grupito de amigas de mi madre, era probable que sacase más información de aquella reunión que de una docena de entrevistas formales.

En cuanto aparcó enfrente de la casa, me di cuenta de que, como cabía esperar, Katie Lacey, ahora Katie Brucker, había sabido sacarle partido a la vida. Lo supe tanto por el hecho de que únicamente tardó cinco minutos en venir a recogerme (resultó que su casa estaba a solo una manzana de distancia) como por el tipo de vehículo en el que me recogió: uno de esos todoterrenos inmensos y absurdos que cuestan más que las casas de alguna gente y que

162

proporcionan las mismas comodidades. Por detrás de mi cabeza, oí el reproductor de DVD con el soniquete de algún programa infantil, a pesar de la ausencia de niños. Y delante de mí, el navegador del salpicadero proporcionaba instrucciones innecesarias paso a paso.

Su marido, Brad Brucker, había estudiado bajo la tutela del padre de Katie, y cuando papá se había jubilado, él se había hecho cargo del negocio. Trapicheaban con una hormona muy polémica que se empleaba para engordar a los pollos a una velocidad espantosa. Mi madre siempre se mostraba muy desdeñosa con eso: nunca utilizaría nada que acelerase exageradamente el proceso de crecimiento. Eso no significaba que se abstuviese de usar hormonas: a los cerdos de mi madre les inyectaban productos químicos hasta que se hinchaban y se enrojecían como cerezas a punto de estallar, hasta que las patas no soportaban el peso de su inmensa barriga. Pero se hacía a un ritmo más pausado.

Brad Brucker era el tipo de marido que viviría allí donde Katie dijese, la fecundaría cuando ella se lo pidiese, le compraría el sofá de Pottery Barn que ella quisiese, y todo ello sin rechistar. Era atractivo si se lo miraba el tiempo suficiente y tenía la polla del tamaño de mi dedo anular. Esto último lo sabía de primera mano, gracias a un intercambio algo mecánico durante mi primer año de universidad. Pero, por lo visto, el diminuto aparato funcionaba perfectamente: Katie estaba en el final del primer trimestre del tercer embarazo. Iban a seguir intentándolo hasta tener un hijo varón. «La verdad es que tenemos muchas ganas de tener a un granujilla corriendo por la casa.»

Charlamos sobre mí, sobre Chicago, todavía soltera pero… ¡crucemos los dedos! Charlamos un rato sobre ella, su pelo, su nuevo programa de vitaminas, Brad, sus dos niñas, Emma y Mackenzie, el cuerpo de voluntarias de Wind Gap y lo mal que organizaron el desfile del día de San Patricio. A continuación, suspiro: «Y esas pobrecitas niñas…». Sí, suspiro: mi reportaje sobre esas pobrecitas niñas. Al parecer, no le importaba demasiado, porque no tardó en volver al tema del cuerpo de voluntarias y al caos que reinaba ahora que Becca Hart (de soltera Mooney) era la directora de actividades. Becca era una chica de popularidad media en nuestros tiempos, que se había lanzado al estrellato social cinco años atrás al pescar a Eric Hart, cuyos padres eran los dueños de un próspero centro de ocio para turistas con pistas de karts, parque acuático y minigolf en la parte más horrenda de la zona de las Ozark. El cuadro era bastante lamentable, pero ella iba a estar presente esa noche, así que ya lo comprobaría por mí misma. Simplemente, no encajaba en absoluto.

La casa de Angie era como el dibujo infantil de una mansión: era tan genérica que apenas parecía tridimensional. Cuando entré en la habitación, me di cuenta de las nulas ganas que tenía de estar allí. Estaba Angie, que había perdido sin ninguna necesidad cinco kilos desde la época del instituto, y que me sonrió con recato y luego volvió a concentrarse en la tarea de preparar una fondue. También estaba Tish, que había sido siempre la mamaíta del grupo incluso entonces, la que te sujetaba el pelo cuando vomitabas y a la que de vez en cuando le daban ataques de llorera diciendo que no la quería nadie. Descubrí que se había casado con un tipo de Newcastle, un hombre un poco raro (Katie me lo dijo en voz muy baja) que se ganaba bastante bien la vida. Mimi estaba recostada en un sofá de piel marrón chocolate. Había sido una adolescente deslumbrante, pero su belleza no había sobrevivido a la edad adulta. Sin embargo, nadie más parecía haberse dado cuenta, ya que seguían refiriéndose a ella como «la guapa». De esto último daba testimonio el enorme pedrusco que lucía en la mano, cortesía de Joey Johansen, un chico tierno y desgarbado que en el instituto se había metamorfoseado en un defensa central del equipo de fútbol americano y de repente había empezado a exigir que le llamaran Jo-ha (eso es lo único que recuerdo realmente de él). La pobre Becca estaba sentada entre ellas, con una expresión que denotaba una mezcla de ansiedad e incomodidad y vestida casi cómicamente igual que su anfitriona (¿habría llevado Angie a Becca de compras?). Sonreía ávidamente a cualquiera que la mirase, pero nadie hablaba con ella.

Vimos la película *Eternamente amigas*.

Tish estaba llorando a lágrima viva cuando Angie encendió la luz.

—He vuelto a trabajar —anunció con voz lastimera, tapándose los ojos con las uñas de color coral.

Angie le sirvió vino, le dio una palmadita en la rodilla y luego se la quedó mirando con cara de gran preocupación.

—Pero, Dios santo, ¿por qué, cielo? —murmuró Katie.

Hasta cuando murmuraba tenía la voz aniñada y exasperante. Como un ejército de ratones royendo galletitas saladas.

—Como Tyler ya va a la guardería, pensé que me gustaría volver a trabajar —explicó Tish entre sollozos—. Como si necesitara que mi vida tuviese un propósito.

Escupió esa última palabra como si estuviera contaminada.

—Y tu vida tiene un propósito —dijo Angie—. No dejes que la sociedad te diga cómo tienes que criar a tus hijos. No dejes que las feministas —y en este punto me miró a mí— te hagan sentirte culpable por tener lo que ellas no pueden tener.

—Tiene razón, Tish, tiene toda la razón —intervino Becca—. El feminismo significa dejar que las mujeres tomen las decisiones que ellas quieran tomar.

El grupo de mujeres miró con recelo a Becca cuando, de repente, se oyeron sollozos procedentes del rincón donde estaba Mimi, y toda la atención, y también Angie con el vino, se dirigieron hacia ella.

—Steven no quiere tener más hijos —anunció entre lágrimas.

—¿Y por qué no? —inquirió Katie con una indignación asombrosamente estridente.

—Dice que con tres ya es suficiente.

—¿Suficiente para él o para ti? —espetó Katie.

—Eso es lo que le dije yo. Quiero una niña. Quiero una hija. —Las mujeres corrieron a acariciarle el pelo. Katie le acarició el vientre—. Y quiero un hijo —dijo gimoteando y mirando intensamente la foto del hijo de tres años de Angie sobre la repisa de la chimenea.

El llanto y la preocupación fueron alternándose entre Tish y Mimi («Echo de menos a mis hijos...» «Siempre había soñado con una casa llena de niños, eso es lo que he querido siempre...» «¿Qué tiene de malo ser madre y nada más?»). Lo cierto es que me daban mucha lástima, parecían sinceramente desgraciadas, y desde luego entendía a la perfección qué se sentía ante una vida que no había salido según lo planeado. Pero después de numerosos asentimientos de cabeza y murmullos comprensivos, no se me ocurrió nada útil que decir y me escabullí a la cocina a cortar un poco de queso y quitarme de en medio. Ya conocía todo este ritual de la época del instituto y sabía que no era nada difícil que la situación se volviera bastante desagradable. Becca no tardó en reunirse conmigo en la cocina y se puso a lavar los platos.

—Pasa lo mismo casi todas las semanas —dijo, y puso los ojos en blanco, fingiendo estar menos molesta que desconcertada.

—Será algo catártico, supongo —sugerí.

Intuí que quería que añadiera algo más. Conocía esa sensación. Cuando estoy a punto de sacarle a alguien una buena frase, es casi como si pudiera meterle la mano en el interior de la boca y arrancársela de la lengua.

—No tenía ni idea de que mi vida fuese tan desgraciada hasta que empecé a venir a las reuniones en casa de Angie —susurró Becca, al tiempo que cogía un cuchillo recién lavado para cortar un poco de gruyère.

Teníamos queso suficiente para alimentar a toda la ciudad de Wind Gap.

—Bueno, pero enfrentarse a los problemas significa que se puede llevar una vida superficial sin necesidad de ser una persona superficial.

—Tiene sentido —dijo Becca—. ¿Y también erais así en el instituto? —preguntó.

—Sí, ya lo creo, eso cuando no nos estábamos clavando puñaladas por la espalda unas a otras.

—Supongo que me alegro de haber sido una chica vulgar en aquella época —dijo, y se echó a reír—. Me pregunto cómo podría ser menos popular ahora.

Esta vez yo también me eché a reír y le serví una copa de vino, un poco mareada ante lo absurdo de verme catapultada de nuevo a mi vida de adolescente.

Cuando regresamos, todavía riendo tontamente, todas las mujeres del salón estaban llorando y levantaron la vista al mismo tiempo para mirarnos, como en un truculento retablo victoriano que hubiese cobrado vida.

—Bueno, me alegro de que vosotras dos lo estéis pasando tan bien —soltó Katie.

—Sobre todo teniendo en cuenta lo que está pasando en la ciudad —añadió Angie.

Saltaba a la vista que el tema de conversación se había ampliado.

—Pero ¿es que el mundo se ha vuelto loco? ¿Por qué razón iba alguien a hacer daño a dos crías? —exclamó Mimi—. Esas pobrecillas niñas…

—Y lo de arrancarles los dientes… Eso sí que no me cabe en la cabeza —comentó Katie.

—Ojalá las hubieran tratado mejor cuando estaban vivas —dijo Angie entre sollozos—. ¿Por qué serán las niñas tan crueles las unas con las otras?

—¿Las otras niñas se metían con ellas? —quiso saber Becca.

—Un día, después de clase, acorralaron a Natalie en los lavabos… y le cortaron todo el pelo —explicó Mimi, llorando.

Tenía un aspecto horrible, con la cara hinchada y el maquillaje corrido. Unas gotas de rímel oscuro le manchaban la blusa.

—Obligaban a Ann a enseñarles sus… partes a los chicos —dijo Angie.

—Siempre se metían con esas niñas solo porque eran un poco diferentes —señaló Katie, limpiándose las lágrimas delicadamente con el puño de la camisa.

—Pero ¿quiénes hacían eso? —preguntó Becca.

—Pregúntaselo a Camille, al fin y al cabo es ella la encargada de «informar» sobre todo este asunto —dijo Katie levantando la barbilla, un gesto que recordaba de ella en el instituto. Significaba que estaba tomándola contigo, pero que se sentía plenamente justificada para hacerlo—. Ya sabes lo mala, malísima, que es tu hermana, ¿verdad, Camille?

—Sé que las niñas pueden llegar a sentirse muy desgraciadas.

—Entonces ¿la estás defendiendo? —se enfureció Katie.

Sentí cómo me arrastraban hacia la política social de Wind Gap contra mi voluntad y me entró el pánico. «Reyerta» me empezó a arder en la pantorrilla.

—Katie, pero si ni siquiera la conozco lo suficiente para defenderla o no —dije, fingiendo estar cansada de aquello.

—¿Has llorado aunque solo sea una vez por esas chiquillas? —preguntó Angie.

En ese momento todas formaron una piña, desafiándome con la mirada.

—Camille no tiene hijos —dijo Katie, simulando compadecerse—. No creo que pueda sentir el dolor como nosotras.

—Siento mucho lo que les ha pasado a esas niñas —dije, pero sonó artificial, como una aspirante en un concurso de belleza clamando por la paz en el mundo.

Sí lo sentía, pero al formularlo con palabras me pareció algo falso.

—No quiero que esto suene cruel —intervino Tish—, pero creo que si no tienes hijos una parte de tu corazón nunca podrá sentir. Como si siempre fuese a estar cerrada.

—Estoy de acuerdo —convino Katie—. No me convertí en una mujer de verdad hasta que sentí a Mackenzie creciendo en mi vientre. Sí, hoy día se habla mucho del enfrentamiento entre Dios y ciencia, pero a mí me parece que, en el tema de los hijos, ambas partes están de acuerdo. La Biblia dice «Creced y multiplicaos», y la ciencia… bueno, al final todo se reduce a eso, para eso es para lo que están hechas las mujeres, ¿no? Para traer hijos al mundo.

—Mujeres al poder —murmuró Becca entre dientes.

Becca me llevó a casa porque Katie quería quedarse a dormir en casa de Angie. Supongo que la niñera se encargaría de sus queridas hijas por la mañana. Becca hizo unas cuantas bromas sobre la obsesión de las mujeres con la maternidad, a las que respondí con una leve risa ronca. «Para ti es fácil decirlo, tienes dos hijos.» Estaba de un humor de perros.

Me puse un camisón limpio y me senté justo en el centro de la cama. No más alcohol para ti esta noche, me dije. Me di unas palmaditas en la mejilla y relajé los hombros. Me llamé a mí misma «cariño». Me dieron ganas de empezar a cortarme: «cielo» me ardía en el muslo, «horrible» me quemaba junto a la rodilla. Quise grabarme «yerma» a cuchillo en la piel. Así me quedaría para siempre, mi vientre sin estrenar. Vacía e intacta. Me imaginé la pelvis abierta, dejando al descubierto un hueco impecable, como el nido de un animal desaparecido.

Esas niñas... «¿Es que el mundo se ha vuelto loco?», había exclamado Mimi, y apenas si le habíamos hecho caso, un lamento tan trillado... Pero justo en ese momento reparé en ello: el mundo se había vuelto loco, algo horrible estaba pasando, aquí mismo. Me imaginé a Bob Nash sentado en el borde de la cama de Ann, intentando recordar lo último que le había dicho a su hija. Vi a la madre de Natalie, llorando con el rostro hundido en una de sus viejas camisetas. Me vi a mí misma, una niña desesperada de trece años sollozando en el suelo del cuarto de mi hermana muerta, con un zapatito floreado en la mano. A Amma, también de trece años, una niña-mujer con un cuerpo espectacular y un deseo insoportable de ser la niña pequeña por la que mi madre guardaba luto. Vi a mi madre llorando por Marian. Mordiendo a aquel bebé. A Amma, reafirmando su poder sobre seres más débiles que ella, riendo mientras ella y sus amigas le cortaban el pelo a Natalie, los rizos cayendo uno tras otro sobre las baldosas del suelo. A Natalie, clavando unas tijeras en los ojos de una niña. Mi piel gritaba, los oídos me zumbaban con cada latido del corazón. Cerré los ojos, me abracé las rodillas con fuerza y lloré.

Después de llorar diez minutos con la cabeza hundida en la almohada, empecé a serenarme y una serie de pensamientos mundanos me vinieron a la cabeza: las frases de John Keene que usaría para mi artículo, el hecho de que la próxima semana tenía que pagar el alquiler del piso de Chicago, el olor de una manzana estropeándose en la papelera que había junto a mi cama…

En ese momento, al otro lado de la puerta, oí a Amma susurrar mi nombre. Me abroché la parte de arriba del camisón, me bajé las mangas y la dejé entrar. Llevaba un camisón rosa de flores, el pelo rubio suelto por encima de los hombros y los pies descalzos. Parecía verdaderamente adorable, no había palabra mejor.

—Has estado llorando —dijo, un tanto sorprendida.

—Un poco.

—¿Por culpa de ella?

La última palabra llevaba exceso de carga, y me la imaginé redonda y pesada, cayendo con un fuerte ruido sordo sobre un cojín.

—Un poco sí, supongo.

—Yo también. —Se quedó mirando los bordes de mi camisón: el cuello, los puños de las mangas… Estaba intentando verme las cicatrices—. No sabía que te hacías cortes —dijo al fin.

—Ya no lo hago.

—Eso es bueno, supongo. —Titubeó un poco junto a la cama—. Camille, ¿alguna vez has tenido la sensación de que algo malo está a punto de suceder y tú no puedes impedirlo? ¿Que no puedes hacer nada y solo puedes esperar?

—¿Como un ataque de ansiedad?

No podía apartar la vista de su piel, era tan lisa y tersa, como crema de helado.

—No, no exactamente. —Por su tono, parecía que la había decepcionado, que no había logrado resolver un complicado acertijo—. Bueno, da igual. Te he traído un regalo.

Sacó un cuadrado hecho con papel de liar y me dijo que lo abriera con cuidado. Dentro encontré un porro perfectamente enrollado.

—Es mejor que ese vodka que tomas —dijo Amma, automáticamente a la defensiva—. Bebes demasiado. Esto está mejor. No te pondrá tan triste.

—Amma, de verdad…

—¿Puedo verte los cortes otra vez?

Esbozó una tímida sonrisa.

—No. —Silencio. Sostuve el porro en el aire—. Y, Amma, no creo que debas…

—Bueno, pues yo sí lo creo, así que o lo tomas o lo dejas. Solo intentaba ser amable contigo.

Frunció el ceño y se retorció una punta del camisón.

—Gracias, es todo un detalle que quieras ayudarme a que me sienta mejor.

—Puedo ser agradable cuando quiero, ¿sabes? —dijo, con el ceño aún fruncido; parecía estar también al borde de las lágrimas.

—Ya lo sé, pero me extraña que hayas decidido ser amable conmigo ahora.

—A veces no puedo. Pero ahora mismo, puedo. Cuando todos duermen y todo está tranquilo y en silencio, es más fácil.

Extendió el brazo y su mano se agitó como una mariposa delante de mi cara, luego la bajó, me dio una palmadita en la rodilla y se fue.

10

«Siento que ella viniese aquí, porque ahora está muerta», declaró entre lágrimas John Keene, de dieciocho años, refiriéndose a su hermana pequeña, Natalie, de diez. «Alguien ha matado a mi hermana.» El cadáver de Natalie Keene fue hallado el 14 de mayo, encajado en el espacio que había entre el salón de belleza Cut-N-Curl y la ferretería Bifty's, en la pequeña localidad de Wind Gap, Missouri. Es la segunda niña asesinada en dicha ciudad en los últimos nueve meses: Ann Nash, de nueve años, fue encontrada en un arroyo cercano el pasado mes de agosto. Las dos niñas habían sido estranguladas y el asesino les había arrancado todos los dientes.

«Era una niña un tanto atolondrada a veces –dijo John Keene, entre lágrimas–, un poco bruta, como un chico.» Keene, que se trasladó aquí desde Filadelfia con su familia hace dos años y que se ha graduado recientemente en el instituto, describió a su hermana menor como una niña muy lista y con una gran capacidad inventiva. Una vez llegó incluso a crear un idioma propio, con alfabeto y todo: «Una cría normal habría ideado alguna especie de galimatías incomprensible», declaró Keene, con una risa amarga.

Lo que sí parece todo un galimatías por el momento es el estado de las investigaciones: el cuerpo de policía de Wind Gap y Richard Willis, inspector especializado en homicidios llegado desde Kansas City, admiten disponer de pocas pistas hasta el momento. «No hemos descartado a nadie –declaró Willis–. Estamos investigando minuciosamente a posibles sospechosos dentro de la comunidad local, pero también consideramos la posibilidad de que los asesinatos sean obra de un forastero.»

La policía se niega a hacer comentarios acerca del testimonio de un testigo potencial de los hechos, un niño que asegura haber visto a la persona que secuestró a Natalie Keene: una mujer. Una fuente cercana a la investigación afirma que creen probable que el asesino sea un hombre perteneciente a la comunidad local. El dentista de Wind Gap, James L. Jellard, de cincuenta y seis años, está de acuerdo con dicha afirmación y añade que arrancar los dientes a las víctimas «requiere bastante fuerza física. Los dientes no salen así como así».

Mientras la policía trabaja en el caso, en Wind Gap ha aumentado la demanda de cerraduras de seguridad y armas de fuego. Desde el asesinato de Natalie Keene, la ferretería local ha vendido tres docenas de cerraduras, mientras que la armería de la ciudad ha cursado más de treinta licencias de armas. «Creía que la mayoría de la gente de por aquí ya tenía rifles, para cazar –explica Dan R. Sniya, de treinta y cinco años, propietario de la armería más importante de la ciudad–. Pero creo que cualquiera que no tuviese un arma… bueno, ahora la tendrá.»

Uno de los habitantes de Wind Gap que ha ampliado su arsenal es el padre de Ann Nash, Robert, de cuarenta y un años. «Tengo otras dos hijas y un hijo, y van a estar protegidos», dijo. Nash describió a su hija fallecida como una niña muy inteligente. «A veces creo que era más lista que su propio padre. Y a veces incluso ella se creía más lista que su propio padre.» Declaró que a veces su hija era un poco machota, como Natalie, una niña a quien le gustaba trepar a los árboles y montar en bicicleta, que es lo que estaba haciendo cuando fue raptada el pasado agosto.

El padre Louis D. Bluell, de la parroquia católica local, afirma haber notado el efecto de los asesinatos sobre los habitantes de Wind Gap, pues la asistencia a la misa dominical ha aumentado notablemente y muchos miembros de su congregación han acudido a él para solicitar consejo espiritual. «Cuando ocurren cosas como estas, las personas sienten verdadera necesidad de alimento espiritual –dice–. Quieren saber cómo es posible que haya sucedido algo así.»

También la policía quiere saberlo.

Antes de enviar el artículo a la rotativa, Curry se burló de todas las iniciales de los nombres compuestos. «Por Dios, cómo les gustan a los sureños las formalidades…» Le recalqué que, técnicamente, Missouri estaba en el Medio Oeste, pero él se rió de mí. «Sí, y técnicamente yo estoy en la mediana edad, pero dile eso a la pobre Eileen cuando me ataca la bursitis.» También suprimió todos los detalles específicos de mi entrevista con James Capisi. Nos hacía parecer idiotas prestar demasiada atención al niño, sobre todo si la poli no daba crédito a su versión. También eliminó una frase un poco cursi sobre John de su madre: «Es un chico muy bueno y agradable». Fue la única declaración que le saqué antes de que me echara a patadas de la casa, lo único que hizo que aquella infame visita mereciese algo la pena, pero Curry pensó que desviaba la atención de lo realmente importante. Seguramente tenía razón. Estaba muy satisfecho de que por fin tuviésemos un sospechoso en el que centrarnos, mi «hombre perteneciente a la comunidad local». Mi «fuente cercana a la investigación» era una invención o, más eufemísticamente, una amalgama: todo el mundo, desde Richard hasta el cura, creía que los crímenes los había cometido alguien de Wind Gap. No le conté a Curry mi mentira.

La mañana en que se publicó mi artículo, me quedé en la cama mirando fijamente el teléfono blanco de disco, esperando a que sonase con sus broncas y reproches. De la madre de John, que se pondría furiosa cuando descubriese que había hablado con su hijo. O de Richard, por mi filtración acerca de que el sospechoso podía ser un vecino de Wind Gap.

Pasaron varias horas silenciosas mientras yo iba sudando cada vez más, los tábanos revoloteaban alrededor de la mosquitera de mi ventana y Gayla merodeaba por delante de mi puerta, ansiosa por entrar en la habitación. Nuestra ropa de cama y las toallas del baño siempre se han cambiado a diario; la lavadora se pasa todo el día funcionando a toda máquina en el cuarto del sótano. Creo que es una costumbre que perdura desde la época en que vivía Marian. Ropa limpia y recién planchada para hacernos olvidar todos los fluidos y los olores húmedos que expele nuestro cuerpo. Ya iba a la universidad cuando me di cuenta de que me gustaba el olor a sexo. Una mañana entré en el dormitorio de una amiga, justo después de que un chico saliese y pasase a toda prisa por mi lado, con una sonrisa radiante y furtiva y escondiéndose los calcetines en el bolsillo trasero de los pantalones. Ella estaba tirada perezosamente en la cama, sudorosa y desnuda, mostrando una sola pierna que sobresalía colgando de debajo de las sábanas. Aquel olor turbio y dulzón era puramente animal, como el rincón más profundo de la cueva de un oso. Me resultaba prácticamente ajeno, aquel olor a vivido, a haber pasado la noche en un cuarto. El olor más evocador de mi infancia era el de lejía.

Resultó que la primera llamada enfurecida no la hizo ninguna de las personas que yo había supuesto.

—No me puedo creer que me hayas dejado completamente fuera del artículo —atronó la voz de Meredith Wheeler al otro lado del aparato—. No has utilizado ni una sola de las frases que yo dije. Es como si ni siquiera hubiera estado ahí. Fui yo la que te llevó a John, ¿recuerdas?

—Meredith, nunca te dije que fuese a utilizar tus comentarios —dije, irritada por su insistencia—. Lo lamento si tuviste esa impresión.

Me puse un osito de peluche azul debajo de la cabeza, pero luego me sentí culpable y lo devolví a los pies de la cama. Hay que mostrar lealtad por los objetos de la infancia.

—Es que no entiendo por qué no me has incluido —continuó—. Si se trataba de hacerse una idea de cómo era Natalie, entonces necesitas a John. Y si necesitas a John, me necesitas a mí. Soy su novia. Prácticamente soy su dueña; pregunta por ahí y verás.

—Bueno, lo cierto es que ni tú ni John erais el argumento central de la historia —dije.

Por detrás de la respiración de Meredith, oí de fondo una balada de country-rock y un golpe y un siseo rítmicos.

—Pero sí que has sacado a otra gente de Wind Gap en el artículo. Has mencionado al idiota del padre Bluell. ¿Por qué no a mí? John lo está pasando muy mal y yo he sido muy importante para él, le he apoyado en todo momento. Se pasa el día llorando. Yo soy la que lo ayuda a no derrumbarse.

—Cuando escriba otro artículo que necesite más voces de Wind Gap, te entrevistaré. Si tienes algo que añadir a la historia.

Golpe. Siseo. Estaba planchando.

—Sé muchas cosas de esa familia, muchas cosas de Natalie que a John ni se le ocurriría pensar... o decir.

—Genial, entonces. Me pondré en contacto contigo. Pronto.

Colgué el teléfono, algo inquieta por lo que la chica me ofrecía. Cuando bajé la vista me di cuenta de que había escrito «Meredith» en una cursiva alambicada e infantil sobre las cicatrices de mi pierna izquierda.

En el porche, Amma estaba envuelta en un edredón de seda rosa, con un paño húmedo en la frente. Mi madre sujetaba una bandeja de plata con té, tostadas y varios botes de distintas clases, y se apretaba el dorso de la mano de Amma contra la mejilla en movimientos circulares.

—Mi pequeña, mi tesoro, mi cielo... —murmuraba Adora, meciéndolas a ambas en el balancín.

Amma estaba acurrucada con aire soñoliento, como un recién nacido en su manta, y se relamía los labios de vez en cuando. Era la primera vez que veía a mi madre desde nuestro viaje a Woodberry. Me planté delante de ella, pero solo tenía ojos para Amma.

—Hola, Camille —murmuró Amma al fin, y me dedicó un amago de sonrisa.

—Tu hermana está enferma. Está tan preocupada desde que tú llegaste a casa que al final le ha subido la fiebre —dijo Adora, sin dejar de apretar la mano de Amma con el mismo movimiento circular.

Me imaginé a mi madre haciendo rechinar los dientes por dentro de los carrillos.

Me percaté de que Alan estaba sentado dentro de la casa, mirándolas a través de la ventana mosquitera desde el confidente de la sala de estar.

—Tienes que hacer que se sienta más cómoda en tu presencia, Camille; solo es una niña —arrulló mi madre a Amma.

Una niña pequeña con resaca. Cuando se había ido de mi habitación la noche anterior, Amma había bajado a beber un rato a solas. Así era como funcionaban las cosas en aquella casa. Las dejé intercambiándose susurros entre ellas, mientras «favorita» me llameaba en la rodilla.

—Eh, reportera.

Richard me alcanzó a bordo de su sedán. Me dirigía al lugar donde habían hallado el cadáver de Natalie, para obtener detalles específicos sobre los globos y las notas dejados allí. Curry quería un artículo del estilo «una ciudad de luto». Eso, siempre y cuando no hubiese nuevas pistas sobre los asesinatos, lo cual implicaba que más valía que hubiese alguna pista, y pronto.

—Hola, Richard.

—Un buen artículo. —Maldito internet—. Me alegra saber que has encontrado una fuente cercana a la investigación. —Sonrió al decirlo.

—A mí también.

—Sube, tenemos trabajo que hacer.

Abrió la puerta del acompañante.

—Yo también tengo trabajo que hacer. Hasta ahora, trabajando contigo no he obtenido más que inútiles comentarios de «sin comentarios». Mi jefe me va a quitar el caso muy pronto.

—Bueno, pues no podemos permitírselo. Entonces me quedaría sin distracciones —dijo—. Venga, acompáñame. Necesito una guía turística. A cambio te responderé a tres preguntas, las que sean, con respuestas completas y veraces. Extraoficialmente, por supuesto, pero te lo pondré todo en bandeja. Vamos, Camille. A menos que tengas una cita con tu fuente cercana a la investigación.

—Richard...

—No, de verdad, no me gustaría interferir en una floreciente relación amorosa. Tú y ese tipo misterioso debéis de formar una pareja preciosa.

—Cierra el pico.

Me subí al coche. Él se inclinó sobre mí, tiró de mi cinturón de seguridad y me lo abrochó, demorándose un segundo más de la cuenta con los labios muy cerca de los míos.

—Tengo que asegurarme de que no te pase nada. —Señaló un globo de poliéster que se balanceaba en el hueco donde habían encontrado el cuerpo de Natalie. Allí se leía: «Que te mejores pronto»—. Eso —añadió Richard—, para mí, resume Wind Gap a la perfección.

Richard quería que lo llevase a todos los rincones secretos de Wind Gap, los lugares que solo conocía la gente de allí. Sitios donde se juntaban para follar o fumar porros, donde los adolescentes iban a beber o donde algunos se perdían para sentarse a reflexionar y decidir en qué momento habían perdido el control sobre sus vidas. Porque siempre hay un momento en que la vida descarrila. El mío había sido el día en que murió Marian. El día en que cogí aquel cuchillo le va a la zaga.

—Todavía no hemos encontrado ninguno de los lugares donde despacharon a las niñas —explicó Richard, con una mano al volante y la otra rodeando la parte de atrás de mi asiento—. Solo hemos rastreado las zonas de los vertederos, y están muy contaminadas. —Hizo una pausa—. Siento lo de «despachar», ha sido un poco bruto por mi parte.

—Sí, es más propio de un desolladero.

—¡Caramba! Menudo vocabulario, Camille. Sobre todo para alguien que se crió en Wind Gap.

—Claro, se me olvidaba que vosotros los de Kansas City sois tan cultos...

Le indiqué a Richard que siguiera por un camino de tierra y aparcamos en unos matorrales agrestes que nos llegaban a la altura de la rodilla, unos quince kilómetros al sur de donde habían hallado el cuerpo de Ann. Agité una mano detrás de mi nuca para refrescarla con el aire húmedo y me subí las mangas largas de la camisa, que se me habían pegado a los brazos. Me pregunté si Richard olería el alcohol de la noche anterior, que en ese momento afloraba en forma de marcas de sudor en mi piel. Nos adentramos en el bosque, primero cuesta abajo y luego hacia arriba. Las hojas de los álamos de Virginia se estremecían, como siempre, con una brisa imaginaria. De vez en cuando oíamos el ruido de un animal que huía de repente, o de un pájaro al levantar el vuelo. Richard andaba con paso firme y decidido detrás de mí, arrancando hojas y haciéndolas trizas muy despacio a medida que caminaba. Para cuando llegamos al sitio en cuestión, teníamos la ropa empapada y la cara me chorreaba de sudor. Se trataba de una antigua escuela de una sola aula grande, ligeramente inclinada a un lado y con enredaderas que asomaban y se escondían entre los listones de madera.

En el interior, había media pizarra clavada a la pared. En ella aparecían dibujos muy elaborados de penes penetrando vaginas, sin estar unidos a ningún cuerpo. Había hojas muertas y botellas de licor desparramadas por el suelo, junto a latas de cerveza oxidadas de los tiempos anteriores a la lengüeta con anilla. Quedaban unos cuantos pupitres minúsculos. Uno de ellos estaba cubierto por un mantel, con un jarrón con rosas marchitas en el centro. Un lugar penoso para una cena romántica. Esperaba que hubiese ido bien.

—Muy bonito —comentó Richard, al tiempo que señalaba uno de los dibujos del encerado.

Su camisa oxford azul claro se le pegaba al cuerpo, y pude ver el contorno de un torso bien modelado.

—Aquí vienen sobre todo chavales, obviamente —dije—. Pero está cerca del arroyo, por eso he pensado que deberías verlo.

—Mmm… —Me miró en silencio—. Y dime, ¿qué haces en Chicago cuando no trabajas?

Se apoyó en el pupitre, extrajo una rosa mustia del jarrón y empezó a desmenuzar las hojas.

—¿Que qué hago?

—¿Tienes novio? Seguro que sí.

—No. Hace mucho tiempo que no tengo novio.

Empezó a arrancar los pétalos de la rosa. No estaba segura de si le interesaba o no mi respuesta. Levantó la vista y sonrió.

—Eres una chica difícil, Camille. No te abres fácilmente. Haces que tenga que esforzarme. Me gusta, es diferente. Con la mayoría de las chicas, es imposible conseguir que se callen. Sin ánimo de ofender…

—No intento ponerte las cosas difíciles, es solo que no era la pregunta que esperaba —dije, recuperando la iniciativa en la conversación. Cháchara y charla trivial, eso sí sé hacerlo—. ¿Tú tienes novia? Seguro que tienes dos, una rubia y otra morena, a juego con tus corbatas.

—Estás completamente equivocada. No tengo novia, y la última era pelirroja. No hacía juego con nada de lo que yo tenía. Tuvo que marcharse. Una buena chica, mala suerte.

Richard era de esa clase de hombres a los que yo normalmente no podía ni ver, alguien que había nacido y crecido entre algodones: guapo, inteligente, con encanto y seguramente con dinero. Aquellos hombres nunca me resultaban demasiado interesantes; no tenían aristas, y por regla general eran unos cobardes. Huían instintivamente de cualquier situación que pudiera provocarles vergüenza o incomodidad. Sin embargo, Richard no me aburría. A lo mejor porque sonreía con la boca un poco ladeada. O porque se ganaba la vida enfrentándose a cosas muy sórdidas.

—¿Viniste aquí alguna vez cuando eras niña, Camille?

Hablaba con voz baja, casi tímida. Me miró de soslayo y el sol de primera hora de la tarde arrancó destellos dorados a su pelo.

—Claro, es un lugar perfecto para actividades poco apropiadas.

Richard se acercó a mí, me entregó lo que quedaba de la rosa y me recorrió con un dedo la mejilla sudorosa.

—Eso ya lo veo —dijo—. Es la primera vez que desearía haber crecido en Wind Gap.

—Tú y yo podríamos haber congeniado —dije, y lo decía en serio.

De repente me invadió cierto sentimiento de tristeza por no haber conocido a ningún chico como Richard en mi adolescencia, alguien que al menos hubiera supuesto un desafío.

—Sabes que eres muy guapa, ¿verdad? —preguntó—. Yo te lo diría, pero tengo la sensación de que es justo la clase de cosa que haría que te rieras de mí en mi cara. En vez de eso, he pensado que…

Me levantó la barbilla con el dedo y me besó, primero despacio y luego, como no me aparté, me estrechó en sus brazos y me metió la lengua en la boca. Era la primera vez que me besaban en casi tres años. Mis manos recorrieron el hueco entre sus omoplatos y la rosa fue desmenuzándose por su espalda. Tiré de la parte superior de su camisa y le lamí el cuello.

—Creo que eres la mujer más guapa que he visto en mi vida —dijo, recorriéndome el borde de la mandíbula con el dedo—. La primera vez que te vi, ni siquiera pude pensar en otra cosa durante el resto del día. Vickery me envió a casa.

Se echó a reír.

—Tú también me resultas muy atractivo —dije, sujetándole las manos para que no vagasen libremente por mi cuerpo. Llevaba una camisa muy fina, no quería que me notase las cicatrices.

—«¿Tú también me resultas muy atractivo?» —Se echó a reír—. Por Dios, Camille, hace mucho tiempo que no te enrollas con nadie, ¿no?

—Es que me has pillado desprevenida. Para empezar, esto es una mala idea; tú y yo juntos.

—Horrible.

Me besó el lóbulo de la oreja.

—Además, ¿no querías echarle un vistazo a este sitio?

—«Señorita» Preaker, registré este lugar durante mi segunda semana aquí. Solo quería ir a dar una vuelta contigo.

Resultó que Richard también había examinado los otros dos lugares que yo tenía en mente. En una cabaña abandonada en la zona sur de los bosques habían encontrado una cinta de pelo a cuadros amarillos que ninguno de los padres de las niñas había podido identificar. En los riscos al este de Wind Gap, donde podías ir a sentarte a contemplar el lejano río Mississippi al fondo, habían descubierto la huella de una zapatilla infantil de deporte que no coincidía con ninguna de las zapatillas de las niñas. Habían encontrado gotas de sangre seca en las briznas de hierba, pero el grupo sanguíneo tampoco coincidía con el de ninguna de las dos. Una vez más, mi aportación resultaba inútil, aunque, bien mirado, a Richard no parecía importarle. De todos modos, fuimos en coche hasta los riscos, nos llevamos un pack de seis cervezas y nos sentamos al sol, contemplando el gris del río Mississippi relucir como una serpiente perezosa.

Aquel había sido uno de los lugares favoritos de Marian cuando aún podía levantarse de la cama. Por un instante, sentí su peso de niña sobre mi espalda, el aliento de su risa cálida en mi oreja y unos brazos escuálidos que me rodeaban los hombros con fuerza.

—¿Adónde llevarías tú a una niña para estrangularla? —me preguntó Richard.

—A mi casa o a mi coche —respondí, volviendo de golpe al presente.

—¿Y para arrancarle los dientes?

—A alguna parte donde luego pudiese limpiarlo todo a conciencia. Un sótano, una bañera… A las dos las mataron antes, ¿verdad?

—¿Es esa una de tus preguntas?

—Sí.

—Las dos estaban ya muertas.

—¿Y llevaban muertas el tiempo suficiente para que no saliese sangre cuando les sacaron los dientes?

Una barcaza que navegaba por el río empezó a virar de lado en la corriente; unos hombres salieron a cubierta con largos palos para hacerla girar en la dirección correcta.

—Con Natalie hubo sangre. Los dientes fueron extraídos inmediatamente después del estrangulamiento.

Vi la imagen de Natalie Keene, con los ojos castaños paralizados y abiertos, tirada en una bañera mientras alguien le arrancaba los dientes de la boca. Sangre en la barbilla de Natalie. Una mano con unas tenazas. Una mano de mujer.

—¿Crees la versión de James Capisi?

—La verdad es que no sé qué pensar, Camille, y te juro que no estoy echando balones fuera. Ese niño está muerto de miedo, su madre no para de llamarnos para que enviemos a alguien para protegerlo. El crío está convencido de que esa mujer va a ir a por él. Le hice sudar un poco, lo llamé mentiroso para ver si cambiaba su versión, y nada. —Se volvió para mirarme de frente—. Te diré una cosa: James Capisi se cree su historia, pero me parece imposible que sea cierta. No encaja con ningún perfil del que haya oído hablar nunca. No sé, no me convence. Instinto de policía. Bueno, tú hablaste con él, ¿a ti qué te parece?

—Estoy de acuerdo contigo. Me pregunto si no estará asustado con lo del cáncer de su madre y será su manera de proyectar el miedo o algo así. No lo sé. ¿Y qué me dices de John Keene?

—En cuanto al perfil, encaja en el segmento de edad, pertenece a la familia de una de las víctimas y parece estar demasiado destrozado por lo ocurrido.

—Han asesinado a su hermana.

—Sí, ya, pero… Yo soy un tío, y te digo que los chicos de su edad prefieren morirse antes que llorar en público. Y él ha estado llorando por todos los rincones de la ciudad.

Richard sopló en la boca de la botella de cerveza y emitió un silbido apagado, una llamada de apareamiento a un remolcador que se deslizaba por el río.

Ya había salido la luna y las cigarras cantaban con clamorosa intensidad cuando Richard me dejó en casa. Su canto coincidía con el ritmo palpitante que me latía entre las piernas, en el lugar donde le había dejado tocarme. Con la cremallera bajada, su mano guiada por la mía hasta el clítoris y retenida para que no explorase y se topase con las líneas protuberantes de mis cicatrices. Nos pusimos a cien el uno al otro como un par de adolescentes en celo («novios» refulgía y palpitaba con fuerza en mi pie izquierdo cuando me corrí) y yo estaba pegajosa y olía a sexo cuando abrí la puerta y me encontré a mi madre sentada al pie de la escalera con una jarra de amaretto sour.

Iba con un camisón rosa de aspecto infantil, con mangas de farol y un ribete de raso en el cuello. Seguía llevando las manos innecesariamente vendadas con aquella gasa de color blanco níveo, que había conseguido conservar impoluta a pesar de estar completamente borracha. Cuando entré se tambaleaba ligeramente, como un fantasma decidiendo si desvanecerse o no. Se quedó.

—Camille, ven a sentarte. —Me hizo señas con las manos envueltas como pequeñas nubes—. ¡No! Antes ve a por un vaso a la cocina. Tómate una copa con mamá. Con tu madre.

«Esto va a ser un desastre», murmuré mientras cogía un vaso alto. Pero bajo aquella frase, un pensamiento: ¡tiempo a solas con ella! Los restos de un eco de la infancia. Había cosas que solucionar.

Mi madre me sirvió el licor de forma impetuosa pero perfecta, llenando mi vaso hasta el borde justo antes de que rebosase. Aun así, me las arreglé para llevármelo a la boca sin derramarlo. Esbozó una leve sonrisa petulante mientras me observaba. Recostada contra el poste inferior de la escalera, con los pies recogidos debajo del cuerpo, tomó un sorbo de su copa.

—Creo que al final me he dado cuenta de por qué no te quiero —dijo.

Ya sabía que no me quería, pero nunca la había oído admitirlo tan abiertamente. Intenté decirme a mí misma que estaba intrigada, como un científico a punto de realizar un gran descubrimiento, pero se me hizo un nudo en la garganta y tuve que obligarme a respirar.

—Me recuerdas a mi madre. A Joya. Fría y distante, y tan sumamente engreída. Mi madre tampoco me quiso nunca. Y si vosotras no me queréis, yo tampoco os quiero.

Me invadió una oleada de furia.

—Nunca he dicho que no te quiera, eso es ridículo, joder. Eres tú la que nunca me ha querido a mí, ni siquiera cuando era una niña. Nunca recibí de ti más que frialdad, así que no te atrevas a echarme la culpa de eso a mí.

Empecé a restregarme la palma con fuerza contra el borde de la escalera. Mi madre observó aquello con una media sonrisa y dejé de hacerlo.

—Siempre fuiste tan cabezota, nunca fuiste una niña dulce. Me acuerdo de cuando tenías seis o siete años. Quería ponerte rulos en el pelo para la foto del colegio. Pero tú te lo cortaste todo con mis tijeras de costura.

No me acordaba de haber hecho aquello. Recordaba haber oído que fue Ann quien lo hizo.

—Me parece que no fue así, mamá.

—Una cabezota. Como esas niñas. Intenté acercarme a ellas, a esas niñas muertas.

—¿A qué te refieres con acercarte a ellas?

—Me recordaban a ti, paseándose por la ciudad como salvajes. Como hermosos animalillos. Creí que si me acercaba a ellas, podría entenderte mejor. Si conseguía sentir cariño por ellas, también lo sentiría por ti. Pero no pude.

—No, me lo imagino.

El antiguo reloj de pie dio las once. Me pregunté cuántas veces habría oído mi madre ese sonido mientras crecía en aquella casa.

—Cuando te llevaba dentro de mí, cuando era una cría, mucho más joven de lo que tú eres ahora, creía que tú me salvarías. Creía que tú me querrías, y que así mi madre me querría. Eso sí que fue una estupidez.

La voz de mi madre subió de tono, viva y cortante, como una bufanda roja en un vendaval.

—Yo era un bebé.

—Ya desde el principio fuiste desobediente. No querías comer. Como si me estuvieras castigando por haber nacido. Me hacías quedar como una idiota, como una cría.

—Es que eras una cría.

—Y ahora vuelves y en lo único que pienso es: ¿Por qué Marian y no ella?

185

La furia se desinfló rápidamente y se transformó en una oscura desesperación. Mis dedos hallaron una grapa en los tablones de madera del suelo y tiré de ella con una uña. No lloraría por aquella mujer.

—A mí tampoco me hace ninguna gracia haberme quedado aquí, mamá, si eso te hace sentirte mejor.

—Eres tan odiosa…

—Lo aprendí de ti.

Entonces mi madre se abalanzó y me agarró los brazos. Acto seguido alargó la mano hacia mi espalda y, con una sola uña, dibujó un círculo en el lugar donde no tenía cicatrices.

—El único sitio que te queda —susurró.

Tenía el aliento empalagoso y húmedo, como aire saliendo de un pozo.

—Sí.

—Algún día grabaré ahí mi nombre a cuchillo.

Me zarandeó una vez, me soltó y luego me dejó en la escalera con los restos calientes de nuestro licor.

Me bebí el resto de la jarra y tuve unos sueños oscuros y viscosos. Mi madre me había abierto en canal y me estaba sacando los órganos, colocándolos en fila encima de mi cama mientras yo yacía con las carnes desparramadas a uno y otro lado. Cosía sus iniciales en cada uno de ellos y luego volvía a metérmelos dentro, junto con una serie de objetos olvidados del pasado: una pelota de goma de color naranja fluorescente que me salió en una máquina de chicles de bola cuando tenía diez años; un par de leotardos de lana de color violeta que llevaba cuando tenía doce años; un barato anillo dorado que me había regalado un chico en mi primer año de universidad. Con cada objeto, sentía el alivio de que no se hubiese perdido para siempre.

Cuando me desperté era más de mediodía y me sentía desorientada y asustada. Tomé un trago de vodka de mi petaca para mitigar el pánico y luego corrí al cuarto de baño y lo vomité, junto con unos hilillos de saliva marrón azucarada del amaretto sour.

Me desnudé y me metí en la bañera, sintiendo el frescor de la porcelana en mi espalda. Me tumbé, abrí el grifo y dejé que el agua fuera subiendo poco a poco y me inundase los oídos, hasta que finalmente se sumergieron con el grato sonido de un barco al hundirse. ¿Tendría alguna vez la disciplina necesaria para dejar que el agua me cubriese la cara, para ahogarme con los ojos abiertos? Tan solo hay que resistirse a subir el cuerpo unos centímetros, y estará hecho.

El agua me escoció en los ojos, me cubrió la nariz y luego me envolvió por completo. Me imaginé a mí misma desde arriba: una piel lacerada y un rostro inmóvil titilando bajo una película de agua. Mi cuerpo renegaba de la quietud. «¡Corpiño, sucia, pesada, viuda!», gritaba. Mi estómago y mi garganta sufrían espasmos, desesperados por conseguir aire. «¡Dedo, puta, hueca!» Solo unos momentos más de disciplina. Qué forma tan pura de morir... «Fresca, flor, florida.»

Salí bruscamente a la superficie y aspiré una bocanada de aire. Entre jadeos, volví la cabeza hacia el techo. Tranquila, tranquila, me dije. Tranquila, pequeña, no va a pasar nada. Me acaricié la mejilla, hablándome con un lenguaje infantil –qué lamentable–, pero mi respiración se apaciguó.

Entonces, un arrebato de pánico. Me llevé la mano a la espalda para buscar el círculo de piel. Todavía estaba liso.

Unas nubes negras se cernían bajas sobre la ciudad, de modo que el sol se curvaba por los bordes y lo teñía todo de un amarillo enfermizo, como si fuéramos bichos debajo de unas lámparas fluorescentes. Aún me sentía débil por el episodio con mi madre, así que aquella luz inane me pareció de lo más apropiada. Tenía una cita en casa de Meredith Wheeler para hacerle una entrevista sobre los Keene. No estaba segura de que fuese a sacar nada de provecho, pero al menos obtendría alguna frase impactante, y la necesitaba, ya que no había sabido nada de los Keene después de mi último artículo. Lo cierto era que ahora que John vivía detrás de la casa de Meredith, no tenía otra forma de acceder a él más que por mediación de la chica, y estaba segura de que eso a ella le encantaba.

Fui andando hasta Main Street para buscar mi coche, al lugar donde lo había abandonado el día anterior para irme de excursión con Richard. Me dejé caer con aire cansino en el asiento del conductor. Aun así, logré llegar a la casa de Meredith con media hora de antelación. Consciente de todo el acicalamiento y los arreglos con que la chica se prepararía para mi visita, supuse que me haría esperar en el jardín de atrás, y así tendría una oportunidad para hablar con John. Resultó que Meredith ni siquiera estaba allí todavía, pero oí una música procedente de la parte posterior de la casa. La seguí y descubrí a las cuatro rubitas con biquinis fluorescentes en un extremo de la piscina, pasándose un canuto, y a John sentado a la sombra en el extremo opuesto, observándolas. Amma estaba muy bronceada y muy rubia, con un aspecto delicioso, sin rastro de la resaca del día anterior. Se la veía tan pequeña y vistosa como un aperitivo.

Enfrentada a toda aquella carne tersa y lisa, sentí cómo mi piel se ponía en pie de guerra. No era capaz de exponerme al contacto directo en pleno pánico resacoso, así que me limité a espiar desde una esquina de la casa. Cualquiera de ellos podría haberme visto, pero no estaban por la labor. Las tres amigas de Amma no tardaron en entrar en una espiral de marihuana y calor, tumbadas boca abajo en sus toallas.

Amma se quedó de pie, mirando fijamente a John y untándose aceite bronceador en los hombros, el escote y los pechos, deslizando la mano por debajo de la parte superior de su biquini y observando cómo John la observaba a ella. John no reaccionó de ningún modo especial, como un niño ante su sexta hora de televisión. Cuanto más lascivamente se restregaba Amma el aceite, menos pestañeaba él. Uno de los triángulos de la parte superior del biquini se le había torcido y había dejado al aire el turgente pecho de debajo.

188

Trece años, pensé para mis adentros, pero sentí un atisbo de admiración por la chica. Cuando yo estaba triste, me hacía daño a mí misma; Amma se lo hacía a los demás. Cuando yo quería atención, me ofrecía a los chicos: «Haz conmigo lo que quieras, solo quiero gustarte». Los ofrecimientos sexuales de Amma parecían más bien una forma de agresión: piernas largas y delgadas, muñecas finas y voz aguda y aniñada, apuntando con todo ello como con un arma. «Haz conmigo lo que quieras; puede que me gustes.»

—Oye, John, ¿a quién te recuerdo? —gritó Amma.

—A una niña que se porta mal y se cree más guapa de lo que es en realidad —repuso John.

El chico se sentó en el borde de la piscina en pantalones cortos y camiseta, con los pies sumergidos en el agua. Tenía las piernas cubiertas por una capa muy fina, casi femenina, de vello oscuro.

—Ah, ¿sí? Entonces ¿por qué no dejas de mirarme desde tu pequeño escondrijo? —dijo ella, y señaló con una pierna hacia la cochera, con su ventanuco en el altillo con cortinas a cuadros azules—. Meredith se pondrá celosa.

—Me gusta vigilarte, Amma. Que sepas que no te quito el ojo de encima.

A ver si lo adivino: mi hermanastra se había colado en el cuarto de John sin su permiso y había registrado sus cosas. O lo había esperado en la cama.

—Sí, como ahora —dijo Amma, riendo, con las piernas abiertas.

Tenía un aspecto sórdido bajo la oscura luz, con aquellos rayos que dibujaban ajedrezados de sombra sobre su rostro.

—Algún día te llegará tu turno, Amma —le dijo él—. Pronto.

—Todo un hombre, según tengo entendido... —replicó Amma.

Kylie levantó la vista, fijó la mirada en su amiga y luego volvió a tumbarse.

—Y con mucha paciencia, también.

—La vas a necesitar.

Amma le lanzó un beso.

El amaretto sour estaba volviendo a rebelarse contra mí y ya empezaba a estar harta de aquellas bromitas. No me gustaba ver a

John Keene flirtear con Amma, daba igual lo mucho que ella lo provocase. Seguía teniendo solo trece años.

—¿Hola? —exclamé, y sobresalté a Amma, que me saludó agitando los dedos. Dos de las tres rubias levantaron la cabeza y luego volvieron a bajarla. John recogió un poco de agua de la piscina con ambas manos y se la echó por la cara antes de torcer hacia arriba las comisuras de los labios para saludarme. Estaba rememorando la conversación, tratando de determinar cuánto habría oído yo. Me hallaba a la misma distancia de ambos, así que me acerqué a John y me senté a unos dos metros de él–. ¿Leíste el artículo? –le pregunté.

Él asintió con la cabeza.

—Sí, gracias. Estaba muy bien. Al menos la parte sobre Natalie.

—He venido a charlar un rato con Meredith sobre Wind Gap; a lo mejor sale a relucir el nombre de Natalie –le expliqué–. ¿Te parece bien?

Se encogió de hombros.

—Sí, claro. Pero Meredith no ha llegado todavía. No había suficiente azúcar para preparar el té, así que se puso histérica y se fue corriendo a la tienda sin maquillar.

—Qué escándalo…

—Para Meredith, sí.

—¿Qué tal van las cosas por aquí?

—Bueno, bien —dijo. Empezó a darse palmaditas en la mano derecha. Para confortarse. Volví a sentir lástima por él–. No creo que las cosas puedan ir bien en ningún sitio, así que es difícil sopesar si aquí van mejor o peor, ¿entiendes lo que quiero decir?

—Es como pensar: Este sitio es una mierda y quiero morirme, pero no se me ocurre ningún otro sitio donde preferiría estar –sugerí.

Se volvió y me miró de hito en hito, con unos ojos azules que reflejaban el óvalo de la piscina.

—Eso es justo lo que quiero decir.

Pues acostúmbrate, pensé.

—¿Has pensado en buscar algún tipo de ayuda, en ir a ver a un psicólogo? –le propuse–. Podría resultarte muy útil.

—Sí, John, eso podría sofocar algunos de tus «impulsos». Pueden ser... mortales, ¿sabes? No queremos que aparezcan más niñitas sin dientes... —Amma se había deslizado en el interior de la piscina y flotaba a unos tres metros de nosotros.

John se levantó de golpe y, por un segundo, creí que se iba a tirar a la piscina e iba a ahogarla, pero en vez de eso la apuntó con un dedo amenazador, abrió la boca, la cerró y se fue a su cuarto del altillo.

—Eso ha sido muy cruel, Amma —le dije.

—Pero divertido —señaló Kylie, que flotaba a su lado encima de una colchoneta rosa.

—Menudo friqui —añadió Kelsey, chapoteando junto a ellas.

Jodes estaba sentada en su toalla, con las rodillas recogidas a la altura de la barbilla y la mirada fija en la cochera.

—Fuiste tan amable conmigo la otra noche, y ahora estás tan cambiada... —le murmuré a Amma—. ¿Por qué?

Por una fracción de segundo, la pregunta pareció pillarla desprevenida.

—No lo sé. Ojalá pudiese arreglarlo. De verdad.

Se fue nadando hacia donde estaban sus amigas cuando Meredith apareció en la puerta y me llamó malhumorada para que entrara.

La casa de los Wheeler me resultaba familiar: un sofá afelpado con montones de relleno, una mesita de café con la réplica de un velero, una alegre otomana de terciopelo verde lima, una foto en blanco y negro de la torre Eiffel tomada desde un ángulo imposible. Pottery Barn, catálogo de primavera. Incluidos los platos amarillo limón que Meredith estaba colocando en esos momentos en la mesa, con tartaletas de frutas del bosque en el centro.

Llevaba un vestido de tirantes de lino del color de un melocotón sin madurar; el pelo le cubría las orejas y se sujetaba después en la nuca con una cola suelta que habría requerido unos veinte minutos para alcanzar semejante perfección. De repente, me recordó mucho a mi madre; podría haber sido la hija de Adora de manera mucho más convincente que yo. Sentí cómo me crecía por dentro un brote de rencor e intenté mantenerlo a raya mientras Meredith nos servía sendos vasos de té azucarado y sonreía.

—No tengo ni idea de qué era lo que te estaba diciendo mi hermana ahí fuera, pero estoy segura de que solo podía ser una impertinencia o una ordinariez, así que me disculpo —dijo—. Aunque estoy segura de que ya sabes que Amma es la que ordena y manda ahí.

Miró la tartaleta, pero no parecía muy decidida a comérsela. Era demasiado bonita.

—Seguramente tú conoces a Amma mejor que yo —contesté—. Ella y John no parecen...

—Es una niña con muchas carencias —dijo; cruzó las piernas, las separó de nuevo y se alisó las arrugas del vestido—. A Amma le da miedo marchitarse y desaparecer si no es el centro de atención constante. Sobre todo de los chicos.

—¿Por qué no le cae bien John? Ha insinuado que fue él quien hizo daño a Natalie.

Saqué mi grabadora y pulsé el botón de encendido, en parte porque no quería perder el tiempo con jueguecitos egocéntricos y en parte porque esperaba que dijese algo sobre John que mereciese la pena llevar a imprenta. Si él era el principal sospechoso, al menos para las mentes de Wind Gap, necesitaba declaraciones.

—Amma es así. Tiene una vena maligna. A John le gusto yo y no ella, así que lo ataca. Eso cuando no está intentando robármelo. Como si eso pudiera suceder...

—Pero parece ser que mucha gente ha estado hablando; dicen que quizá John pueda tener algo que ver con todo esto. ¿Por qué crees que pensarían algo así?

Se encogió de hombros, se tiró del labio inferior y observó runrunear la cinta unos segundos.

—Ya sabes cómo son estas cosas. Él no es del pueblo. Es listo, tiene mucho mundo y es mil veces más guapo que cualquier otro chico de por aquí. A la gente le gustaría que hubiese sido él, porque entonces eso significaría que… el mal no ha venido de Wind Gap, sino de fuera. Cómete la tartaleta.

—¿Tú crees que es inocente?

Di un mordisco al pastelillo y el glaseado me goteó por el labio.

—Pues claro que es inocente. Todo eso no son más que habladurías malintencionadas. Solo porque alguien vaya a dar una vuelta en coche… hay mucha gente que hace eso por aquí. John solo lo hizo en un momento muy inoportuno.

—¿Y qué me dices de la familia? ¿Puedes contarme algo de alguna de las dos niñas?

—Eran unas niñas encantadoras, muy bien educadas y cariñosas. Es como si Dios hubiese escogido a las mejores niñas de Wind Gap para llevárselas con él al cielo.

Había estado practicando, las palabras poseían un ritmo ensayado. Hasta su sonrisa parecía perfectamente mesurada: demasiado pequeña resultaba mezquina; demasiado grande, inapropiadamente complacida. Aquella sonrisa estaba en el punto medio. Valiente y esperanzada, decía.

—Meredith, sé que no es eso lo que pensabas de las niñas.

—Bueno, ¿y qué tipo de declaración quieres? —soltó.

—Una sincera.

—Eso no puedo hacerlo. John me odiaría.

—No te nombraría en el artículo.

—Entonces ¿para qué iba a mantener esta entrevista contigo?

—Si sabes algo acerca de esas niñas que los demás se están callando, deberías decírmelo. Eso podría desviar la atención de John, dependiendo de la clase de información de que se trate.

Meredith tomó un recatado sorbo de té y se limpió la comisura de sus labios de fresa con la servilleta.

—Pero ¿mi nombre todavía podría aparecer en algún lugar del artículo?

—Puedo citarte en cualquier otra parte con tu nombre.

—Quiero que salga lo de Dios llevándoselas al cielo —insistió Meredith, con un tono infantil; se retorció las manos y me dedicó una media sonrisa.

—No, eso no. Usaré la frase en la que dices que John no es de aquí y por eso la gente murmura tanto sobre él.

—¿Y por qué no utilizas la que yo quiero?

Me imaginé a Meredith con cinco años, vestida de princesa y soltando pestes porque a su muñeca favorita no le gustaba su té imaginario.

—Porque eso contradice un montón de cosas que he oído por ahí y porque nadie habla así en realidad. Suena falso.

Era el enfrentamiento más patético que había tenido con un entrevistado, y un modo nada ético de trabajar, pero quería su puta historia. Meredith se toqueteó la cadenita de plata que llevaba alrededor del cuello y me escudriñó el rostro.

—Podrías haber sido modelo, ¿sabes? —me dijo de improviso.

—Eso lo dudo —solté.

Cada vez que la gente me decía que era guapa, me acordaba de todas las cosas feas que bullían por debajo de la ropa.

—Sí que podrías. Siempre quise ser como tú cuando era pequeña. Y he pensado mucho en ti, ¿sabes? Quiero decir, como nuestras madres son amigas y todo eso, sabía que estabas en Chicago y te imaginaba en una mansión enorme con unos niñitos de rizos rubios y un adonis por marido, un gran inversor bancario. Os imaginaba a todos en la cocina bebiendo zumo de naranja por las mañanas, y él subiéndose a su Jaguar para ir a trabajar. Pero supongo que me equivocaba.

—Sí, te equivocabas. Aunque suena muy bien, la verdad. —Di otro mordisco a la tartaleta—. Bueno, háblame de las niñas.

—Siempre directa al grano, ¿eh? Nunca fuiste demasiado simpática. Sé lo de tu hermana. Que tenías una hermana que murió.

—Meredith, podemos hablar de eso en otro momento. Me gustaría, pero después de esto. Primero vamos a hablar de esta historia, y luego quizá podamos pasar un buen rato juntas.

No tenía intención de quedarme ni un minuto más una vez que la entrevista hubiese acabado.

—Vale… Pues ahí va. Creo que sé por qué… los dientes… —Imitó una extracción.

—¿Por qué?

—Me parece increíble que la gente se niegue a reconocerlo —dijo.

Meredith miró a su alrededor.

—Yo no te he contado esto, ¿vale? —continuó—. A esas chicas, Ann y Natalie, les gustaba morder.

—¿Qué quieres decir con que les gustaba morder?

—A las dos. Tenían muy mal carácter. Un carácter de mil demonios, como de chico. Pero no pegaban, mordían. Mira.

Extendió la mano derecha. Justo debajo del pulgar había tres marcas blancas que relucían bajo la luz de mediodía.

—Esta es de Natalie. Y esta de aquí también. —Se retiró el pelo hacia atrás y reveló una oreja izquierda con solo la mitad del lóbulo—. Me mordió la mano mientras le pintaba las uñas. Cuando estábamos a medias decidió que no le gustaba, pero yo le dije que me dejase terminar, y cuando le sujeté la mano me hincó los dientes.

—¿Y el lóbulo de la oreja?

—Me quedé allí una noche en que el coche no me arrancaba. Estaba durmiendo en el cuarto de invitados cuando, de golpe, me desperté y me encontré las sábanas manchadas de sangre; sentía la oreja como si estuviese ardiendo, como si quisiera echar a correr para alejarme de ella pero siguiera pegada a mi cabeza. Y Natalie estaba allí, chillando como si fuese ella la que estuviese en llamas. Aquellos gritos daban más miedo que el mordisco. El señor Keene tuvo que sujetarla e inmovilizarla. La cría tenía problemas graves. Buscamos el lóbulo de mi oreja para ver si se podía volver a coser, pero había desaparecido. Supongo que se lo tragó. —Soltó una risa que sonó como lo opuesto a una bocanada de aire—. Más que nada sentí lástima por ella.

Mentira.

—¿Y Ann? ¿También era así? —pregunté.

—Peor. Hay gente por toda la ciudad con marcas de sus mordiscos, tu madre incluida.

—¿Qué?

Me empezaron a sudar las manos y sentí un frío intenso en la zona de la nuca.

–Tu madre le daba clases particulares, pero Ann no entendía nada. Perdió el control por completo, tiró del pelo a tu madre y la mordió en la muñeca. Con mucha fuerza. Creo que tuvieron que ponerle puntos.

Imágenes del delgado brazo de mi madre atrapado entre unos dientes minúsculos, Ann sacudiendo la cabeza como un perro, la sangre aflorando en la manga de mi madre, en los labios de Ann... Un grito, una liberación.

Un pequeño círculo de líneas irregulares, y en el interior, un círculo de piel perfecta.

11

De vuelta en mi habitación, decido hacer algunas llamadas, no hay señales de mi madre. Oigo a Alan abajo, reprendiendo a Gayla por cortar mal los filetes.

—Sé que parece algo trivial, Gayla, pero considéralo desde este punto de vista: los detalles triviales son la diferencia entre una buena comida y una experiencia gastronómica.

Gayla emitió un sonido de asentimiento. Hasta sus «mmm…» tenían un deje sureño.

Llamé a Richard al móvil, una de las pocas personas en Wind Gap que tenían uno, aunque no soy quién para criticar eso, porque yo soy una de las pocas personas de Chicago que aún se resisten a usar ese trasto. No me gusta estar tan accesible.

—Inspector Willis.

Al fondo oí un altavoz llamando un nombre.

—¿Estás ocupado, inspector?

Me sonrojé. Un exceso de naturalidad, como estar flirteando o como hacer el tonto.

—Hola —me contestó en tono formal—. Tengo que acabar unas cosas por aquí, ¿puedo llamarte luego?

—Sí, claro, puedes llamarme al…

—El número aparece en la pantalla del móvil.

—Qué maravilla…

—Y que lo digas.

Veinte minutos más tarde:

—Perdona, estaba en el hospital de Woodberry con Vickery.

—¿Una pista?

—Algo así.

—¿Alguna declaración?

—Lo pasé muy bien anoche.

Me había escrito «Richard poli, Richard poli» doce veces en la pierna, y tuve que obligarme a parar porque me moría de ganas de coger una cuchilla.

—Yo también. Escucha, necesito hacerte una pregunta directa y necesito que me la contestes. Extraoficialmente. Luego necesito una declaración que pueda publicar para mi próximo artículo.

—Vale, intentaré ayudarte, Camille. ¿Qué necesitas preguntarme?

—¿Podemos quedar en ese bar tan hortera donde tomamos una copa la primera vez? Necesito hacer esto en persona, necesito salir de esta casa y, sí, lo reconozco: necesito una copa.

Cuando llegué al Sensors, había tres chicos de mi clase, buenos chicos, uno de los cuales había ganado un año el segundo premio de la feria estatal por su cerda obscenamente grande y rebosante de leche. Uno de esos estereotipos de pueblo que habrían hecho las delicias de Richard. Intercambiamos trivialidades, me pagaron las dos primeras rondas y me enseñaron las fotos de sus hijos, ocho en total. Uno de ellos, Jason Turnbough, seguía siendo tan rubio y conservaba la misma cara redonda de cuando era un chaval. Una lengua que le asomaba tímidamente por la comisura de la boca, unas mejillas sonrosadas y unos ojos azules que se desplazaban como locos de mi cara a mis pechos durante la mayor parte de la conversación. Dejó de hacerlo en cuanto saqué la grabadora y pregunté por los asesinatos. Entonces fueron esas dos ruedecillas giratorias las que captaron toda su atención. A la gente le sube la adrenalina al ver su nombre publicado en un periódico: es como una prueba de su existencia. Me imaginé una pelea entre fantasmas revolviendo frenéticamente entre montones de periódicos y señalando un nombre concreto en una página: «¿Lo ves? Ahí estoy. Ya te dije que existí. Ya te dije que fui alguien».

—¿Quién nos lo iba a decir, cuando éramos críos en la escuela, que estaríamos aquí sentados hablando sobre asesinatos en Wind Gap? —se preguntó con asombro Tommy Ringer, que se había convertido en un hombre de pelo oscuro con una barba larga y rala.

—Y que lo digas. Pero si yo trabajo en un supermercado, por el amor de Dios... —dijo Ron Laird, un chico amable con cara de ratón y una voz atronadora.

Los tres rezumaban un orgullo mal entendido por su ciudad. La infamia había llegado a Wind Gap y ellos le harían frente. Podrían seguir trabajando en el supermercado, la droguería y la granja de pollos. Cuando muriesen, aquello (junto con el hecho de haberse casado y haber tenido hijos) pasaría a engrosar la lista de cosas que habían hecho en la vida. Y era algo que, simplemente, les había pasado a ellos. No, mejor dicho: era algo que había pasado en su ciudad. Yo no estaba del todo segura de compartir la opinión de Meredith: a algunos les habría encantado que el asesino fuese alguien nacido y criado en Wind Gap, alguien con quien hubiesen ido a pescar alguna vez, alguien que hubiese sido miembro del mismo club de boy scouts. Eso haría la historia más interesante.

Richard abrió la puerta del bar, que era asombrosamente liviana para su aspecto. Los que no eran clientes habituales empleaban demasiada fuerza para abrirla, por lo que cada pocos minutos la puerta golpeaba contra la pared del establecimiento. Ofrecía una interesante puntuación a la conversación.

Cuando entró, con la chaqueta echada por encima del hombro, los tres hombres soltaron un gruñido.

—Menudo tipejo.

—No sabes cuánto me impresionas, fantoche.

—Guárdate algunas neuronas para el caso, colega. Las vas a necesitar.

Me levanté del taburete de un salto, me humedecí los labios y sonreí.

—Bueno, chicos, ahora tengo que trabajar. Hora de hacer una entrevista. Gracias por las copas.

—¡Estaremos por aquí cuando te aburras! —gritó Jason.

Richard se limitó a sonreírle, mascullando «Idiota» entre dientes.

Apuré de un trago mi tercer bourbon, llamé a la camarera para que nos tomase nota, y una vez que tuvimos nuestras copas delante, apoyé la barbilla en las manos y me pregunté si de verdad quería hablar de trabajo. Richard tenía una cicatriz justo encima de la ceja derecha y un hoyuelo diminuto en el mentón. Me dio un par de golpecitos en el pie con el suyo, donde nadie pudiera verlo.

—¿Qué hay de nuevo, reportera?

—Escucha, necesito saber una cosa. Lo necesito en serio, y si no puedes decírmelo, entonces no me lo digas. Pero, por favor, piénsalo bien.

Asintió con la cabeza.

—Cuando piensas en la persona que cometió esos asesinatos, ¿tienes en mente a alguien en concreto? —pregunté.

—Tengo a varios.

—¿Hombre o mujer?

—¿Por qué me lo preguntas con tanta urgencia, justo ahora, Camille?

—Necesito saberlo, simplemente.

Hizo una pausa, dio un sorbo a su copa y se frotó con la mano la barba de tres días.

—No creo que una mujer hubiese podido hacer eso a unas niñas. —Volvió a darme unos golpecitos en el pie—. Eh… ¿qué pasa? Dime la verdad, ahora.

—No lo sé, es solo que estoy muy confusa. Necesito saber hacia dónde canalizar mis energías.

—Déjame ayudarte.

—¿Sabías que las niñas tenían fama de morder a la gente?

—En la escuela me habían dicho que se había producido un incidente relacionado con Ann y el pájaro de unos vecinos —dijo—.

Pero Natalie estaba muy controlada, por lo que pasó en la escuela a la que iba antes.

—Natalie le arrancó de un mordisco el lóbulo de la oreja a alguien a quien conocía.

—No, no consta ninguna denuncia contra Natalie desde que se mudó aquí.

—Entonces es porque no lo denunciaron. Yo misma vi la oreja, Richard; no tenía lóbulo, y esa persona no tenía ninguna razón para mentir. Y Ann también agredió a alguien. Mordió a alguien. Pero cada vez estoy más convencida de que esas chicas se toparon con la persona equivocada. Es como si las hubieran sacrificado, como se hace con un animal enfermo o rabioso. A lo mejor por eso les arrancaron los dientes.

—Vamos a ir por partes. Primero, ¿a quién mordió cada una de las niñas?

—No puedo decirlo.

—Maldita sea, Camille, no me vengas con gilipolleces. Tienes que decírmelo.

—No.

Me sorprendió su arrebato de ira. Esperaba que se echara a reír y me dijera lo guapa que estaba cuando me ponía rebelde.

—Es un puto caso de asesinato, ¿vale? Si tienes información, la necesito.

—Pues entonces haz tu trabajo.

—Es lo que intento, Camille, pero tonteando de esta manera conmigo no me ayudas mucho, ¿sabes?

—Ahora ya sabes lo que se siente —repuse con actitud infantil.

—Vale. —Se frotó los ojos—. He tenido un día muy duro, así que… buenas noches. Espero haberte ayudado.

Se levantó y me acercó su copa medio llena.

—Necesito una declaración oficial.

—Otro día. Necesito ver las cosas con un poco de perspectiva. Puede que tuvieras razón con lo de que es mala idea que tú y yo estemos juntos.

Se marchó, y los chicos me llamaron para que me volviera a sentar con ellos. Negué con la cabeza, apuré mi copa y fingí tomar notas hasta que se fueron. Lo único que hice fue escribir «lugar de mierda, lugar de mierda» una y otra vez durante doce páginas.

Esta vez era Alan quien me esperaba cuando volví a casa. Estaba sentado en el confidente victoriano, de brocado blanco y madera de nogal negro, vestido con pantalones deportivos blancos y camisa de seda, y unas delicadas zapatillas blancas también de seda en los pies. Si hubiese aparecido en una fotografía, habría sido imposible ubicarlo en una época concreta: ¿un caballero victoriano, un dandi eduardiano, un atildado figurín de la década de los cincuenta? Un amo de casa del siglo XXI que nunca trabajaba, bebía a menudo y de vez en cuando le hacía el amor a mi madre.

Alan y yo raras veces hablábamos si no era en presencia de mi madre. De niña, una vez me tropecé con él en el pasillo, y él se agachó con aire rígido hasta colocarse a la altura de mis ojos y me dijo: «Hola, espero que estés bien». Llevábamos más de cinco años viviendo en la misma casa y eso fue lo único que se le ocurrió decir. «Sí, gracias», fue todo lo que acerté a contestarle yo.

En ese momento, sin embargo, Alan parecía estar listo para enfrentarse a mí. No pronunció mi nombre; se limitó a dar unas palmaditas en el sofá que había a su lado. Sostenía en equilibrio encima de la rodilla un plato de postre con varias sardinas plateadas enormes. Se olían desde el recibidor.

—Camille —dijo, cogiendo por la cola una de las sardinas con un tenedor de pescado diminuto—, estás haciendo enfermar a tu madre. Si la situación no mejora, voy a tener que pedirte que te marches.

—¿Cómo voy a hacer yo que enferme?

—Atormentándola, sacando constantemente a relucir el tema de Marian. No puedes especular con la madre de una niña muerta sobre el aspecto que tendrá ahora su cuerpo bajo tierra. No sé si es algo a lo que tú puedas sentirte ajena, pero Adora no puede.

Un trozo de pescado cayó del tenedor, dejándole en los pantalones un reguero de lamparones grasientos del tamaño de botones.

—No puedes hablarle de los cadáveres de esas niñas muertas ni de cuánta sangre debió de salir de sus bocas cuando les arrancaron los dientes, ni de cuánto tiempo tardó una persona en estrangularlas.

—Alan, nunca le he dicho ninguna de esas cosas a mi madre. Nunca le he hablado de nada remotamente parecido. No tengo ni idea de qué estás hablando, de verdad.

Ni siquiera estaba indignada, solo cansada.

—Por favor, Camille, ya sé lo tensa que es la relación con tu madre. Sé los celos que has sentido siempre de la felicidad de otras personas. Es verdad, ¿sabes?, que eres exactamente igual que la madre de Adora. Montaba guardia en esta casa como una... bruja, vieja y furiosa. La risa la ofendía. La única vez que sonrió fue cuando rechazaste que Adora te diera el pecho, cuando te negaste a agarrarte a su pezón.

Esa palabra en los labios oleosos de Alan me encendió en diez sitios distintos. «Chupar», «zorra», «goma»: las tres prendieron fuego.

—Y eso lo sabes porque te lo ha contado Adora —dije.

Asintió, frunciendo los labios con gesto beatífico.

—Como sabes por Adora que yo he dicho todas esas cosas horribles sobre Marian y las niñas muertas.

—Exacto —respondió, remarcando muy bien las sílabas.

—Adora es una mentirosa, y si no lo sabes es que eres idiota.

—Adora ha tenido una vida muy dura.

Solté una carcajada forzada. Alan se quedó impertérrito.

—Cuando era una niña, su madre solía entrar en su habitación en plena noche a pellizcarla —explicó, mirando con aire lastimero el último trozo de sardina—. Decía que era porque le daba miedo que Adora muriese mientras dormía, pero yo creo que solo lo hacía porque le gustaba hacerle daño.

El destello de un recuerdo: Marian al fondo del pasillo en su habitación de inválida llena de máquinas palpitantes. Un dolor agudo en el brazo. Mi madre de pie junto a mí con su borroso camisón, preguntándome si estaba bien. Besándome el círculo rosa y diciéndome que volviese a dormirme.

—Pensé que deberías saber estas cosas —dijo Alan—. A lo mejor así serías un poco más amable con tu madre.

No tenía ninguna intención de ser más amable con mi madre, solo quería poner fin a aquella conversación.

—Intentaré marcharme cuanto antes.

—Será lo mejor, si no puedes cambiar de actitud —sugirió Alan—. Pero tal vez te sentirías mejor contigo misma si lo intentases. Podría ayudarte a curar heridas. Las de tu mente al menos.

Alan cogió la última y lánguida sardina y se la metió entera en la boca. Me imaginé las diminutas espinas crujiendo entre sus dientes.

Cogí un vaso lleno de hielo y una botella entera de bourbon robada de la despensa de la cocina y me dirigí a mi habitación. El alcohol me subió a la cabeza muy rápido, seguramente porque fue así como me lo bebí. Tenía las orejas ardiendo y la piel había dejado de palpitar. Pensé en la palabra de mi nuca: «desaparecer». «Desaparecer» conseguirá desvanecer todos mis males, pensé en un arranque demencial. «Desaparecer» conseguirá desvanecer todos mis problemas. ¿Seríamos una familia tan odiosa si Marian no hubiese muerto? Otras familias superaban esa clase de traumas, lloraban la pérdida y salían adelante. Ella aún seguía flotando entre nosotros, una niñita rubia acaso un pelín demasiado adorable para su propio bien, acaso un pelín demasiado adorada. Eso antes de que cayese enferma, realmente enferma. Tenía un amigo imaginario, un oso de peluche gigante al que llamaba Ben. ¿Qué clase de niña tiene como amigo imaginario a un animal de peluche? Coleccionaba cintas de pelo y las ordenaba alfabéticamente según el nombre del color. Era la clase de niña que explotaba su encanto con tanta alegría que no podías guardarle rencor por ello: aleteando las pestañas, agitando los tirabuzones… Llamaba a mi madre

«Made» y a Alan… joder, tal vez lo llamaba Alan, no lo ubico en la habitación en esos recuerdos. Siempre limpiaba su bandeja, mantenía la habitación extraordinariamente ordenada y se negaba a llevar otra cosa que no fuesen vestidos y zapatos merceditas. A mí me llamaba Mille y no podía quitarme las manos de encima.

Yo la adoraba.

Borracha pero sin parar de beber, me llené un vaso y avancé por el pasillo en dirección al cuarto de Marian. La puerta de Amma, solo una habitación más allá, llevaba horas cerrada. ¿Qué se sentiría al crecer junto a la habitación de una hermana muerta a la que no habías llegado a conocer? Sentí una punzada de lástima por Amma. Alan y mi madre ocupaban el dormitorio principal de la esquina, pero la luz estaba apagada y el ventilador en funcionamiento. No existía el aire centralizado en aquellas viejas mansiones victorianas y a mi madre los aparatos de aire acondicionado le parecían chabacanos, así que nos pasábamos los veranos sudando a mares. Treinta y cinco grados, pero el calor me hacía sentir a salvo, como caminar por debajo del agua.

La almohada todavía conservaba la forma de una pequeña concavidad, y encima de la cama había extendida una serie de prendas como si cubrieran el cuerpo de una niña viva: un vestido lila, medias blancas, zapatos negros brillantes. ¿Quién había hecho aquello? ¿Mi madre? ¿Amma? El soporte del gotero que había seguido a Marian tan implacablemente durante su último año de vida estaba allí, alerta y reluciente, junto con el resto del instrumental médico: la cama medio metro más alta que las normales, para permitir el acceso al paciente; el monitor para el corazón; la cuña… Me indignaba que mi madre no se hubiese deshecho de aquellas cosas. Era una habitación de hospital, carente de vida por completo. La muñeca favorita de Marian había sido enterrada con ella, una muñeca de trapo inmensa con rizos rubios de hilo a juego con los de mi hermana. Evelyn. ¿O era Eleanor? Las demás se alineaban apoyadas contra la pared en una serie de estanterías, como aficionados en las gradas. Había unas veinte, con caras blancas de porcelana y ojos de mirada profunda y vidriosa.

La veía tan vívidamente allí, sentada con las piernas cruzadas sobre aquella cama, menuda y cubierta de sudor, con unas ojeras amoratadas alrededor de los ojos. Barajando un mazo de naipes, o peinando el pelo de su muñeca, o coloreando furiosamente. Casi oía aquel sonido: un lápiz de cera recorriendo con trazo duro una hoja, unos garabatos oscuros con el lápiz de cera tan apretado que rasgaba el papel. Levantó la vista para mirarme, respirando entrecortadamente y con dificultad.

–Estoy harta de morirme.

Me fui corriendo a mi habitación como si me persiguiera un fantasma.

El teléfono sonó seis veces antes de que Eileen contestase. Cosas que los Curry no tienen en casa: un microondas, un aparato de vídeo, un lavavajillas, un contestador automático. Respondió con normalidad aunque algo tensa. Supongo que no los suelen llamar a menudo pasadas las once de la noche. Fingió que no se habían ido a dormir todavía, que simplemente no habían oído el teléfono, pero pasaron otros dos minutos antes de que Curry se pusiera al aparato. Me lo imaginé limpiando los cristales de las gafas con el pijama, poniéndose unas viejas pantuflas de cuero y mirando la esfera luminosa del despertador. Una imagen tranquilizadora.

Entonces caí en la cuenta de que estaba recordando el anuncio de una farmacia de Chicago que abría toda la noche.

Habían pasado tres días desde que hablé con Curry la última vez, casi dos semanas desde que llegué a Wind Gap. En cualquier otra circunstancia, Curry me habría estado telefoneando tres veces al día para que lo pusiera al corriente. Sin embargo, no se atrevía a llamarme a casa de un particular, a la casa de mi madre nada menos, en Missouri, que en su mentalidad de ciudadano de Chicago era lo mismo que decir el Sur profundo. En cualquier otra circunstancia, me habría saltado a la yugular a través del teléfono por no mantenerlo informado, pero no aquella noche.

–Cachorrilla, ¿estás bien? ¿Cómo va todo?

—Bueno, todavía no he conseguido una declaración oficial, pero la tendré. Definitivamente, la policía cree que el asesino es un hombre y que es de Wind Gap. No tienen ADN ni escenario del crimen; la verdad es que tienen muy poco. O bien el asesino es un verdadero cerebro, o bien es un genio accidental. Los vecinos parecen centrar sus sospechas en el hermano de Natalie Keene, John, y cuento con la declaración grabada de la novia defendiendo su inocencia.

—Muy bien, buen trabajo, pero en realidad me refería… Estaba preguntando por ti. ¿Va todo bien por ahí? Tienes que decírmelo, porque no puedo verte la cara. Y no te hagas la fuerte.

—No estoy demasiado bien, pero ¿qué importa eso? —Me salió un tono más agudo y más amargo de lo que pretendía—. Es una buena historia y creo que estoy a punto de descubrir algo importante. Presiento que en cuestión de días, una semana… no sé. Las niñas mordían a la gente. Eso es lo que he averiguado hoy, y el poli con el que he estado colaborando ni siquiera lo sabía.

—¿Y se lo has dicho? ¿Cuál ha sido su respuesta?

—Ninguna.

—¿Y por qué coño no le has sacado una respuesta, jovencita?

«Verás, Curry: al inspector Willis le ha parecido que le ocultaba información relevante, así que se ha cabreado, como hacen todos los hombres cuando no obtienen lo que quieren de las mujeres con las que han estado tonteando.»

—La he cagado. Pero lo arreglaré. Solo necesito unos días más para acabar el artículo, Curry. Tengo que conseguir un poco más de color local, trabajarme a ese poli. Creo que están casi convencidos de que un poco de publicidad ayudaría a aclarar las cosas. Aunque no es que haya mucha gente que lea nuestro periódico por aquí abajo.

Ni por allí arriba.

—Lo harán. Vas a obtener un gran reconocimiento con esto, Cachorrilla. El material que has enviado se acerca a algo bueno de verdad. Aprieta un poco más. Habla con alguna de tus antiguas amistades, puede que ellas se muestren más receptivas. Además, es bueno para el artículo: en la serie de reportajes sobre las inundaciones en Texas que ganaron el Pulitzer había un artículo desde la perspectiva del tipo que regresa a su ciudad natal durante una tragedia. Un trabajo de primera. Y una cara amiga y algunas cervezas podrían sentarte bien. Aunque me parece que ya te has tomado unas cuantas esta noche, ¿no?

–Unas cuantas.

–¿Estás…? ¿Crees que esta situación puede perjudicarte? ¿Podría interferir en tu recuperación?

Oí encenderse un mechero, el chirrido de una silla de cocina al arrastrarse por el suelo de linóleo, un gruñido al sentarse Curry.

–Oh, no tienes que preocuparte.

–Pues claro que sí. No te hagas la mártir, Cachorrilla. No pienso castigarte si necesitas dejarlo y regresar. Debes cuidar de ti misma. Creí que el hecho de volver a casa te ayudaría, pero… a veces se me olvida que los padres no son siempre… buenos para sus hijos.

–Cada vez que vengo aquí… –Hice una pausa, tratando de encontrar las palabras exactas–. Cuando estoy aquí tengo la sensación de que soy una mala persona.

Entonces me eché a llorar, sollozando calladamente, mientras Curry tartamudeaba al otro lado de la línea. Me lo imaginé presa del pánico, llamando a Eileen con la mano para que se ocupara ella de aquella niña llorona. Pero no.

–Vaaamos, Camille… –susurró–. Tú eres una de las mejores personas que conozco. Y no hay mucha gente buena en este mundo, ¿sabes? Con mis padres ya muertos, básicamente solo quedáis tú y Eileen.

–Yo no soy una buena persona.

La punta del bolígrafo garabateaba palabras hondas y ásperas en mi muslo. «Mala», «mujer», «dientes».

–Camille, sí lo eres. Veo cómo tratas a las personas, incluso a la gentuza más despreciable y ruin que me pueda imaginar. Les brindas un poco de… dignidad. Comprensión. ¿Por qué crees que aún te tengo aquí conmigo? No es porque seas una gran reportera.

Silencio y gruesos lagrimones en mi extremo de la línea. «Mala», «mujer», «dientes».

—¿No te ha hecho gracia eso? Porque pretendía que fuera gracioso.

—No.

—Mi abuelo actuaba en vodeviles, pero supongo que yo no he heredado ese gen.

—¿En serio?

—Oh, sí, desde que se bajó del barco que lo trajo de Irlanda a Nueva York. Era un tipo hilarante, tocaba cuatro instrumentos...

Otra vez la chispa del mechero. Me arrebujé bajo las finas sábanas, cerré los ojos y escuché la historia de Curry.

12

Richard vivía en el único edificio de apartamentos de Wind Gap, un bloque industrial construido para dar alojamiento a cuatro inquilinos. Solo estaban ocupados dos de los pisos. En las columnas bajas y gruesas que sostenían la estructura del aparcamiento habían hecho pintadas con espray rojo, una hilera de cuatro pintadas en las que se leía: «Paremos a los demócratas», «Paremos a los demócratas», «Paremos a los demócratas», y luego, inesperadamente: «Quiero a Louie».

Miércoles por la mañana. La tormenta acechando aún desde unas nubes asentadas sobre la ciudad. Un tiempo cálido y ventoso, una luz amarillo orina. Llamé a la puerta golpeándola con el canto de una botella de bourbon. Si no puedes llevar otra cosa, lleva regalos. Ya no me ponía faldas, porque eso deja mis piernas demasiado accesibles para alguien con tendencia al manoseo. Si es que aún conservaba esa tendencia.

Cuando abrió la puerta olía a sueño. Pelo revuelto, bóxers, una camiseta vuelta del revés. No sonreía. El lugar parecía una nevera. Podía sentir el aire helado desde donde yo estaba.

—¿Quieres entrar o quieres que salga yo? —preguntó, rascándose la barbilla. Entonces vio la botella—. Ah, pasa. Supongo que vamos a emborracharnos, ¿no?

El piso estaba en un completo desorden, lo cual me sorprendió. Pantalones tirados por encima de las sillas, una papelera a punto de rebosar, cajas de papeles apiladas de cualquier manera por los pasillos, que te obligaban a ponerte de lado para pasar... Me condujo hasta un sofá de cuero agrietado y volvió con una bandeja con hielo y dos vasos. Sirvió una generosa cantidad para ambos.

—Verás, no debería haber sido tan brusco anoche —dijo.

—Ya. El caso es que tengo la sensación de que yo te estoy dando una gran cantidad de información, mientras que tú no me das nada a mí.

—Yo trato de resolver un asesinato. Tú tratas de informar sobre ello. En mi opinión, yo tengo prioridad. Hay ciertas cosas, Camille, que simplemente no puedo contarte.

—Y viceversa. Tengo derecho a proteger a mis fuentes.

—Lo cual, a su vez, podría ayudar a proteger a la persona responsable de esos crímenes.

—Pues averígualo, Richard. Te lo he puesto casi todo en bandeja. Joder, podrías trabajar un poco por tu cuenta, ¿no?

Nos quedamos mirándonos fijamente.

—Me encanta cuando te haces la reportera dura conmigo. —Richard sonrió y negó con la cabeza. Luego me dio un golpecito con el pie descalzo—. Lo digo completamente en serio.

Sirvió otra copa para cada uno. A ese paso estaríamos borrachos antes de mediodía. Me atrajo hacia sí, me besó en el lóbulo y me metió la lengua en la oreja.

—Bueno, chica de Wind Gap, ¿cómo eras de mala exactamente? —me susurró—. Háblame de tu primera vez.

La primera vez fue también la segunda y la tercera y la cuarta, gracias a mi encuentro en octavo curso. Decidí considerar todo aquello como mi primera vez.

—Tenía dieciséis años —mentí. El ser unos años mayor me parecía más apropiado—. Me tiré a un jugador de fútbol en el lavabo, en una fiesta.

Yo toleraba el alcohol mucho mejor que Richard, quien ya tenía los ojos vidriosos y empezaba a juguetear con mi pezón, duro debajo de la camisa.

—Mmm… ¿y te corriste?

Asentí. Recuerdo que fingí haberme corrido. Recuerdo el murmullo de un orgasmo, pero eso no fue hasta que le tocó al tercer tío. Recuerdo haber pensado que era todo un detalle que no dejase de jadearme al oído: «¿Te gusta así? ¿Te gusta así?».

—¿Quieres correrte ahora? ¿Conmigo? —murmuró Richard.

Asentí con la cabeza y se echó sobre mí. Sus manos estaban por todas partes, intentando subirme la camisa y luego forcejeando para desabrocharme los pantalones, tirando de ellos hacia abajo.

—Espera, espera. A mi manera —susurré—. Me gusta con la ropa puesta.

—No. Quiero tocarte.

—No, cariño, a mi manera.

Me bajé un poco los pantalones, solo lo justo, mantuve el estómago cubierto con la camisa y le distraje con besos en lugares estratégicos. A continuación lo guié hacia mi interior y follamos, completamente vestidos, con la grieta del sofá de cuero raspándome el culo. «Zorra», «dale», «niña», «pequeña». Era la primera vez que estaba con un hombre en diez años. ¡«Zorra», «dale», «niña», «pequeña»! Sus gemidos no tardaron en imponerse sobre los alaridos de mi piel. Solo entonces pude disfrutarlo. En aquellas últimas y dulces embestidas.

Se quedó tumbado mitad junto a mí, mitad encima de mí, y jadeó cuando acabó, agarrando todavía el cuello de mi camisa con el puño. El día se había oscurecido. Estábamos temblando al borde de una tormenta.

—Dime quién crees que lo hizo —dije.

Me miró perplejo. ¿Acaso esperaba oír «Te quiero»? Enredó mi pelo entre sus dedos un momento y me metió la lengua en la oreja. Cuando se les niega el acceso a otras partes del cuerpo, los hombres se obsesionan con la oreja. Era algo que había aprendido durante la década anterior. Richard no podía tocarme las tetas ni el culo, ni los brazos ni las piernas, pero por el momento parecía conformarse con mi oreja.

—Entre tú y yo, fue John Keene. Ese chico estaba muy unido a su hermana. De una forma malsana. No tiene coartada. Creo que

212

tiene algún tipo de problema con las niñas pequeñas, un problema contra el que trata de luchar, hasta que al final acaba matándolas y arrancándoles los dientes por placer. Pero no podrá seguir aguantando mucho tiempo más, esto se va a precipitar. Estamos haciendo averiguaciones en Filadelfia para descubrir algún tipo de comportamiento anormal. Tal vez los problemas de Natalie no fuesen la única razón para mudarse aquí.

—Necesito algo oficial.

—¿Quién te habló de las mordeduras, y a quién mordieron las niñas? —me susurró con su aliento cálido en mi oreja.

Fuera, la lluvia empezó a golpear el asfalto como si alguien estuviera meando.

—Meredith Wheeler me contó que Natalie le arrancó el lóbulo de la oreja de un mordisco.

—¿Y qué más?

—Ann mordió a mi madre. En la muñeca. Eso es todo.

—¿Lo ves? No era tan difícil. Buena chica —susurró, y volvió a acariciarme el pezón.

—Y ahora dame alguna declaración oficial.

—No. —Me sonrió—. A mi manera.

Richard me folló otra vez esa tarde, y al final, aunque a regañadientes, me dio unas declaraciones sobre un giro inesperado en el caso y una probable detención. Lo dejé durmiendo en su cama y corrí bajo la lluvia en dirección a mi coche. Un pensamiento repentino me cruzó la cabeza: Amma le habría sacado más información.

Fui hasta Garrett Park y me quedé en el interior del coche viendo llover porque no quería volver a casa. Al día siguiente aquel sitio estaría repleto de críos que empezaban su largo e indolente verano. En ese momento solo estaba yo, sintiéndome pegajosa y estúpida. No podía decidir si había sido o no maltratada: por Richard, por aquellos chicos que me quitaron la virginidad, por cualquiera… En realidad, yo misma nunca estaba de mi parte en ninguna discusión. Me gustaba la malicia rencorosa de la frase del Antiguo Testamento «recibió su merecido». A veces algunas mujeres lo reciben.

Un silencio absoluto, que de repente se vio interrumpido. El Camaro amarillo aparcó a mi lado, con Amma y Kylie compartiendo el asiento del acompañante. Un chico de melena desgreñada, gafas de sol de gasolinera y una camiseta interior sucia ocupaba el asiento del conductor, con su escuálido doppelgänger en la parte de atrás. Del coche salía humo, junto con el olor a cítrico de algún licor.

—Sube, vamos a una fiesta —dijo Amma.

Me ofreció una botella de vodka barato con sabor a naranja. Sacó la lengua y dejó que una gota de lluvia cayera en ella. Ya tenía el pelo y la camiseta chorreando.

—Estoy bien, gracias.

—Pues no lo parece. Venga, estamos patrullando el parque. Te pondrán una multa por conducir borracha. Puedo olerte.

—Venga, chiquita —intervino Kylie—. Puedes ayudarnos a mantener a estos chicos a raya.

Sopesé mis opciones: irme a casa, seguir bebiendo sola; ir a un bar, beber con los tíos que pululasen por allí; irme con aquellos chavales, a lo mejor oír algún chisme interesante, cuando menos. Una hora. Luego a casa a dormirla. Además, estaba Amma y su misteriosa camaradería conmigo. Odiaba tener que admitirlo, pero me estaba obsesionando con aquella chica.

Los chavales lanzaron exclamaciones de alegría cuando me metí en el asiento de atrás. Amma hizo circular una botella distinta, de ron caliente, que sabía a loción de bronceado. Me preocupaba que me pidieran que les comprase alcohol. No porque no fuese a hacerlo. Con todo mi patetismo, quería que aquellos chicos me aceptaran. Como si volviese a ser popular. Dejar de ser un bicho raro. Aprobada por la chica más guay de todo el instituto. La sola idea casi bastó para hacerme salir corriendo del coche e irme andando a casa. Pero entonces Amma volvió a pasarme la botella. El borde estaba manchado de pintalabios rosa.

Me presentaron al chico sentado junto a mí simplemente como Nolan; me saludó con la cabeza y se limpió el sudor del labio superior. Unos brazos escuálidos con costras y la cara llena de acné. Speed. Missouri es el segundo estado con mayor nivel de adicción de todo el país. Nos aburrimos mucho por aquí abajo, y tenemos un montón de productos químicos para uso agrícola. Cuando era más joven, eran sobre todo los yonquis quienes la tomaban, pero ahora era una droga muy popular en las fiestas. Nolan recorría hacia arriba y hacia abajo con el dedo el ribete de vinilo del asiento que tenía delante, pero se me quedó mirando el tiempo suficiente para decirme:

—Tienes la edad de mi madre. Me gusta.

—Dudo mucho que tenga la edad de tu madre.

—Ella tendrá unos… treinta y tres, treinta y cuatro.

Casi.

—¿Cómo se llama?

—Casey Rayburn.

La conocía. Era unos años mayor que yo. De la zona de la fábrica. Demasiada gomina en el pelo y una debilidad por los matarifes mexicanos de pollos de más al sur, en la frontera con Arkansas. Durante unas convivencias espirituales, les dijo a las de su grupo de la iglesia que había intentado suicidarse. Las chicas de la clase empezaron a llamarla Casey Cuchillas.

—Debía de ser de antes de mi época.

—Tío, esta pava era demasiado enrollada para ir por ahí con la puta drogadicta de tu madre —dijo el conductor.

—Vete a la mierda —masculló Nolan.

—Camille, mira qué tenemos. —Amma se giró hacia atrás sobre el asiento del pasajero, de manera que su trasero rozaba la cara de Kylie. Agitó un frasco de pastillas—. OxyContin. Te hace sentir muuuy bien. —Sacó la lengua, puso en ella tres en fila como si fueran botones blancos, y luego las masticó y las engulló con un trago de vodka—. Pruébalas.

—No, gracias, Amma.

La oxicodona era material muy bueno. No lo era tanto tomártela con tu hermana pequeña.

—Venga, Mille, solo una —insistió—. Te sentirás mejor. Yo ahora mismo me siento tan contenta y tan bien… Tú también tienes que estarlo.

—Estoy bien, Amma. —El hecho de que me llamara Mille me recordó a Marian—. Te lo prometo.

Se volvió y lanzó un suspiro, con una expresión de irremediable pesar.

—Vamos, Amma, no puede ser que te importe tanto —le dije, tocándole el hombro.

—Pues sí me importa.

No podía soportarlo; estaba perdiendo terreno, sintiendo esa peligrosa necesidad de agradar y complacer, como en los viejos tiempos. Y además, no me iba a morir por tomarme una.

—Vale, vale, dame una. Solo una.

Se le iluminó la cara de inmediato y se volvió de golpe para mirarme.

—Saca la lengua, como en la comunión. La comunión de las drogas.

Saqué la lengua y Amma me puso la pastilla en la punta y soltó un gritito.

—Buena chica.

Sonrió.

Ya me estaba cansando de oír esa expresión.

Aparcamos en la puerta de una de las mansiones victorianas de Wind Gap, reformada y pintada en ridículos tonos azules, rosa y verdes que se suponía que debían de ser modernos y originales. En vez de eso, la casa parecía el hogar de un heladero loco. Un chico sin camisa estaba vomitando entre los arbustos que crecían a un lado de la casa, había dos críos peleándose en lo que quedaba de un jardín de flores, y una pareja joven estaba en plena faena en un columpio infantil. Dejamos a Nolan en el coche; seguía deslizando los dedos arriba y abajo por el ribete. El conductor, Damon, lo dejó allí encerrado «para que no le joda nadie». Me pareció todo un detalle.

Gracias a la oxicodona me sentía bastante animada, y cuando entramos en la mansión me sorprendí buscando rostros de mi juventud: chicos con el pelo cortado al rape y chaquetas de universitario, chicas con la permanente y pendientes de oro macizo. Olor a Drakkar Noir y Georgio.

No quedaba ni rastro de todo aquello. Los chicos de allí eran mocosos con shorts holgados de skater y zapatillas de deporte, las chicas llevaban camisetas sin espalda, minifalda y piercings en el ombligo, y todos me miraban como si fuese una poli. No, pero me he tirado a uno esta tarde. Yo sonreía y los saludaba con la cabeza. Soy una tía superenrollada, pensé distraídamente.

En el comedor, enorme y tenebroso, habían empujado a un lado la mesa para dejar espacio a la pista de baile y las neveras. Amma se metió bailando en el corro y se restregó contra un chico hasta que la nuca de este se puso roja. Le susurró algo al oído, y cuando este asintió, ella abrió una nevera y sacó cuatro cervezas, se las apretó con fuerza contra el pecho húmedo y, fingiendo que tenía que hacer malabarismos para que no se le cayeran, pasó riendo junto a un grupo de chicos que la miraban con admiración.

Las chicas no la admiraban tanto. Vi la pólvora de la crítica recorrer la fiesta como una traca de petardos. Pero las rubitas tenían dos puntos a su favor: en primer lugar, estaban con el camello local, que a buen seguro soltaría alguna hostia; y en segundo lugar, eran más guapas que casi todas las chicas que había allí, lo que significaba que los tíos no las pondrían de patitas en la calle. Y aquella fiesta estaba organizada por un chico, como deduje de las fotos que había sobre la repisa de la chimenea: un chico de pelo oscuro, de una belleza anodina, posaba con toga y birrete para su foto del último curso; junto a él, una foto de sus orgullosos progenitores. Conocía a la madre: era la hermana mayor de una de mis amigas del instituto. La idea de que yo estuviese en la fiesta de su hijo me provocó la primera oleada de nerviosismo.

—Madremíamadremíamadremía… —Una morena de ojos saltones y una camiseta que exhibía «The Gap» con orgullo pasó corriendo por nuestro lado y agarró del brazo a una chica de aspecto igualmente anfibio–. Han venido. ¡Han venido!

–Mierda –repuso su amiga–. Qué fuerte… ¿Los saludamos?

–Creo que será mejor esperar a ver qué pasa. Si J. C. no los quiere aquí, entonces tendremos que quedarnos al margen.

–Sí, claro.

Lo supe antes de verle. Meredith Wheeler entró en el salón, arrastrando a John Keene tras sí. Algunos chicos lo saludaron con la cabeza y unos cuantos le dieron unas palmaditas en la espalda, mientras que otros, sin ningún disimulo, les dieron la espalda y cerraron sus corros. Ni John ni Meredith advirtieron mi presencia, de lo cual me alegré. Meredith vio a un grupo de chicas flacas y de piernas arqueadas, compañeras animadoras, supuse, que estaban junto a la puerta de la cocina. Soltó un chillido y se acercó a ellas dando saltitos, dejando a John solo en el salón. Las chicas se mostraron aún más frías que los chicos.

–Heeey –dijo una de ellas sin sonreír–. Creía que habías dicho que no vendríais.

–He pensado que era una estupidez. Cualquiera con dos dedos de frente sabe que John es un buen tío. No vamos a ser unos parias de mierda por culpa de toda esta… mierda.

–No mola, Meredith. A J. C. no creo que le mole –dijo una pelirroja que o bien era la novia de J. C. o quería serlo.

–Hablaré con él –gimoteó Meredith–. Déjame hablar con él.

–Creo que deberíais iros.

–¿De verdad se llevaron la ropa de John? –preguntó una tercera chica, diminuta y con cierto aire maternal, la que acababa sujetando la melena a sus amigas cuando vomitaban en el váter.

–Sí, pero eso fue para descartarlo por completo. No es porque esté involucrado ni nada parecido.

–Sí, ya –le espetó la pelirroja.

La odié.

Meredith recorrió la habitación con la vista en busca de más rostros amistosos, y al verme pareció confusa, y al ver a Kelsey pareció furiosa.

Dejó a John junto a la puerta, y este se puso a mirarse el reloj, a atarse los cordones y a fingir cierta despreocupación mientras los presentes estallaban al fin en un sonoro murmullo de escándalo. Meredith se acercó a nosotras.

—¿Qué estáis haciendo aquí?

Con los ojos llenos de lágrimas y perlas de sudor en la frente. La pregunta no parecía ir dirigida a ninguna de nosotras. Quizá se la hiciera a sí misma.

—Nos ha traído Damon —contestó Amma alegremente. Saltó dos veces sobre las puntas de sus pies—. No me puedo creer que estés aquí. Y desde luego, no me puedo creer que ese haya tenido la cara dura de venir.

—Dios, eres una pequeña arpía. Tú no sabes nada, puta folladrogadictos.

A Meredith le temblaba la voz, como si fuera una peonza girando hacia el borde de una mesa.

—Mejor eso que a quien te follas tú —replicó Amma—. Hooola, asesino.

Saludó con la mano a John, quien pareció advertir su presencia por primera vez y de repente pareció como si le hubieran dado un puñetazo.

John estaba a punto de acercarse cuando J. C. salió de otra habitación y se lo llevó aparte. Dos chicos altos hablando de muerte y fiestas privadas. Por toda la sala resonó un murmullo grave, expectante. J. C. dio una palmadita a John en la espalda, de forma que lo dirigió directamente hacia la puerta. John hizo una señal a Meredith con la cabeza y se encaminó hacia la salida. Ella lo siguió rápidamente, con la cabeza agachada y tapándose la cara con las manos. Justo antes de que John alcanzara la puerta, un chico gritó en tono agudo y burlón:

—¡Asesino de niñas!

Risas nerviosas y ojos en blanco.

Meredith soltó un chillido salvaje, se volvió y, enseñando los dientes, gritó:

—¡Que os den a todos!

Y salió dando un portazo.

El mismo chico la imitó para la multitud, un tímido y afeminado «¡Que os den a todos!», sacando exageradamente la cadera a un lado. J. C. volvió a subir el volumen de la música, la voz pop sintetizada de una adolescente que cantaba algo sobre mamadas.

Me dieron ganas de salir detrás de John y abrazarlo. Nunca había visto a nadie con aquel aspecto de soledad y desamparo, y no era muy probable que Meredith fuese capaz de consolarlo. ¿Qué haría cuando se quedara a solas en aquella cochera vacía? Antes de que pudiera echar a correr tras él, Amma me agarró de la mano y me arrastró arriba, a la «Sala VIP» donde ella, las rubias y dos chicos del instituto con cabezas rapadas a juego estaban registrando el vestidor de la madre de J. C. y arrancando sus mejores vestidos de las perchas para construirse un nido. Se encaramaron a la cama y se metieron en el círculo de satén y pieles, y Amma me hizo sentarme junto a ella. Se sacó del sostén una pastilla de éxtasis.

—¿Has jugado alguna vez a «la ruleta que rula»? —me preguntó. Negué con la cabeza—. La pasti se va pasando de lengua en lengua, y la lengua en la que se disuelve del todo es la que gana. Esta mierda es de lo mejorcito que tiene Damon, así que a todos nos tiene que tocar un poquito.

—No, gracias, yo paso —dije.

Había estado a punto de decir que sí, hasta que vi la expresión de alarma en los rostros de los chicos. Debía de recordarles a sus madres.

—Oh, venga, Camille, no diré nada, joder… —insistió Amma, mientras se toqueteaba una uña—. Hazlo conmigo… ¿Hermanas?

—¡Por favooor, Camille! —gimotearon Kylie y Kelsey al unísono.

Jodes me miraba en silencio.

La oxicodona, el alcohol, el sexo de antes, la tormenta que aún se cernía húmeda y amenazante fuera, mi piel destrozada («nevera» me palpitaba con fuerza en un brazo), los pensamientos enturbiados de mi madre… No sé cuál de esas cosas me golpeó con más fuerza, pero de pronto estaba dejando que Amma me besara en la mejilla, entusiasmada. Yo asentía con la cabeza, y la lengua de Kylie se rozó con la de un chico, quien le pasó nerviosamente la pastilla a Kelsey, quien lamió al segundo chico, cuya lengua era enorme como la de un lobo, quien se abalanzó sobre Jodes, que a su vez ofreció una lengua vacilante a Amma... quien recogió la pastilla y, con una lengua suave, pequeña y cálida, me metió el éxtasis en la boca, me rodeó con los brazos y presionó la pastilla con fuerza contra mi lengua hasta que sentí cómo se me deshacía en la boca. Se disolvió como el algodón de azúcar.

—Bebe mucha agua —me susurró antes de echarse a reír con ganas y envolverse en un abrigo de visón.

—Joder, Amma, el juego no había hecho más que empezar —protestó el chico lobo, con las mejillas encendidas.

—Camille es mi invitada —dijo Amma con burlona arrogancia—. Además, le conviene un poco más de diversión. Ha tenido una vida muy dura. Tenemos una hermana muerta, igual que John Keene. Camille nunca lo ha superado.

Lo anunció como si estuviera ayudando a romper el hielo entre los invitados a un cóctel: «David tiene su propia tienda de tejidos y confección, James acaba de volver de una estancia por trabajo en Francia y... ah, sí, Camille nunca ha superado la muerte de su hermana. ¿Alguien quiere que le traiga otra copa?».

—Tengo que irme —dije al tiempo que me levantaba demasiado bruscamente, con un vestido rojo de raso pegado al trasero.

Faltaban unos quince minutos para que empezase el viaje de verdad, y no era allí donde quería estar cuando sucediese. Sin embargo, una vez más, tenía el mismo problema: aunque a Richard le gustaba beber, no era probable que aprobase el consumo de cosas más fuertes, y desde luego, lo último que pensaba hacer era encerrarme en mi asfixiante cuarto, sola y colocada, esperando oír en cualquier momento a mi madre.

—Ven conmigo —me propuso Amma.

Se metió la mano en el sujetador con relleno, se sacó una pastilla del forro y se la metió en la boca, esbozando una sonrisa radiante y cruel al resto de los presentes, con expresiones a la vez esperanzadas y atemorizadas. No había nada para ellos.

—Iremos a nadar, Mille, será tan increíble cuando empecemos a flipar…

Sonrió y me mostró unos dientes blancos y perfectos. No me quedaban fuerzas para pelear; parecía más fácil dejarse llevar. Bajamos la escalera para ir a la cocina (chavales de cara redonda nos examinaban con expresión confusa: una, un pelín demasiado joven; la otra, definitivamente demasiado vieja). Sacamos unas botellas de agua mineral de la nevera (esa palabra volvió a jadearme de nuevo en la piel, como un cachorro que acaba de ver a un perro adulto), que estaba repleta de zumos y carne estofada, fruta fresca y pan blanco, y de pronto me sentí conmovida por aquel frigorífico familiar, tan saludable e inocente, tan absolutamente ajeno al desenfreno que se había apoderado de todos los demás rincones de la casa.

—¡Vamos! ¡Qué ganas tengo de ir a nadar! —exclamó Amma como una loca, tirándome del brazo como si fuera una niña. Que lo era.

«Estoy colocándome con mi hermana de trece años», susurré para mis adentros. Pero ya habían pasado diez minutos largos, y la idea solo me provocó una palpitación de felicidad. Era una chica muy divertida, mi hermanita, la chica más popular de Wind Gap, y quería salir por ahí conmigo. «Me quiere de verdad, igual que Marian.» Sonreí. El éxtasis había liberado su primera oleada de optimismo químico y sentí cómo se hinchaba en mi interior como un gigantesco globo aerostático y estallaba al llegar al techo de la boca, inundándolo todo de buen rollo. Casi podía saborearlo, como gelatina rosa efervescente.

Kelsey y Kylie hicieron ademán de seguirnos hasta la puerta y Amma se volvió, riendo.

—No quiero que vengáis —les soltó—. Vosotras os quedáis aquí. Ayudad a Jodes a enrollarse con alguien: le hace falta echar un buen polvo.

Kelsey frunció el ceño en dirección a Jodes, que aguardaba nerviosa en la escalera. Kylie miró el brazo de Amma alrededor de mi cintura. Las dos rubitas intercambiaron una mirada. Kelsey se arrimó a Amma y apoyó la cabeza en su hombro.

—No queremos quedarnos aquí, queremos ir contigo —lloriqueó—. Por favor...

Amma la apartó bruscamente y le sonrió como si fuera un poni idiota.

—Hazme un favor y apártate de mi vista de una puta vez, ¿vale? —repuso Amma—. Estoy hasta las narices de todas vosotras. Sois unos muermos.

Kelsey retrocedió un paso, confusa, con los brazos aún extendidos. Kylie se encogió de hombros y volvió a mezclarse con la multitud, cogiendo una cerveza de las manos de un chico mayor y relamiéndose los labios delante de él... volviéndose para ver si Amma la estaba mirando. No era así.

En vez de eso, Amma me estaba conduciendo hacia la puerta como un novio atento, y luego bajamos la escalera hasta la acera, donde unas diminutas aleluyas amarillas brotaban entre las grietas.

Las señalé.

—Qué bonitas.

Amma me señaló a mí y asintió.

—A mí me encanta el amarillo cuando estoy colocada. ¿Notas ya algo?

Asentí, su cara apareciendo y desapareciendo al pasar junto a las farolas de la calle, olvidadas ya las ganas de nadar, dirigiéndonos con el piloto automático puesto a casa de Adora. Notaba cómo la noche iba cayendo sobre mí como un camisón húmedo y suave, y me vino a la cabeza una imagen fugaz del hospital de Illinois, me vi a mí misma despertando entre mares de sudor, un silbido desesperado en el oído. Mi compañera de habitación, la animadora, tendida en el suelo, lívida y retorciéndose, con el bote de limpiacristales junto a ella. Un cómico chiflido agudo y prolongado: gas post mórtem. Un estallido de risa sofocada, mío, aquí y ahora, en Wind Gap, un eco del que había soltado en aquella habitación deprimente en la pálida luz amarilla de la mañana.

Amma puso su mano en la mía.

223

—¿Qué piensas de… Adora?

Sentí mi colocón tambalearse, luego seguir girando en mi cabeza.

—Creo que es una mujer muy desgraciada —dije—. Y con muchos problemas.

—La oigo gritar nombres en sueños cuando duerme la siesta: Joya, Marian… tú.

—Pues me alegro de no tener que oírlos —repuse, dando una palmadita a Amma en la mano—. Pero siento que tú los oigas.

—Le gusta cuidar de mí.

—Estupendo.

—Pero es raro —dijo Amma—. Después de cuidarme, siempre me entran ganas de practicar el sexo.

Se levantó la falda por detrás, mostrándome un destello de su tanga rosa chillón.

—Creo que no deberías dejar que los chicos te hagan cosas, Amma. Porque eso es lo que haces. A tu edad no es recíproco.

—A veces, cuando dejas que la gente te haga cosas, en realidad tú se las haces a ellos —contestó Amma, sacándose otro Blow Pop del bolsillo. De cereza—. ¿Sabes lo que quiero decir? Si alguien quiere hacerte cosas muy jodidas, y le dejas que las haga, consigues que él esté aún más jodido. Entonces tú tienes el control. Siempre y cuando no te vuelvas loca.

—Amma, yo solo…

Pero ya había empezado a parlotear sin cesar.

—Me gusta nuestra casa —me interrumpió Amma—. Me gusta su dormitorio. El suelo es famoso, lo vi en una revista una vez. Lo llamaron «El Sueño de Marfil: vida sureña de una época desaparecida». Porque ahora, por supuesto, no se puede comprar marfil. Qué pena, es una verdadera lástima.

Se metió el Blow Pop en la boca y atrapó una luciérnaga al vuelo, la sujetó entre dos dedos y le arrancó el extremo posterior. Se pasó la luz en torno al dedo para hacerse un anillo reluciente, y luego tiró el bicho moribundo a la hierba y se contempló la mano con admiración.

—¿Les caías bien a las chicas cuando vivías aquí? —preguntó—. Porque, decididamente, a mí no me tratan bien.

Traté de conciliar la idea de Amma, descarada, autoritaria, que a veces daba miedo (pisándome los talones en el parque... ¿qué clase de chica de trece años provoca a un adulto de esa manera?), con la de una chica con la que todo el mundo se mostrase abiertamente antipático. Vio mi expresión y me leyó el pensamiento.

—No quiero decir que sean desagradables, exactamente. Hacen todo lo que yo les digo, pero no les caigo bien. En cuanto la cague, en cuanto haga algo que no sea muy enrollado, serán los primeros en ir a por mí. A veces me siento en la habitación antes de acostarme y me pongo a escribir todo lo que he dicho y hecho durante el día. Luego lo puntúo: una A para una maniobra perfecta, una F para «Tendría que suicidarme por ser tan gilipollas».

Cuando yo iba al instituto, llevaba una especie de registro de todos y cada uno de los modelitos que me ponía cada día. No repetía hasta que había pasado un mes.

—Como lo de esta noche: Dave Rard, que es un tío de tercero que está buenísimo, me ha dicho que no sabía si podía esperar un año, ya sabes, para hacérselo conmigo... hasta que vaya al instituto, ¿sabes? Y yo le he dicho: «Pues no esperes». Y me he largado, y todos los tíos han soltado un «Uaaau...». Así que eso se merece una A. Pero ayer tropecé en Main Street y me caí delante de las chicas y se echaron a reír. Eso es una F. O quizá una D, porque luego me pasé tanto con ellas el resto del día que Kelsey y Kylie acabaron llorando. Jodes siempre llora, así que en realidad eso no cuenta.

—Más vale ser temido que amado —dije.

—Maquiavelo —alardeó, y se puso a brincar y reír, no logré discernir si imitando burlonamente una actitud infantil o por pura y genuina energía juvenil.

—¿Y tú cómo sabes eso?

Estaba impresionada, y a cada minuto que pasaba me caía cada vez mejor. Una niña inteligente hecha un puto lío. Me resultaba familiar.

–Sé montones de cosas que no debería saber –dijo, y me puse a dar saltitos a su lado.

Estaba en pleno subidón de éxtasis, y aunque era consciente de que en circunstancias normales no estaría haciendo aquello, estaba demasiado contenta para que me importase. Mis músculos cantaban.

–La verdad es que soy más lista que la mayoría de mis profes. Hice un test de inteligencia y se supone que tendría que ir un curso mucho más adelantado, pero Adora cree que necesito estar con chicos de mi edad. Total, que me voy a marchar para ir al instituto. A Nueva Inglaterra.

Lo dijo con el leve deje de asombro de alguien que conoce la región solo a través de fotos, de una chica que alberga imágenes patrocinadas por la Ivy League: «Nueva Inglaterra es el lugar adonde va la gente inteligente». Aunque no soy quién para juzgarlo: yo tampoco he estado nunca allí.

–Tengo que largarme de aquí –anunció Amma con la afectación exhausta de un ama de casa con una vida demasiado fácil–. Me aburro todo el santo día, por eso me comporto así a veces. Ya sé que puedo ser un poco… mala.

–¿Te refieres al sexo?

Me detuve, con el corazón bailándome pasos de rumba en el pecho. El aire olía a lirios, y podía sentir el aroma flotando y penetrando en mi nariz, en los pulmones, en la sangre… Mis venas olerían a morado.

–Me refiero a… ya sabes. Cuando me descontrolo. Sé que sabes a qué me refiero.

Me tomó de la mano y me obsequió con una sonrisa tierna y pura; luego me acarició la palma, haciéndome sentir tal vez la mejor sensación que jamás haya experimentado por el contacto con otro ser humano. La palabra «friqui» lanzó un suspiro repentino en mi pantorrilla izquierda.

–¿Y cómo te descontrolas?

Ya casi habíamos llegado a casa de mi madre y mi colocón estaba en pleno apogeo. Mi pelo se derramaba sobre los hombros como agua cálida y me puse a balancearme a un lado y a otro al son de ninguna música en especial. Había una concha de caracol en el bordillo de la acera y mis ojos se arremolinaron en su espiral.

—Ya sabes… cuando a veces necesitas hacer daño.

Dijo aquello como si estuviese vendiendo un nuevo producto para el pelo.

—Hay maneras mejores de aliviar el aburrimiento y la claustrofobia que haciendo daño —repuse—. Eres una chica lista, eso ya lo sabes.

Advertí que Amma había metido los dedos por dentro de los puños de mi camisa, y que estaba tocando los bordes de mis cicatrices. No se lo impedí.

—¿Haces cortes, Amma?

—¡Hago daño! —chilló, y se puso a dar vueltas sobre sí misma en la calle, girando sin cesar con un movimiento amplio y majestuoso, la cabeza echada hacia atrás y los brazos extendidos como si fuera un cisne—. ¡Me encanta! —gritó.

El eco resonó calle abajo, donde la casa de mi madre se alzaba vigilante en la esquina.

Amma siguió girando hasta que cayó sobre la calzada, y una de sus pulseras de plata salió rodando por la calle haciendo eses.

Quise hablarle en serio de todo aquello, ser la adulta, pero el éxtasis me catapultó hacia arriba de nuevo, y en vez de eso la levanté del suelo (ella riendo, se había hecho una herida en el codo y sangraba) y nos agarramos de las manos y fuimos dando vueltas hacia casa de mi madre. Tenía la cara dividida en dos por su sonrisa, con unos dientes largos y húmedos, y me di cuenta de lo fascinantes que podían llegar a ser para un asesino: bloques cuadrados de hueso brillante, los frontales como teselas de mosaico con las que recubrir una mesa.

—Qué feliz soy contigo… —Amma se echó a reír, con su aliento cálido y dulcemente ebrio en mi rostro—. Eres como mi alma gemela.

—Y tú eres como mi hermana —dije.

¿Blasfemia? Me daba igual.

—¡Te quiero! —gritó Amma.

Girábamos tan rápido que las mejillas me aleteaban, me hacían cosquillas. Reía como una cría. Nunca he sido tan feliz como en este instante, pensé. La luz de la farola era casi color de rosa, y los largos cabellos de Amma me rozaban como plumas sobre los hombros, sus altos pómulos sobresaliendo como cucharadas de mantequilla en su tez bronceada. Extendí el brazo para tocarle uno; al soltarle la mano nuestro círculo se rompió y caímos al suelo en una vorágine alocada y salvaje.

Sentí cómo el hueso del tobillo chocaba contra la acera, ¡plop!, y la sangre estalló, salpicándome por toda la pierna. Unas burbujas rojas afloraron en el pecho de Amma a consecuencia de su caída sobre el pavimento. Bajó la vista, me miró con sus ojos azules de husky encendidos, se pasó los dedos por la telaraña sanguinolenta del pecho y soltó un alarido prolongado antes de dejar caer la cabeza sobre mi regazo, riendo.

Se pasó un dedo por el pecho y recogió una perla plana de sangre con la yema, y, antes de que pudiera impedírselo, me la restregó en los labios. Probé su sabor, metálico y meloso. Levantó la cabeza para mirarme, me acarició la cara y yo la dejé.

—Ya sé que crees que Adora me quiere más a mí, pero no es cierto —dijo.

Y como si fuera una señal, las luces del porche de nuestra casa, en lo alto de la colina, se encendieron.

—¿Quieres dormir en mi habitación? —sugirió Amma, en voz un poco más baja.

Nos imaginé a ambas en su cama bajo su colcha de topos, cuchicheándonos secretos, quedándonos dormidas abrazadas la una a la otra, y entonces me di cuenta de que estaba imaginándonos a mí y a Marian. Ella se habría escapado de su cama de hospital, dormiría junto a mí, emitiría cálidos ronroneos al arrebujarse sobre mi vientre... Tendría que llevarla de nuevo a su habitación antes de que mi madre se despertase a la mañana siguiente. Un momento dramático en una casa silenciosa, esos cinco segundos, llevándola pasillo abajo, pasando cerca del dormitorio de mi madre, temiendo que la puerta se abriera en ese instante, y sin embargo casi deseándolo. «¡No está enferma, mami! —es lo que pensaba gritarle si nos pillaba—. No pasa nada porque haya salido de su cama, porque no está enferma de verdad.» Se me había olvidado lo desesperada y completamente convencida que estaba de ello.

Sin embargo, gracias a las drogas, ahora solo eran recuerdos felices, pasando uno tras otro por mi cerebro como las páginas de un cuento para niños. En aquellos recuerdos Marian adoptaba un aura de conejito, un pequeño conejo de cola de algodón vestido como mi hermana. Casi podía sentir su pelaje cuando volví al presente para descubrir el cabello de Amma acariciándome la pierna.

—Dime, ¿quieres? —preguntó.

—Esta noche no, Amma. Estoy muerta de cansancio y quiero dormir en mi cama.

Era verdad. La droga pegaba fuerte y deprisa, y luego el efecto desaparecía. Me quedaban diez minutos para volver a estar sobria y no quería a Amma a mi lado cuando me diese el bajón.

—¿Puedo dormir contigo entonces?

Estaba de pie bajo la farola, con la minifalda vaquera colgando de los diminutos huesos de su cadera y el top torcido y rasgado. Una mancha de sangre cerca de sus labios. Esperanzada.

—No. Será mejor que durmamos separadas. Ya nos veremos mañana.

No dijo nada, se limitó a dar media vuelta y echó a correr a toda velocidad hacia la casa, sus pies casi golpeándole en el trasero como un potrillo de dibujos animados.

—¡Amma! —la llamé a gritos—. Espera, puedes quedarte a dormir conmigo, ¿vale?

Eché a correr tras ella. Divisarla a través de las drogas y la oscuridad era como intentar seguir a alguien mientras mirabas hacia atrás en un espejo. No me di cuenta de que su silueta veloz había dado media vuelta y que de hecho corría hacia mí. Contra mí. Chocamos de cabeza; me golpeó con la frente en la mandíbula y volvimos a caernos, esta vez en la acera. Mi cabeza emitió un sonido brusco al estrellarse contra el suelo, como si se hubiese resquebrajado, y los dientes inferiores empezaron a arderme de dolor. Me quedé tendida un segundo sobre la acera, con el pelo de Amma agarrado en un puño y una luciérnaga palpitando por encima de mí al ritmo de mi sangre. Entonces Amma se echó a reír, frotándose la frente y tocándose la contusión, que ya estaba de un azul oscuro, como el contorno de una ciruela.

—Mierda, creo que me has abollado la frente.

—Y yo creo que me has abollado la nuca —susurré. Me incorporé y me quedé como atontada, mientras un reguero de sangre que la acera había contenido empezaba a resbalarme por el cuello—. Joder, Amma, qué bruta eres…

—Creí que te gustaba en plan bruto. —Extendió el brazo y me ayudó a levantarme, mientras la sangre de la cabeza se escurría hacia delante. Entonces se quitó del dedo corazón un diminuto anillo de oro con un olivino verde claro y me lo puso en el meñique—. Ten, quiero que lo tengas.

Negué con la cabeza.

—Quienquiera que te haya regalado ese anillo querría que lo tuvieras tú.

—Fue Adora… más o menos. A ella no le importará, créeme. Ella iba a dárselo a Ann, pero… bueno, ahora Ann no está, así que estaba ahí, olvidado. ¿A que es feo? Solía fingir que Adora me lo había regalado. Aunque es muy improbable, teniendo en cuenta que me odia.

—No te odia.

Echamos a andar hacia la casa; la luz del porche brillaba con toda su intensidad desde lo alto de la colina.

—Tú no le gustas —se atrevió a decir Amma.

—No, no le gusto.

—Bueno, yo tampoco le gusto, pero de una manera distinta.

Subimos la escalera, aplastando moras con los pies. El aire olía al glaseado de un pastel infantil.

—¿Le gustabas más o menos después de la muerte de Marian? —preguntó, entrelazando su brazo con el mío.

—Menos.

—Así que no ayudó.

—¿Cómo dices?

—Su muerte no ayudó a mejorar las cosas.

—No. Y ahora estate calladita hasta que lleguemos a mi habitación, ¿vale?

Subimos la escalera, yo con la mano en la base del cuello para contener la sangre, Amma siguiéndome los pasos peligrosamente, deteniéndose a oler una rosa en el jarrón del pasillo, esbozando una sonrisa ante su imagen en el espejo... Silencio como de costumbre en el dormitorio de Adora. El ventilador chirriando en la oscuridad tras la puerta cerrada.

Cerré la puerta de mi habitación cuando entramos, me quité las zapatillas empapadas por la lluvia (salpicadas como a cuadros con trocitos de hierba recién cortada), me limpié el jugo de las moras de la pierna y empecé a quitarme la camisa antes de sentir la mirada de Amma clavada en mi piel. Volví a bajarme la camisa y fingí meterme tambaleante en la cama, demasiado exhausta para desnudarme. Me tapé hasta arriba con las sábanas y me hice un ovillo lejos de Amma, murmurando un buenas noches. La oí tirar su ropa al suelo y al cabo de un segundo apagó la luz y se metió en la cama acurrucada junto a mí, completamente desnuda excepto por las bragas. Me dieron ganas de llorar ante la idea de poder dormir junto a alguien sin ropa, sin importarme qué palabra podría escaparse de debajo de una manga o una pernera del pantalón.

—¿Camille? —Habló en voz baja, aniñada e insegura—. ¿Sabes esas personas que dicen que tienen que hacer daño porque, si no lo hacen, están tan apáticos que no sienten nada?

—Mmm...

—¿Y si es todo lo contrario? —susurró Amma—. ¿Y si haces daño porque te hace sentirte bien? Como si sintieses un hormigueo, como si alguien hubiese dejado un interruptor encendido en tu cuerpo y nada pudiese apagar el interruptor excepto causar dolor. ¿Qué significa eso?

Fingí que me había quedado dormida. Fingí que no sentía cómo sus dedos trazaban «desaparecer» una y otra vez en mi nuca.

Un sueño. Marian, con el camisón blanco pegajoso por el sudor y con un rizo rubio adherido a la mejilla. Me coge de la mano e intenta sacarme de la cama.

–Este lugar no es seguro –susurra–. No estás segura aquí.

Le contesto que me deje en paz.

13

Eran las dos pasadas cuando me desperté, con el estómago enroscado sobre sí mismo y un dolor atroz en la mandíbula de tanto apretar los dientes durante cinco horas seguidas. Puto éxtasis. Amma también había tenido problemas, supuse. Había dejado un diminuto montoncillo de pestañas en la almohada a mi lado. Las recogí con la mano y las apreté. Endurecidas por el rímel, me dejaron una mancha azul oscuro en el hueco de la palma. Las eché en un plato pequeño que había en mi mesilla de noche. Luego fui al baño y vomité. Nunca me ha importado vomitar. De niña, cuando me ponía enferma, recuerdo a mi madre sujetándome el pelo hacia atrás y hablándome con voz tranquilizadora: «Echa fuera toda esa porquería, cariño. No pares hasta que haya salido todo». Resulta que me gustan todas esas arcadas, y la debilidad, y el esputo. Previsible, lo sé, pero cierto.

Cerré la puerta con llave, me quité toda la ropa y volví a meterme en la cama. El dolor de cabeza partía desde el oído izquierdo, pasaba a través del cuello y bajaba por toda la columna vertebral. Tenía los intestinos revueltos, apenas podía mover la boca por el dolor y me ardía el tobillo. Y seguía sangrando, lo supe por las manchas rojas que había en las sábanas. El lado de Amma también estaba teñido de sangre: un pequeño reguero donde se había rascado el pecho y una mancha más oscura en la almohada.

Tenía el corazón demasiado acelerado y no podía respirar. Necesitaba ir a ver si mi madre se había enterado de lo ocurrido.

¿Habría visto a Amma? ¿Me habría metido en un lío? Me invadió el pánico. Algo horrible estaba a punto de suceder. A través de mi paranoia, sabía exactamente qué estaba pasando: mis niveles de serotonina, disparados por la droga la noche anterior, habían caído en picado y me habían dejado en el lado oscuro. Me dije todo eso a mí misma mientras enterraba la cabeza en la almohada y empezaba a sollozar. Me había olvidado de aquellas niñas, joder, ni siquiera había pensado en ellas: en Ann muerta y en Natalie muerta. Lo que era aún peor, había traicionado a Marian, la había reemplazado por Amma, la había ignorado en sueños. Todo aquello tendría consecuencias. Lloré de la misma forma purificadora y acompasada en que había vomitado, hasta que la almohada estuvo húmeda y la cara se me hubo hinchado como la de un borracho. Entonces el pomo de la puerta se movió. Traté de serenarme acariciándome la mejilla, y esperé que el silencio hiciese que se marchara.

—Camille, abre.

Mi madre, pero no estaba enfadada. Conciliadora, agradable incluso. Seguí callada. Más sacudidas en el pomo. Unos golpecitos. Luego silencio cuando sus pasos se alejaron.

«Camille, abre.» La imagen de mi madre sentada en el borde de mi cama, con una cucharada de jarabe de olor agrio cerniéndose sobre mí. Su medicina siempre me hacía sentirme más enferma que antes. Un estómago delicado. No tan enfermo como el de Marian, pero delicado al fin y al cabo.

Me empezaron a sudar las manos. Por favor, que no vuelva... Tuve una visión fugaz de Curry, con una de sus cutres corbatas balanceándose frenéticamente delante de su barriga, irrumpiendo de golpe en la habitación para salvarme. Llevándome consigo en su Ford Taurus con olor a humo, Eileen acariciándome el pelo en el camino de vuelta a Chicago.

Mi madre deslizó una llave en el ojo de la cerradura. No sabía que tuviera una. Entró en la habitación con aire de suficiencia, con la barbilla bien alta como de costumbre y la llave colgando de una larga cinta rosa. Llevaba un vestido de tirantes de color azul pastel y un bote de alcohol para friegas, una caja de pañuelos de papel y un neceser de belleza rojo satinado.

—Hola, cielo —dijo, lanzando un suspiro—. Amma me ha contado lo que os pasó anoche, pobrecillas. Lleva devolviendo toda la mañana. Sé que esto va a sonar jactancioso, pero a excepción de nuestro pequeño negocio, hoy día no te puedes fiar de la carne de ningún sitio. Amma ha dicho que seguramente fue el pollo, ¿no?

—Supongo —dije.

Solo podía seguir la corriente de cualquiera que fuese la mentira que había contado Amma. Estaba claro que ella sabía desenvolverse mucho mejor que yo.

—No me puedo creer que las dos os hayáis desmayado justo en nuestra escalera mientras yo estaba dentro durmiendo. Qué fatalidad... —exclamó Adora—. ¡Y qué morados llevaba Amma! Parecía que se hubiese peleado a puñetazo limpio...

Era imposible que mi madre se hubiese tragado esa patraña; era una experta en enfermedades y heridas, y no iba a creerse algo así a menos que ella quisiese. Ahora iba a ocuparse de mí, y yo estaba demasiado débil y desesperada para impedírselo. Me eché a llorar otra vez, sin poder parar.

—Me encuentro muy mal, mamá.

—Ya lo sé, cariño.

Me arrancó la sábana, bajándomela hasta los dedos de los pies de un solo y eficiente movimiento, y cuando me tapé instintivamente con las manos, me las separó y las puso con firmeza a ambos lados de mi cuerpo.

—Tengo que ver dónde te has hecho daño, Camille.

Me movió la mandíbula de un lado al otro y me tiró del labio inferior hacia abajo, como si estuviese examinando un caballo. Me levantó despacio cada uno de los brazos y me inspeccionó las axilas, metiendo los dedos en las concavidades, y luego me palpó el cuello en busca de ganglios inflamados. Me acordaba del ritual. Me metió la mano entre las piernas, de forma rápida y profesional; era la mejor manera de tomar la temperatura, decía siempre. A continuación, con movimientos suaves y ligeros de sus dedos fríos, me recorrió las piernas hacia abajo e introdujo el pulgar directamente en la herida abierta de mi tobillo destrozado. Unas manchas de color verde brillante me estallaron delante de los ojos y automáticamente encogí las piernas y me tumbé de costado. Aprovechó la ocasión para palparme la cabeza hasta que dio con el punto machacado de la coronilla.

—Solo un poquito más, Camille, y habremos terminado.

Empapó los pañuelos en alcohol y me los restregó en el tobillo hasta que no pude ver nada por las lágrimas y el moqueo. Acto seguido, lo vendó con fuerza con unas gasas que cortó con unas tijerillas diminutas de su neceser. La herida empezó a sangrar y a traspasar la gasa inmediatamente, por lo que la venda no tardó en parecerse a la bandera de Japón: de un blanco inmaculado con un círculo rojo y desafiante en el centro. A continuación me hizo bajar la cabeza con una mano y noté cómo me tiraba del pelo: me lo estaba cortando alrededor de la herida. Traté de zafarme.

—Ni lo intentes, Camille. Te cortaré. Vuelve a bajar la cabeza y sé una buena chica.

Me apretó la mejilla con una mano fría, sujetándome la cabeza contra la almohada, y siguió cortando y cortando con las tijeras hasta que sentí una liberación. Una extraña exposición al aire a la que mi cuero cabelludo no estaba acostumbrado. Me toqué con la mano y palpé una zona rasposa del tamaño de una moneda de cincuenta centavos. Mi madre me apartó la mano rápidamente, me la apretó contra el costado y empezó a darme friegas de alcohol en el cuero cabelludo. Volví a quedarme sin aliento por el insoportable dolor.

Me hizo tumbarme de espaldas y me pasó un paño húmedo por las extremidades como si estuviera postrada en cama. Tenía los ojos sonrosados en los lugares donde se había estado arrancando las pestañas, y las mejillas estaban teñidas con aquel rubor aniñado. Sacó su neceser de belleza y empezó a rebuscar entre diversos frascos y tubos hasta que encontró en el fondo un pañuelo de papel doblado, aplastado y algo manchado. Sacó del centro una píldora azul eléctrico.

—Un segundo, cielo.

La oí bajar los escalones muy deprisa y supe que se dirigía a la cocina. Luego esos mismos pasos apresurados regresaron a mi habitación. Llevaba un vaso de leche en la mano.

—Ten, Camille, tómatelo con esto.

—¿Qué es?

—Una medicina. Evitará la infección y eliminará cualquier bacteria que pudiese haber en esa comida.

—¿Qué es? —volví a preguntar.

El pecho de mi madre se volvió de un tono rosa borroso y su sonrisa empezó a titilar como una vela en una corriente de aire. Apareció y desapareció, reapareció y volvió a desaparecer, en el espacio de un segundo.

—Camille, soy tu madre y estás en mi casa.

Unos ojos rosados vidriosos. Aparté la cara y me invadió otra oleada de pánico. Algo malo. Algo que había hecho.

—Camille, abre la boca.

Una voz tranquilizadora, persuasiva. «Cuidar» empezó a palpitarme cerca de la axila izquierda.

Me acordé de cuando era niña, rechazando todas aquellas píldoras y medicinas, y cómo la perdí por ello. Mi madre me recordó a Amma y su éxtasis, engatusándome porque necesitaba que me tomase lo que me ofrecía. Negarse tiene muchas más consecuencias que rendirse. La piel me ardía en los lugares donde me había limpiado; era como el agradable calor que se sentía después de un corte. Pensé en Amma y en lo satisfecha que había parecido, envuelta en los brazos de mi madre, frágil y sudorosa.

Me volví de nuevo y dejé que mi madre me metiese la píldora en la lengua, vertiese la leche espesa en mi garganta y me besase.

Al cabo de pocos minutos me quedé dormida, el hedor de mi aliento flotando dentro de mis sueños como una niebla agria. Mi madre se acercaba a mi cama en el dormitorio y me decía que estaba enferma. Se tumbó encima de mí y puso su boca sobre la mía. Podía sentir su aliento en mi garganta. Después empezó a darme pequeños besos. Cuando se apartó, me sonrió y me acarició el pelo. Luego escupió mis dientes en sus manos.

Me desperté al anochecer, mareada y acalorada, con un reguero de baba seca que me bajaba por el cuello. Débil. Me eché una bata fina por encima de los hombros y empecé a llorar de nuevo al recordar el círculo de mi coronilla. «Lo que te pasa es que te ha dado el bajón del éxtasis –me susurré a mí misma, dándome unas palmaditas en la mejilla–. Un mal corte de pelo no es el fin del mundo. Te haces una cola de caballo y ya está.»

Avancé por el pasillo arrastrando los pies; mis articulaciones se desencajaban y volvían a encajarse, y mis nudillos estaban hinchados por alguna razón que no era capaz de recordar. En el piso de abajo, mi madre cantaba. Llamé a la puerta de Amma y oí un gemido de bienvenida.

Estaba desnuda, sentada en el suelo frente a su enorme casa de muñecas, con el pulgar en la boca. Tenía las ojeras de un color casi morado y mi madre le había puesto vendas en la frente y el pecho. Amma había envuelto a su muñeca favorita en papel de seda, le había pintado topos rojos por todas partes con rotulador y la había puesto sobre la cama.

–¿Qué te ha hecho a ti? –dijo con voz soñolienta, sonriendo a medias.

Me volví para que viera mi tonsura.

–Y me dio algo que me dejó grogui y me puso enferma de verdad –añadí.

–¿Azul?

Asentí con la cabeza.

–Sí, esa le gusta –murmuró Amma–. Te duermes con mucho calor y babeando, y luego trae a sus amigas para que te vean.

–¿Ha hecho esto antes?

Sentí cómo un sudor frío me inundaba todo el cuerpo. Yo tenía razón: algo horrible estaba a punto de suceder.

Se encogió de hombros.

—A mí no me importa. A veces no me la tomo, solo lo finjo. Así estamos contentas las dos. Me pongo a jugar con mis muñecas o a leer, y cuando la oigo venir me hago la dormida.

—Amma… —Me senté en el suelo a su lado y le acaricié el pelo. Tenía que tratarla con delicadeza—. ¿Te da pastillas y cosas así muy a menudo?

—Solo cuando estoy a punto de caer enferma.

—¿Y qué pasa entonces?

—A veces me entra mucho calor y me pongo a delirar y entonces tiene que darme baños fríos. A veces vomito. Y otras veces me dan escalofríos y me siento muy débil y cansada y solo quiero dormir.

Estaba sucediendo otra vez. Igual que Marian. Sentí la cólera agolparse en el fondo de mi garganta, la opresión. Empecé a sollozar de nuevo, me levanté y volví a sentarme. Tenía un nudo en el estómago. Hundí la cabeza entre mis manos. Amma y yo estábamos enfermas… igual que Marian. Tenía que presentarse ante mí de una forma tan evidente para que al fin lo entendiera… casi veinte años tarde. Me dieron ganas de gritar de vergüenza.

—Juega a las muñecas conmigo, Camille.

O no se percató de mis lágrimas o hizo caso omiso de ellas.

—Ahora no puedo, Amma. Tengo que trabajar. Recuerda hacerte la dormida cuando vuelva mamá.

Me puse la ropa sobre la piel dolorida y me miré en el espejo. Lo que estás pensando es una locura. Estás siendo irracional. Pero no. Mi madre mató a Marian. Mi madre mató a esas niñas.

Me dirigí tambaleante hacia el baño y vomité un chorro de agua caliente y salada; las salpicaduras del váter me jaspearon la cara al arrodillarme. Cuando mi estómago se calmó, me di cuenta de que no estaba sola: mi madre estaba de pie detrás de mí.

—Pobrecita mía —murmuró.

Me incorporé y me alejé de ella a cuatro patas. Me apoyé contra la pared y levanté la vista para mirarla.

—¿Por qué estás vestida, cariño? —dijo—. No puedes ir a ninguna parte.

—Necesito salir. Necesito trabajar un poco. El aire fresco me sentará bien.

—Camille, vuelve a la cama. —Su voz era aguda y apremiante. Se acercó a mi cama, retiró las sábanas y dio unas palmadas en el colchón—. Venga, tesoro. Tienes que tomarte en serio tu salud.

Me levanté como pude, cogí las llaves del coche de encima de la mesa y me apresuré hacia la puerta.

—No puedo, mamá. No tardaré mucho.

Dejé a Amma arriba con sus muñecas enfermas, y bajé por el camino de entrada a tal velocidad que abollé el parachoques delantero al pasar por el lugar donde la colina se nivelaba abruptamente con la calle. Una mujer obesa que empujaba un cochecito me miró sacudiendo la cabeza.

Conduje sin rumbo, tratando de poner en orden mis pensamientos, repasando las caras de las personas que conocía en Wind Gap. Necesitaba que alguien me dijera claramente que me equivocaba con respecto a Adora, o que tenía razón. Alguien que conociese a Adora, que tuviese una visión de adulto de mi infancia, que hubiese permanecido allí mientras yo había estado fuera. De repente me acordé de Jackie O'Neele, de su Juicy Fruit y de su afición a la bebida y los chismes. Sus excéntricas muestras de afecto maternal hacia mí y el comentario que ahora me sonaba como una advertencia: «Han pasado tantas cosas malas...». Necesitaba a Jackie, rechazada por Adora de forma totalmente indiscriminada, una mujer que conocía a mi madre de toda la vida. Alguien que, claramente, había querido decirme algo.

La casa de Jackie estaba a escasos minutos de distancia, una mansión moderna diseñada para que pareciese una plantación de antes de la guerra de Secesión. Un chico escuálido y pálido se encorvaba sobre un cortacésped, fumando mientras paseaba arriba y abajo trazando líneas muy rectas. Tenía la espalda salpicada por unos granos furiosos y protuberantes tan enormes que parecían heridas. Otro aficionado al speed. Jackie debería eliminar al intermediario y darle los veinte pavos directamente al camello.

Conocía a la mujer que me abrió la puerta: Geri Shilt, una alumna del Calhoon que iba solo un curso por delante de mí. Llevaba una bata almidonada de enfermera, igual que la de Gayla, y todavía tenía en la mejilla la verruga rosa y redonda por la que siempre la había compadecido. Al ver a Geri, un rostro tan prosaico del pasado, me dieron ganas de dar media vuelta, subirme al coche y olvidarme de todas mis preocupaciones. Ver a alguien tan vulgar de mi mundo me hizo cuestionarme lo que estaba pensando. Sin embargo, no me marché.

–Hola, Camille, ¿en qué puedo ayudarte?

No parecía interesarle en absoluto qué me había traído hasta aquella puerta, una evidente falta de curiosidad que la diferenciaba del resto de las mujeres de Wind Gap. Seguramente no tenía amigas con las que chismorrear.

–Hola, Geri. No sabía que trabajases para los O'Neele.

–No tenías por qué saberlo –contestó lacónicamente.

Los tres hijos de Jackie, que habían nacido muy seguidos, debían de rondar la veintena: veinte, veintiuno, puede que veintidós años. Me acordé de que eran tres chicos fornidos de cuello recio que siempre llevaban pantalones cortos de deporte de poliéster y anillos enormes del instituto Calhoon, de oro con gemas azul brillante en el centro. Tenían los ojos inusitadamente redondos de Jackie y unos dientes salidos, blancos y brillantes. Jimmy, Jared y Johnny. En ese momento oía al menos a dos de ellos, que habían vuelto a casa de la universidad a pasar el verano, lanzándose una pelota de fútbol americano en el jardín. Por la mirada agresivamente apagada de Geri, debía de haber decidido que la mejor forma de tratar con ellos era apartándose de su camino.

–He vuelto… –empecé a decir.

–Ya sé por qué estás aquí –dijo, ni en tono acusador ni con generosidad, tan solo constatando un hecho. Yo era un mero obstáculo más en su jornada laboral.

–Mi madre es amiga de Jackie y he pensado…

–Sé muy bien quiénes son las amigas de Jackie, créeme –repuso Geri.

No parecía muy dispuesta a dejarme pasar. Se limitó a mirarme de arriba abajo y luego al coche detrás de mí.

–Jackie es amiga de muchas de las amigas de tu madre –añadió Geri.

–Mmm… La verdad es que yo ya no tengo muchas amigas por aquí. –Era un hecho del que me sentía orgullosa, pero pronuncié las palabras con un tono deliberadamente decepcionado. Cuanto menos me odiase ella, más rápido entraría yo en la casa, y sentía una necesidad imperiosa de hablar con Jackie antes de que pudiera disuadirme a mí misma–. En realidad, creo que ni siquiera cuando vivía aquí tenía demasiadas amigas.

–Katie Lacey. Su madre sale con todas ellas.

La buena de Katie Lacey, la que me había llevado a rastras a la fiesta de llorar y luego la había tomado conmigo. Me la imaginé recorriendo la ciudad montada en su monovolumen, con sus preciosas niñitas subidas en la parte de atrás, vestidas impecablemente, listas para imponer su dominio sobre los demás párvulos. Mamá les había enseñado a ser especialmente crueles con las niñas feas, esas pobres niñas, niñas que solo querían que las dejaran en paz, pero eso era pedir demasiado.

–Katie Lacey es una chica de la que me avergüenza haber sido amiga.

–Sí, bueno, tú no eras de las malas –dijo Geri.

Justo entonces me acordé de que Geri había tenido un caballo que se llamaba Mantequilla: el chiste, por supuesto, era que hasta la mascota de Geri se estaba engordando.

—Sí lo era, un poco.

Nunca había participado directamente en actos de crueldad, pero nunca los impedí tampoco. Siempre me mantenía al margen, como una sombra inquieta, y fingía reírme.

Geri seguía de pie en el umbral de la puerta, estirando del reloj barato que llevaba ceñido a la muñeca como una goma elástica, a todas luces absorta en sus recuerdos. Malos recuerdos.

Entonces ¿por qué se había quedado en Wind Gap? Desde que había vuelto, me había topado con muchas caras del pasado. Chicas con las que había crecido y que nunca habían tenido el coraje o la energía suficiente para marcharse. Era una ciudad que emanaba autocomplacencia gracias a la televisión por cable y a un supermercado abierto las veinticuatro horas. Los que se habían quedado allí seguían habitando mundos aparte: las chicas guapas y odiosas como Katie Lacey, que ahora vivían, muy previsiblemente, en una mansión victoriana reformada a escasas manzanas de nosotras, jugaban en el mismo club de tenis de Woodberry que Adora y realizaban el mismo peregrinaje trimestral a Saint Louis para ir de compras, mientras que las chicas feas y discriminadas como Geri Shilt seguían atrapadas limpiando las casas de las guapas, agachando la cabeza con tristeza, esperando a sufrir más abusos. Mujeres que no eran lo suficientemente fuertes o inteligentes para marcharse de allí. Mujeres sin imaginación. Así que se quedaban en Wind Gap y seguían con su misma vida de adolescentes en un bucle infinito. Y ahora yo me había quedado atrapada con ellas, incapaz de salir de aquella situación.

—Iré a decirle a Jackie que estás aquí.

Geri se dirigió hacia la escalera de la parte de atrás por el camino más largo, pasando por la sala de estar en lugar de atravesar la cocina acristalada por la que podrían verla los chicos de Jackie.

La habitación a la que me hizo pasar era de un blanco obsceno con deslumbrantes salpicaduras de color aquí y allá, como si un niño travieso hubiese estado pintando con las manos: cojines rojos, cortinas amarillas y azules, un jarrón verde brillante con flores rojas de cerámica. Encima de la chimenea había colgado un absurdo retrato en blanco y negro de una Jackie de mirada insinuante, con el pelo ahuecado, los dedos como garras entrelazados con coqueta timidez bajo la barbilla. Era como un perrito faldero repeinado. Aun en mi estado de enferma desesperación me eché a reír.

—¡Camille, cariño! —Jackie atravesó la sala con los brazos extendidos. Llevaba una bata de raso y unos pendientes de diamantes enormes—. Por fin has venido a hacerme una visita… Estás espantosa, querida. ¡Geri, prepáranos unos bloody mary, ahora mismo!

Lanzó un alarido, literalmente, primero a mí y luego a Geri. Supongo que era una carcajada. Geri se quedó inmóvil en la puerta hasta que Jackie dio unas palmadas.

—Te lo digo en serio, Geri, acuérdate de poner sal en el borde esta vez. —Se volvió para dirigirse a mí—. Hay que ver lo que cuesta encontrar una buena asistenta hoy día —rezongó muy seria, sin darse cuenta de que nadie decía eso más que en la tele.

Estaba segura de que Jackie veía la televisión a todas horas, con una copa en la mano y el mando a distancia en la otra, las cortinas echadas mientras los magazines de la mañana daban paso a las teleseries, seguidas de los juicios televisados, a los que les sucedían las reposiciones, las telecomedias, los melodramas policíacos y las películas de madrugada sobre mujeres violadas, acosadas, engañadas o asesinadas.

Geri trajo los bloody mary en una bandeja, junto con unos platitos con apio, pepinillos y aceitunas y, obedeciendo instrucciones, corrió las cortinas y se marchó. Jackie y yo nos quedamos sumidas en la penumbra, en la habitación blanca y gélida por el aire acondicionado, y nos quedamos mirándonos la una a la otra unos segundos. Luego Jackie se inclinó y abrió el cajón de la mesita de centro, que contenía tres frascos de laca de uñas, una maltrecha Biblia y más de media docena de botes anaranjados de pastillas medicinales. Me acordé de Curry y las espinas de rosas arrancadas.

—¿Un analgésico? Tengo algunos muy buenos.

—Creo que prefiero mantener la cabeza despejada —dije, sin estar muy segura de si me lo ofrecía en serio—. Parece como si fueras a abrir tu propia farmacia.

—Sí, ¿verdad? Tengo una suerte... —Olí su ira mezclada con el zumo de tomate—. OxyContin, Percocet, Percodan... Lo último en pastillas que mi médico de turno tenga en stock, pero tengo que reconocerlo, hacen que lo pase muy bien.

Se echó unas cuantas píldoras redondas y blancas en la palma de la mano, se las tragó de golpe y luego me sonrió.

—¿Qué tienes? —le pregunté, casi temiendo la respuesta.

—Eso es lo mejor, corazón, que nadie tiene ni puta idea de lo que tengo. Uno dice lupus, otro artritis, un tercero dice que algún síndrome autoinmune, el cuarto y el quinto dicen que todo está en mi cabeza.

—¿Y tú qué crees?

—¿Que qué creo yo? —exclamó y puso los ojos en blanco—. Creo que, mientras me sigan suministrando medicamentos, probablemente no me importe demasiado. —Se echó a reír de nuevo—. Me lo paso en grande tomándomelas.

No supe distinguir si se estaba haciendo la fuerte o era realmente una adicta.

—Me sorprende que Adora no se haya subido al carro de las enfermedades —ironizó—. Pensaba que, en cuanto cayera yo, ella no podría ser menos, ¿no? Aunque ella no se pondría enferma con algo tan vulgar como el lupus. Seguro que encontraría la forma de tener... no sé, un tumor cerebral, ¿verdad?

Dio otro sorbo al bloody mary y le quedó una marca de rojo y sal en el labio superior, lo que la hacía parecer hinchada. Ese segundo sorbo la sosegó, e igual que había hecho en el funeral de Natalie, me miró como intentando memorizar mi rostro.

—Dios santo, qué raro se me hace verte tan mayor... —comentó, dándome unas palmaditas en la rodilla—. ¿Por qué has venido, cariño? ¿Va todo bien en casa? Seguramente no. ¿Es... es por tu madre?

—No, no tiene nada que ver.

Odiaba ser tan transparente.

—Ah.

Pareció consternada. Se llevó la mano a la bata revoloteando como en una escena salida de una película en blanco y negro. No había jugado bien mis cartas con ella; se me olvidaba que allí se daba alas abiertamente a las habladurías.

—No, quiero decir… Lo siento, no estaba siendo sincera hace un momento. Sí, he venido a hablar de mi madre.

Jackie se animó inmediatamente.

—No la acabas de entender del todo, ¿eh? No sabes si es un ángel o un demonio o las dos cosas a la vez, ¿verdad? —Jackie se puso un almohadón de raso verde debajo de su diminuto trasero y colocó los pies en mi regazo—. Cariño, por favor, ¿me haces un masaje? Están limpios. —Extrajo una bolsa de barritas de chocolate, de las que se reparten en Halloween, y se las puso sobre la barriga—. Dios, luego tendré que deshacerme de tanto azúcar, pero es que están tan ricas…

Aproveché aquel momento de felicidad.

—¿Mi madre siempre ha sido… así, como es ahora?

Se me encogió el estómago por lo incómodo de aquella pregunta, pero Jackie soltó una carcajada estridente, como si fuera una bruja.

—¿Y cómo es, corazón? ¿Guapa? ¿Encantadora? ¿Adorable? ¿Malvada? —Meneó los dedos de los pies mientras le quitaba el envoltorio a una de las chocolatinas—. Masajea. —Empecé a frotarle los pies helados, con unas plantas duras como el caparazón de una tortuga—. Adora. Bueno, joder… Adora era rica y guapa, y los tarados de sus padres eran los amos de la ciudad. Trajeron esa maldita granja porcina a Wind Gap, nos dieron cientos de puestos de trabajo… por entonces había también una planta de producción de nueces. Ellos lo controlaban todo. Todo el mundo les lamía el culo a los Preaker.

—¿Y cómo era la vida para ella… en casa?

—Adora era una niña… demasiado apegada a su madre. Nunca vi a tu abuela Joya sonreírle ni tocarla de forma cariñosa, pero no le quitaba las manos de encima. Siempre estaba atusándole el pelo, alisándole la ropa y... ah, sí, también hacía aquello: en lugar de lamerse el pulgar para quitarle una mancha de la cara, lamía a Adora. La cogía de la cabeza y la lamía. Y cuando a Adora se le pelaba la piel por haberse quemado con el sol (en aquella época todas nos quemábamos; no sabíamos tanto de filtros solares como vuestra generación), Joya se sentaba junto a tu madre, le quitaba la camisa y le arrancaba la piel en largas tiras. A Joya le encantaba eso.

–Jackie...

–No te miento. Imagínate, tener que ver a tu amiga en cueros delante de ti, ver cómo la... acicalan. Por supuesto, tu madre siempre estaba enferma. Siempre llevaba tubos y agujas y cosas así por todo el cuerpo.

–¿Y qué clase de enfermedades sufría?

–Un poco de todo. Buena parte causadas solo por el estrés de tener que vivir con Joya. Aquellas uñas largas y sin pintar, como las de un hombre. Y la melena larga hasta la cintura, que dejaba que se le fuera encaneciendo.

–¿Y dónde estaba mi abuelo?

–No lo sé. Ni siquiera me acuerdo de cómo se llamaba. ¿Herbert? ¿Herman? Nunca estaba en casa, y cuando estaba, siempre permanecía callado y como... ido. Ya sabes, como Alan.

Se metió en la boca otra barrita de chocolate y agitó los dedos de los pies entre mis manos.

–¿Sabes? Tenerte a ti debería haber destrozado la vida de tu madre. –Su tono era de reproche, como si yo no hubiese conseguido hacer una tarea muy sencilla–. Cualquier otra chica que se hubiera quedado embarazada antes de casarse, en Wind Gap y en aquella época... todo se habría acabado para ella –prosiguió Jackie–. Pero tu madre siempre se las arreglaba para que la gente la mimase. Toda la gente: no solo los chicos, sino también las chicas, sus madres, las maestras...

–¿Y eso por qué?

–Camille, cariño, una chica guapa puede conseguir lo que le dé la gana si se lo sabe ganar. Seguro que lo sabes. Piensa en todas las cosas que los chicos han hecho por ti a lo largo de los años y que no habrían hecho si no hubieses tenido esa cara bonita. Y si los chicos se portan bien, las chicas también se portan bien. Adora supo llevar lo del embarazo magníficamente: orgullosa pero también compungida, y muy en secreto. Tu padre llegó aquí para aquella fatídica visita y luego nunca más volvieron a verse. Tu madre nunca habló de ello. Desde el principio fuiste toda suya. Eso es lo que acabó con Joya: su hija al fin tenía algo dentro a lo que ella no podía tener acceso.

—¿Y mi madre dejó de enfermar después de que muriera Joya?

—Estuvo bien durante un tiempo —contestó Jackie por encima de su vaso—. Pero Marian no tardó mucho en llegar, así que no tenía mucho tiempo para ponerse enferma.

—¿Era mi madre...? —Sentí cómo se me hacía un nudo en la garganta, así que me lo tragué con mi vodka ya aguado—. ¿Era mi madre... una buena persona?

Jackie soltó otra carcajada. Se metió otra barrita en la boca y el caramelo se le quedó adherido a los dientes.

—¿Es eso lo que quieres saber? ¿Si era buena persona? —Hizo una pausa—. ¿Tú qué crees? —añadió en tono sarcástico.

Jackie volvió a meter la mano en el cajón, abrió el tapón de tres botes de pastillas, sacó un comprimido de cada uno de ellos y los colocó ordenadamente por tamaño en el dorso de su mano izquierda.

—No lo sé, nunca me he sentido muy cerca de ella.

—Pero sí has estado cerca de ella, ¿no? No me vengas con esas, Camille, eso me agota. Si creyeses que tu madre es una buena persona no estarías aquí sentada con su mejor amiga preguntándome si es una buena persona.

Jackie cogió las píldoras de una en una, de mayor a menor, las fue incrustando dentro de una chocolatina y se la comió. Tenía un montón de envoltorios esparcidos sobre el pecho, la mancha roja todavía le cubría el labio, y una capa gruesa de caramelo se obstinaba en seguir pegada a sus dientes. Le habían empezado a sudar los pies en mis manos.

—Lo siento. Tienes razón —dije—. Pero ¿crees que está… enferma?

Jackie dejó de masticar, apoyó su mano en la mía y lanzó un hondo suspiro.

—Deja que lo diga en voz alta, porque llevo pensándolo demasiado tiempo, y en mi caso los pensamientos pueden ser un poco tramposos… se me escurren, ¿sabes? Como cuando intentas atrapar un pez con las manos. —Se incorporó un poco y me apretó el brazo—. Adora te devora, y si no la dejas que lo haga, será aún peor para ti. Mira lo que le está pasando a Amma. Mira lo que le pasó a Marian.

Sí. Justo debajo de mi pecho izquierdo, «entrelazado» empezó a hormiguear.

—Entonces ¿lo crees? —insistí. Dilo de una vez.

—Creo que está enferma, y creo que lo que tiene es contagioso —susurró Jackie, y sus manos temblorosas hicieron que los cubitos de hielo tintineasen en su vaso—. Y creo que es hora de que te vayas, corazón.

—Lo siento, no pretendía abusar de tu hospitalidad.

—Me refiero a que te vayas de Wind Gap. Aquí no estás segura.

Menos de un minuto después cerré la puerta y dejé a Jackie contemplando la foto de sí misma, que le devolvía la sonrisa insinuante desde encima de la chimenea.

14

Las piernas me temblaban tanto que estuve a punto de trastabillar y caerme en los escalones de la casa de Jackie. A mi espalda oí a sus hijos tararear el himno del equipo de fútbol americano del Calhoon. Conduje hasta la siguiente esquina, aparqué bajo un bosquecillo de moreras y apoyé la cabeza en el volante.

¿Había estado mi madre enferma de verdad? ¿Y Marian? ¿Y Amma y yo? A veces creo que la enfermedad yace agazapada en el interior de todas las mujeres, esperando el momento oportuno para aflorar. He conocido a tantísimas mujeres «enfermas» en mi vida. Mujeres con dolores crónicos, con enfermedades en fase de incubación permanente. Mujeres con «trastornos». Sí, claro, los hombres sufren fracturas óseas, dolores de espalda, pasan una o dos veces por quirófano, les extirpan las amígdalas, les insertan una reluciente cadera de plástico... A las mujeres las consume la enfermedad. No es de extrañar, teniendo en cuenta la gran cantidad de tránsito interno que soporta el cuerpo de una mujer. Tampones y espéculos. Pollas, dedos, vibradores y más cosas entre las piernas, por detrás, en la boca. A los hombres les encanta meter cosas dentro de las mujeres, ¿no es así? Pepinos, plátanos y botellas, un collar de perlas, un rotulador, un puño. Una vez un tío quiso meterme un walkie-talkie. Yo me negué.

Enfermas, más enfermas y las más enfermas. ¿Qué era real y qué era falso? ¿Estaba Amma realmente enferma y necesitaba la medicina de mi madre, o era la medicina la que hacía enfermar a

Amma? ¿Su pastilla azul me hizo vomitar o impidió que me pusiera más enferma de lo que habría estado sin ella?

¿Estaría muerta Marian si no hubiese tenido por madre a Adora?

Sabía que debía llamar a Richard, pero no se me ocurría nada que decirle. Tengo miedo. Tengo miedo justificado. Quiero morirme. Dejé atrás la casa de mi madre, seguí con el coche en dirección este hacia la granja porcina y aparqué delante del Heelah's, ese reconfortante bar sin ventanas donde cualquiera que reconociese a la hija de la jefa la dejaría muy sensatamente a solas con sus pensamientos.

El lugar apestaba a sangre de cerdo y orines; hasta las palomitas de los cuencos que había encima de la barra olían a carne. Un par de hombres con gorra de béisbol y chaqueta de cuero, bigote con las puntas hacia arriba y ceño fruncido, levantaron la vista y luego volvieron a concentrarla en sus jarras de cerveza. El camarero me sirvió mi bourbon sin mediar palabra. Por los altavoces sonaba una canción de Carole King. En mi segunda ronda, el camarero señaló a mi espalda y me preguntó:

—¿Lo está buscando?

John Keene estaba sentado con el cuerpo encorvado sobre una copa en el único reservado del establecimiento, rascando el borde astillado de la mesa. Tenía la piel blanca moteada de manchas rosadas por el licor, y por sus labios húmedos y la forma en que chascaba la lengua deduje que ya había vomitado una vez. Cogí mi copa y me senté enfrente de él, sin decir nada. Me sonrió y alargó la mano por encima de la mesa para tocar la mía.

—Hola, Camille. ¿Cómo estás? Se te ve tan guapa y tan limpia. —Miró a su alrededor—. Aquí está todo tan… sucio.

—Estoy bien, creo, John. ¿Y tú? ¿Estás bien?

—Sí, claro, estupendamente. Han asesinado a mi hermana, están a punto de arrestarme, y mi novia, que lleva pegada a mí como con cola desde que me mudé a esta ciudad de mierda, empieza a darse cuenta de que ya no soy ninguna bicoca. No es que me importe mucho en realidad. Es una buena chica, pero no…

—No te sorprende —sugerí.

—Eso. Eso es. Estaba a punto de cortar con ella antes de lo de Natalie. Ahora no puedo.

Una decisión así sería diseccionada por toda la ciudad, incluido Richard. «¿Qué significa eso? ¿Cómo demuestra eso que es culpable?»

—No pienso volver a casa de mis padres —murmuró—. Prefiero largarme al puto bosque y suicidarme antes que volver allí, con todas las cosas de Natalie mirándome.

—No te culpo.

Cogió el salero y empezó a hacerlo girar encima de la mesa.

—Eres la única persona que lo entiende, creo —dijo—. Que entiende qué se siente al perder a una hermana y que los demás esperen de ti que lo aceptes sin más. Que sigas adelante. ¿Tú lo has superado? —Pronunció las palabras con tanta amargura que pensé que la lengua se le teñiría de amarillo.

—Eso es algo que no se llega a superar nunca —repuse—. Te infecta. A mí me destrozó.

Sentaba bien decirlo en voz alta.

—¿Por qué a todo el mundo le parece tan raro que llore la muerte de Natalie?

John volcó el salero, que cayó repiqueteando al suelo. El camarero nos lanzó una mirada contrariada. Lo recogí, lo deposité en mi lado de la mesa y arrojé una pizca de sal por encima de mi hombro en nombre de ambos.

—Supongo que cuando eres joven la gente espera que aceptes las cosas más fácilmente —dije—. Y tú eres un chico. Se supone que los chicos no sois blandos.

Lanzó un resoplido.

—Mis padres me compraron un libro sobre cómo enfrentarse a la muerte: *El duelo masculino*. Decía que a veces necesitas olvidarlo, negarlo sin más. Ese sentimiento de negación puede ser bueno para los hombres, así que intenté dedicar a eso una hora y fingir que no me importaba. Y durante un rato la verdad es que no me importó. Me quedé sentado en mi habitación en casa de Meredith pensando en… chorradas. Me puse a mirar por la ventana un trocito cuadrado de cielo azul sin parar de repetir: «Todo irá bien, todo irá bien, todo irá bien». Como si fuese un crío otra vez. Y cuando acabé, supe con total seguridad que nada volvería a ir bien nunca más. Aunque atrapen al que lo hizo, nada volverá a ir bien. No sé por qué todo el mundo insiste en que nos sentiremos mejor cuando detengan al culpable. Ahora parece que al que van a detener es a mí. —Se echó a reír con un gruñido y negó con la cabeza—. Todo esto es de locos, es una puta locura. —Y luego, de sopetón—: ¿Quieres otra copa? ¿Quieres tomar otra copa conmigo?

Estaba completamente borracho, no lograba mantener la espalda recta en el asiento, pero yo nunca privaría a un compañero de penurias del alivio que supone beber hasta perder el conocimiento. A veces ese es el camino más lógico. Siempre he pensado que la sobriedad lúcida es para los que tienen un corazón más resistente. Me tomé un chupito en la barra para ponerme a su nivel y luego regresé a la mesa con dos bourbons. El mío doble.

—Es como si hubieran elegido a las dos niñas de Wind Gap con una mente y una personalidad propias y las hubiesen liquidado —dijo John. Tomó un trago de bourbon—. ¿Crees que tu hermana y mi hermana habrían sido amigas?

En ese lugar imaginario donde las dos estaban vivas, donde Marian nunca había envejecido.

—No —contesté, y de repente me dio la risa.

Él también se rió.

—Conque tu hermana muerta es demasiado buena para mi hermana muerta, ¿eh? —soltó.

Los dos nos echamos a reír otra vez, pero enseguida volvimos a ponernos serios y a concentrarnos en nuestras copas. Empezaba a estar mareada.

—Yo no maté a Natalie —susurró.

—Lo sé.

Me cogió la mano y la envolvió con la suya.

—Llevaba las uñas pintadas. Cuando la encontraron. Alguien le pintó las uñas —murmuró.

—A lo mejor se las pintó ella.

—Natalie odiaba esas cosas. Apenas si dejaba que le pasasen un cepillo por el pelo.

Silencio durante varios minutos. Carole King había dado paso a Carly Simon. Voces femeninas de resonancias folk en un bar para matarifes.

—Eres muy guapa —dijo John.

—Tú también.

John jugueteó con sus llaves en el aparcamiento y me las dio sin rechistar cuando le dije que estaba demasiado borracho para conducir. No es que yo estuviese mucho más sobria. Lo llevé en un trayecto difuminado y borroso de vuelta a la casa de Meredith, pero se puso a negar con la cabeza cuando nos aproximamos y me pidió que le llevara al motel de las afueras, el mismo donde me había alojado en el camino de ida hacia allí, un pequeño refugio donde uno podía prepararse para Wind Gap en toda su magnitud.

Condujimos con las ventanillas bajadas, el cálido aire de la noche colándose en el interior, pegándole a John la camiseta al pecho, mis mangas largas ondeando al viento. Aparte de la espesa mata de pelo de su cabeza, por lo demás era completamente lampiño, y hasta sus brazos apenas exhibían una fina pelusilla. Parecía casi desnudo, como si necesitara ponerse a cubierto.

Pagué la habitación número nueve, porque John no tenía tarjetas de crédito, y le abrí la puerta, lo senté en la cama y le serví un poco de agua tibia en un vaso de plástico. Se limitó a mirarse los pies y se negó a bebérsela.

—John, tienes que beber un poco de agua.

Apuró el agua de un trago y dejó que el vaso rodara por la cama hasta caer. Me cogió de la mano. Intenté zafarme, más por instinto que por otra cosa, pero me la sujetó con más fuerza.

—También te lo vi el otro día —dijo, trazando con el dedo la «e» de «triste», justo por debajo de mi manga izquierda. Levantó la otra mano y me acarició la cara—. ¿Puedo verlo?

—No.

Intenté zafarme de nuevo.

—Déjame verlo, Camille.

Siguió sujetándome.

—No, John. No dejo que lo vea nadie.

—A mí sí.

Me subió la manga y entrecerró los ojos, tratando de descifrar los trazos de mi piel. No sé por qué le dejé hacerlo. Tenía una expresión inquisitiva y tierna en el rostro. Yo me sentía débil por los acontecimientos del día, y estaba terriblemente harta de esconderme. Más de una década dedicada en cuerpo y alma a la ocultación: nunca había mantenido un intercambio —con un amigo, con un informante, con la cajera del supermercado— en el que no estuviese obsesionada pensando en qué cicatriz se podría revelar. Deja que John las vea. Por favor, deja que las vea. No tenía por qué esconderme de alguien que buscaba el olvido tan fervientemente como yo.

Me subió la otra manga y allí quedaron expuestos mis brazos, tan desnudos que me dejaron sin aliento.

—¿Nadie ha visto esto?

Negué con la cabeza.

—¿Cuánto tiempo llevas haciéndolo, Camille?

—Mucho tiempo.

Me miró los brazos fijamente y luego me subió aún más las mangas. Me besó en el centro de «cansada».

—Así me siento yo —dijo, recorriendo con los dedos las cicatrices hasta que se me puso la carne de gallina—. Déjame verlo todo.

Me quitó la camisa por encima de la cabeza mientras yo permanecía sentada como una niña obediente. Después me quitó los zapatos y los calcetines y me bajó los pantalones. En bragas y sujetador, tirité en la habitación congelada, el aire acondicionado paralizándome con su gelidez. John retiró la colcha, me hizo señas para que me metiera entre las sábanas y así lo hice, sintiendo al mismo tiempo un calor abrasador y un frío glacial.

Me levantó los brazos, las piernas, me tumbó de espaldas. Me leyó. Dijo las palabras en voz alta, airadas y absurdas a un tiempo: «horno», «mareo», «castillo». Se desvistió él también, como percibiendo una asimetría, arrojó la ropa al suelo haciendo una bola y siguió leyendo. «Bollo», «malicia», «maraña», «rasguño». Me desabrochó el sujetador por delante con un rápido movimiento de los dedos y me lo quitó. «Flor», «dosis», «botella», «sal». Tenía una erección. Me puso la boca en los pezones, la primera vez desde que había empezado a lesionarme en serio que permitía a un hombre hacer eso. Catorce años.

Sus manos recorrieron cada centímetro de mi piel, y yo se lo permití: la espalda, los pechos, los muslos, los hombros... Su lengua en mi boca, en el cuello, en los pezones, entre mis piernas, y luego de vuelta a la boca. Probé mi sabor en él. Las palabras permanecían en silencio. Me sentía exorcizada.

Lo guié hasta mi interior y se corrió enseguida, se le puso dura de nuevo y se corrió otra vez. Sentí sus lágrimas en mis hombros mientras se estremecía dentro de mí. Nos quedamos dormidos con los cuerpos entrelazados (una pierna asomando por aquí, un brazo debajo de una cabeza por allá) y tan solo una palabra emitió un leve murmullo: «presagio». No sabía si bueno o malo. En ese momento opté por pensar que bueno. Qué idiota.

A primera hora de la mañana, el alba hizo que las ramas de los árboles relucieran como centenares de manos diminutas al otro lado de la ventana del dormitorio. Caminé desnuda hacia el lavabo para volver a llenar nuestro vaso de agua, los dos con resaca y sedientos, y la débil luz del sol me golpeó en las cicatrices y las palabras cobraron vida de nuevo. Se había acabado el período de remisión. De forma involuntaria, el labio superior se me torció de asco al verme la piel, y me envolví con una toalla antes de volver a meterme en la cama.

John bebió un sorbo de agua, me echó la cabeza ligeramente hacia atrás y vertió un poco en mi boca; luego apuró el resto. Sus dedos tiraron de la toalla. Yo la retuve con fuerza, sujetándola firmemente como si fuera un paño de cocina sobre mis pechos, e hice un movimiento negativo con la cabeza.

—¿Qué pasa? —me susurró al oído.

—La luz implacable de la mañana —le contesté, también en un susurro—. Es la hora de romper la ilusión.

—¿Qué ilusión?

—La ilusión de que todo va a ir bien —dije, y le besé la mejilla.

—No lo hagamos todavía —replicó, y me rodeó con los brazos, con aquellos brazos delgados e imberbes: unos brazos de niño.

Me dije a mí misma esas cosas, pero lo cierto es que me sentía bien. Guapa y limpia. Apoyé la cara en su cuello y olí el aroma de su cuerpo: a licor y a loción de afeitado intensa, de la que salpica azul hielo. Cuando volví a abrir los ojos, vi las luces giratorias rojas de una sirena de policía al otro lado de la ventana.

Bang, bang, bang. La puerta retumbó como si pudiera haberse roto fácilmente.

—Camille Preaker, soy el comisario Vickery. Abra si está ahí dentro.

Recogimos la ropa desperdigada por el suelo, los ojos de John tan asustados como los de un pajarillo. El ruido de cinturones abrochándose y los susurros de las camisas que nos delatarían al otro lado de la puerta. Sonidos frenéticos, culpables. Volví a echar las sábanas por encima de la cama, me atusé el pelo con los dedos y, mientras John se colocaba en una postura torpemente despreocupada detrás de mí, con los dedos enganchados en las trabillas del pantalón, abrí la puerta.

Richard. Con una camisa blanca recién planchada, una impecable corbata de rayas y una sonrisa que se desvaneció en cuanto vio a John. Vickery estaba a su lado, rascándose el bigote como si tuviera un sarpullido debajo, mirándome primero a mí y luego a John antes de volverse y mirar fijamente a Richard de frente.

Richard no dijo nada, solo me fulminó con la mirada, se cruzó de brazos e inspiró hondo una sola vez. Estoy segura de que la habitación olía a sexo.

—Bueno, pues por lo visto estás bien —sentenció. Esbozó una sonrisa de ironía forzada. Supe que era forzada porque la piel por encima del cuello de la camisa estaba tan roja como la de un personaje de dibujos animados furioso—. ¿Tú cómo estás, John? ¿Estás bien?

—Estoy bien, gracias —respondió John, y se puso a mi lado.

—Señorita Preaker, su madre nos llamó hace unas horas al ver que no regresaba a casa —masculló Vickery—. Dijo que había estado usted un poco indispuesta, que se había caído o algo así. Estaba muy preocupada. Pero que muy preocupada. Además, con todo lo que está pasando últimamente, toda precaución es poca. Supongo que se alegrará de saber que está usted... aquí.

Formuló la última parte como una pregunta a la que yo no tenía intención de responder. A Richard le debía una explicación. A Vickery no.

—Puedo llamar yo misma a mi madre, gracias. Le agradezco que me hayan estado buscando.

Richard se miró los pies y se mordió el labio, la única vez que lo había visto verdaderamente abatido. Se me hizo un nudo en el estómago, grasiento y temeroso. Soltó aire una vez, con una prolongada y severa exhalación, apoyó las manos en las caderas, me miró fijamente y luego miró a John. Dos críos sorprendidos haciendo travesuras.

—Venga, John, te llevaremos a casa —se ofreció Richard.

—Camille puede llevarme, pero se lo agradezco, inspector Willis.

—¿Qué edad tienes, hijo? —inquirió Vickery.

—Dieciocho —contestó Richard.

—Bueno, en ese caso, que paséis un buen día —dijo Vickery; luego soltó una risilla en dirección a Richard y masculló un «Se ve que han pasado una buena noche» entre dientes.

—Te llamaré luego, Richard —dije.

Levantó una mano y la agitó desdeñosamente mientras regresaba al coche.

John y yo permanecimos en silencio durante casi todo el trayecto a casa de sus padres, donde él iba a intentar dormir un poco en la sala de juegos del sótano. Tarareó un fragmento de una tonada de be-bop de los cincuenta y repiqueteó con los dedos en la manija de la puerta del coche.

—¿Crees que esto será muy malo para nosotros? —preguntó al fin.

—Para ti puede que no sea malo. Demuestra que eres un buen chico americano, con un interés saludable por las mujeres y el sexo ocasional.

—Esto no ha sido sexo ocasional. Para mí no ha sido sexo ocasional en absoluto. ¿Y para ti?

—No, me he equivocado de palabra. Ha sido justo lo contrario —dije—. Pero soy más de diez años mayor que tú, y estoy cubriendo la noticia de un crimen en el que... Es un conflicto de intereses. Han despedido a mejores reporteros que yo por cosas así.

Era consciente de los rayos del sol de la mañana sobre mi cara, de las arrugas en las comisuras de mis ojos, de la edad que me pesaba. La cara de John, a pesar de la noche de alcohol y de la falta de sueño, estaba tersa y lisa como un pétalo.

—Anoche... tú me salvaste. Eso me salvó. Si no te hubieses quedado conmigo, habría hecho algo malo. Lo sé, Camille.

—Tú también me hiciste sentir muy segura —dije, y lo decía de corazón, pero las palabras salieron con el sonsonete impostado de mi madre.

Dejé a John a una manzana de distancia de la casa de sus padres, y su beso aterrizó en mi mandíbula al apartar bruscamente la cara en el último momento. Nadie puede demostrar que haya pasado nada, pensé en ese instante.

Volví a Main Street en coche y aparqué delante de la comisaría. Aún había una farola encendida. Eran las 5.47 de la mañana. Todavía no había ninguna recepcionista de servicio en el vestíbulo, así que llamé al timbre del mostrador. El ambientador que había cerca de mi cabeza expelía un aroma a limón justo sobre mi hombro. Volví a llamar al timbre y Richard apareció tras el panel de cristal de la pesada puerta que conducía a los despachos. Se quedó mirándome un segundo y pensé que iba a volverse y a darme la espalda; casi deseé que lo hiciese, pero entonces abrió la puerta y entró en el vestíbulo.

—¿Por dónde quieres empezar, Camille?

Se sentó en uno de los sillones acolchados y apoyó la cabeza entre las manos, con la corbata colgándole entre las piernas.

—No es lo que parecía, Richard —dije—. Ya sé que suena a tópico, pero es cierto.

Niégalo todo, niégalo todo, niégalo todo.

—Camille, cuarenta y ocho horas después de que tú y yo nos acostáramos juntos, te encuentro en una habitación de hotel con el principal sospechoso de mi investigación del asesinato de unas niñas. Aunque no sea lo que parece, sigue siendo muy malo.

—Él no lo hizo, Richard. Sé con absoluta certeza que no lo hizo él.

—¿De verdad? ¿Es eso de lo que hablabais mientras te metía la polla?

Bien, está enfadado, pensé. Sé cómo enfrentarme a eso. Mejor que a la desesperación de apoyar la cabeza entre las manos.

—No ha pasado nada de eso, Richard. Me lo encontré borracho en el Heelah's, completamente borracho, y creí que realmente podría hacerse daño a sí mismo. Lo llevé al motel porque quería quedarme a su lado y oír lo que pudiera decirme. Lo necesito para mi artículo. ¿Y sabes lo que he averiguado? Que tu investigación ha destrozado a ese chico, Richard. Y lo que es peor, pienso que tú ni siquiera crees de verdad que él lo hiciera.

Solo la última frase era totalmente cierta, y no me di cuenta de eso hasta que las palabras hubieron salido de mi boca. Richard era un tipo listo, un gran policía, extremadamente ambicioso, en su primer caso importante y con toda una comunidad clamando a gritos que se produjese alguna detención. Y todavía no había logrado nada. Si hubiese tenido contra John algo más que el mero deseo de que fuese él, lo habría detenido hacía días.

—Camille, a pesar de lo que pienses, no lo sabes todo acerca de esta investigación.

—Richard, créeme, nunca he pensado que fuera así. Nunca he sentido que fuese algo más que una intrusa de lo más inútil. Has conseguido follar conmigo y seguir siendo hermético. Contigo no hay filtraciones posibles.

—Ah, ¿así que todavía estás cabreada por eso? Creía que ya eras mayorcita.

Silencio. Una nueva oleada de fragancia de limón. Oía vagamente el tictac del reloj de plata en la muñeca de Richard.

—Deja que te demuestre lo complaciente que puedo llegar a ser —dije.

Había vuelto a activar el piloto automático, como en los viejos tiempos: estaba desesperada por rendirme a él, por hacer que se sintiera mejor, por conseguir volver a gustarle. La noche anterior me había sentido muy cómoda durante unos pocos minutos, pero la aparición de Richard en la puerta de esa habitación de hotel había hecho añicos lo que quedaba de esa calma remanente. Quería recuperarla.

Me hinqué de rodillas en el suelo y empecé a bajarle la cremallera de la bragueta. Por un segundo colocó la mano en mi nuca, pero acto seguido me agarró con brusquedad por el hombro.

—Camille, ¿qué coño estás haciendo?

Se dio cuenta de la fuerza con que me estaba agarrando y aflojó la presión antes de ayudarme a levantarme.

—Solo quiero arreglar las cosas entre nosotros.

Me puse a juguetear con un botón de su camisa y me negué a mirarlo a los ojos.

—Pues así no lo vas a conseguir, Camille —dijo. Me dio un beso casi casto en los labios—. Tienes que saberlo antes de que lleguemos más lejos. Tienes que saberlo, y punto.

Luego me pidió que me marchara.

Traté de dormir durante unas horas fugaces en la parte de atrás de mi coche. El equivalente a leer un cartel entre los vagones de un tren que pasa. Me desperté pegajosa y de mal humor. Me compré un kit con cepillo de dientes en el FaStop, además de la crema corporal y la laca más olorosas que pude encontrar. Me lavé los dientes en un lavabo de la gasolinera, me restregué la crema por las axilas y entre las piernas y me rocié el pelo con la laca. El olor resultante era una mezcla de sudor y sexo bajo una nube hinchada de fresa y aloe.

No podía volver a casa y enfrentarme a mi madre, así que absurdamente pensé que podría ponerme a trabajar. (Como si de veras fuese a escribir ese artículo. Como si no se fuese a ir absolutamente todo a la mierda.) Aún tenía fresca en la memoria la mención que había hecho Geri Shilt de Katie Lacey, por lo que decidí ir a hacerle una visita. Era voluntaria en la escuela de primaria, tanto en la clase de Natalie como en la de Ann. Mi madre también había sido voluntaria, una posición de élite y muy codiciada a la que solo las mujeres que no trabajaban podían acceder: irrumpir en las clases dos veces por semana y ayudar a organizar actividades de plástica, artesanía, música y, para las niñas, los jueves, costura. Al menos en mis tiempos había sido costura. Ahora seguramente se tratara de algo más unisex y moderno, como informática o cocina con microondas para principiantes.

Al igual que mi madre, Katie vivía en lo alto de una imponente colina. La sinuosa escalera hasta la casa se abría paso entre la hierba y estaba flanqueada por girasoles. En la cima se alzaba una catalpa de porte esbelto y elegante, la pareja femenina del corpulento roble que había a su derecha. Aún no eran las diez, pero Katie, delgada y morena, ya estaba tomando el sol en la galería, con un ventilador que la refrescaba con su brisa. El sol sin el calor. Ahora solo le faltaba averiguar cómo conseguir un bronceado sin cáncer. O al menos sin las arrugas. Me vio subiendo por la escalera, una irritante agitación en el verde intenso de su césped, y se hizo visera con la mano para divisar quién era desde los más de diez metros que nos separaban.

—¿Quién anda ahí? —preguntó.

Su pelo, del color del trigo en la época del instituto, era ahora de un rubio platino, y lo llevaba recogido en una cola en lo alto de la cabeza.

—Hola, Katie. Soy Camille.

—¡Ca-miiille! Oh, Dios mío, ahora mismo bajo.

Era un recibimiento mucho más caluroso de lo que me habría esperado de Katie, de quien no había vuelto a saber nada desde la noche de la fiesta de llorar de Angie. Sus enfados siempre iban y venían como la marea.

Se acercó dando saltitos a la puerta, sus ojos azul brillante resplandeciendo como luceros en aquella tez bronceada. Tenía los brazos morenos y escuálidos como los de una chiquilla; me recordaron a los cigarrillos franceses a los que Alan se había aficionado un invierno. Mi madre lo había confinado al sótano, que había rebautizado con grandilocuencia como su habitación de fumador. Alan no tardó en dejar el hábito y volver al redil.

Katie se había puesto por encima del biquini una camiseta sin espalda de color rosa fluorescente, de las que llevaban las chicas en South Padre a finales de la década de los ochenta, souvenirs de los concursos de Miss Camiseta Mojada en las vacaciones de primavera. Me rodeó con sus brazos untados en manteca de cacao y me hizo pasar dentro. Tampoco había aire acondicionado en la casa, igual que en la de mi madre, según me explicó, aunque sí tenían un aparato en el dormitorio principal. Las niñas, supuse, podían sudar la gota gorda. Aunque no se puede decir que estuvieran descuidadas: la totalidad del ala este semejaba un patio de juegos, con una casa de plástico amarillo, un tobogán y un caballo balancín de diseño. Nada de aquello parecía haber sido utilizado para jugar ni remotamente. Unas enormes letras de colores decoraban una pared: Mackenzie, Emma. Fotos de niñas rubias y sonrientes, con la nariz chata y los ojos vidriosos; dos muñequitas preciosas. No había un solo primer plano de sus caras; siempre estaban enfocadas de modo que se viera la ropa que llevaban en ese momento: monos de color rosa con margaritas, vestidos rojos con bombachos de topos, gorritos con lazo y mercedidas. Unas niñas monas para una ropa monísima. Acababa de crear un eslogan para las pequeñas compradoras de Wind Gap.

A Katie Lacey Brucker no parecía importarle por qué estaba yo en su casa ese viernes por la mañana. Charlamos sobre la biografía de una famosa que estaba leyendo y sobre cómo lo sucedido a JonBenet había estigmatizado para siempre a las participantes en los concursos de belleza infantiles. «Mackenzie se muere de ganas de hacer de modelo.» Bueno, es tan guapa como su madre, así que ¿quién va a reprochárselo? «Caramba, Camille, es todo un halago que digas eso… Nunca creí que me consideraras guapa.» Oh, pues claro que sí, no seas tonta. «¿Te apetece algo de beber?» Me encantaría. «No tenemos alcohol en casa.» No, claro, ya me lo he supuesto. «¿Quieres un té dulce?» Un té dulce me parece estupendo, es imposible encontrarlo en Chicago. Desde luego, esas son las pequeñas cosas que se echan de menos, tendrías que ver cómo preparan el jamón por allí arriba. Es maravilloso estar en casa.

Katie regresó con una jarrita de cristal llena de té dulce. Curioso, ya que desde el salón la había visto sacar una jarra de plástico de cinco litros de la nevera. Un toque de petulancia, seguido por un recordatorio a mí misma de que yo tampoco estaba siendo del todo sincera. De hecho, había disimulado mi propio estado natural con el intenso aroma de una planta artificial. No era solo el aloe mezclado con la fresa, sino también la leve fragancia de ambientador de limón que me emanaba del hombro.

—Este té está buenísimo, Katie. Te juro que podría beber té dulce con cada comida.

—¿Cómo preparan el jamón dulce por allí?

Escondió los pies debajo de las piernas e inclinó el cuerpo hacia delante. Me recordó al instituto, esa mirada seria, como si intentase memorizar la combinación de una caja fuerte.

Yo no como jamón, no lo he hecho desde que de niña fui a visitar la explotación familiar. Ni siquiera era día de matanza, pero la mera imagen me quitó el sueño durante varias noches: centenares de animales enjaulados, apretujados entre sí, sin espacio para moverse, el olor bronco y dulzón a sangre y mierda. Una imagen fugaz de Amma, observando atentamente aquellas jaulas.

—No le echan suficiente azúcar moreno.

—Mmm... Hablando de eso, ¿quieres que te prepare un sándwich o algo? Tengo jamón de la granja de tu madre, ternera de los Deacon, pollo de los Covey. Ah, y pavo de Lean Cuisine.

Katie pertenecía a la clase de mujeres que preferían pasarse el día yendo de aquí para allá, limpiando los azulejos de la cocina con un cepillo de dientes y sacando la borra de los tablones del suelo con un palillo, antes que hablar demasiado de un tema incómodo. Al menos estando sobria. Pese a todo, fui encauzando la conversación hacia el tema de Ann y Natalie, le garanticé el anonimato de sus declaraciones y puse en marcha mi grabadora. Las niñas eran una monería, una ricura y una preciosidad, la historia feliz de rigor. Y entonces:

—Aunque sí hubo un incidente con Ann, el día de costura. —El día de costura, aún en vigor. Resultaba reconfortante, supuse—. Pinchó a Natalie Keene en la mejilla con su aguja. Creo que quería pincharla en el ojo, ya sabes, como había hecho Natalie con aquella niña allá en Ohio. —Filadelfia—. Estaban tranquilamente sentadas la una junto a la otra... No eran amigas, iban a cursos diferentes, pero la clase de costura está abierta a todos los cursos. Ann estaba tarareando algo para sí misma y cosía como una pequeña madre en miniatura. Y entonces sucedió.

—¿Le hizo mucho daño a Natalie?

—Mmm... No, no mucho. Gracias a mí y a Rae Whitescarver, que ahora es la maestra de segundo. Antes se llamaba Rae Little, iba unos cuantos cursos por detrás de nosotras... y desde luego, no hacía honor a su apellido. Al menos no entonces; ahora ha perdido unos cuantos kilos. Bueno, el caso es que Rae y yo apartamos a Ann y vimos que Natalie tenía una aguja clavada en la mejilla, apenas dos centímetros por debajo del ojo. No lloró ni nada, se limitó a resoplar una y otra vez como un caballo furioso.

Una imagen de Ann con el pelo trasquilado, metiendo y sacando la aguja en un retal de tela, recordando una historia sobre Natalie y unas tijeras, una violencia que la convertía en alguien diferente. Y antes siquiera de pensarlo, la aguja ya está dentro de la carne, más sencillo de lo que había pensado, clavándose en el hueso en un rápido movimiento. Natalie con el metal sobresaliendo de su piel, como un arpón plateado en miniatura.

–¿Y Ann lo hizo sin ningún motivo aparente?

–Si hay algo que saqué en claro de esas dos, es que no necesitaban ningún motivo para atacar.

–¿Se metían con ellas las demás niñas? ¿Estaban sometidas a mucho estrés?

–¡Ja, ja, ja!

Era una risa de sorpresa genuina, pero le salió un perfecto e improbable «Ja, ja, ja». Como cuando un gato te mira y dice «miau».

–Bueno, yo no diría que les encantase ir a la escuela –dijo–. Pero eso deberías preguntárselo a tu hermana.

–Ya sé que dices que Amma se metía con ellas…

–Que Dios nos asista cuando vaya al instituto.

Esperé en silencio a que Katie Lacey Brucker calentase motores y empezase a hablar de mi hermana. Nada bueno, supuse. Con razón se había alegrado tanto de verme.

–¿Te acuerdas de cómo eran las cosas cuando íbamos al Calhoon? ¿Cuando todo lo que a nosotras nos gustaba se ponía de moda, y a los que no nos caían bien todo el mundo los odiaba?

Hablaba en un tono ensoñador de cuento de hadas, como si estuviera recordando una tierra de jauja, helados y conejitos. Me limité a asentir con la cabeza. Recordé un gesto especialmente cruel por mi parte: una chica muy seria y responsable llamada LeeAnn, una amiga que me quedaba de la escuela primaria, se había mostrado bastante preocupada por mi salud mental y había sugerido que tal vez estuviese deprimida. Un día que se acercó corriendo a hablar conmigo antes de clase, la rechacé desdeñosamente. Todavía me acuerdo de ella: con una pila de libros bajo el brazo, una falda con un estampado muy raro y la cabeza un tanto gacha como siempre que se dirigía a mí. Le di la espalda, le cerré el paso hacia el grupo de chicas con las que yo estaba, e hice algún chiste sobre su conservadora forma de vestir, como de monja. Las demás me siguieron la corriente. Durante el resto de la semana, fue objeto de toda clase de burlas y mofas. Se pasó los últimos dos años de instituto en compañía de los profesores durante la hora del almuerzo. Yo podría haber puesto fin a aquello con solo una palabra, pero no lo hice. Necesitaba mantenerla alejada.

—Tu hermana es como nosotras elevada al cubo. Y además tiene una vena maligna.

—¿Qué quieres decir… una vena maligna?

Katie sacó un paquete blando de cigarrillos del cajón de la mesa rinconera y se encendió uno con una cerilla larga para la chimenea. Seguía fumando a escondidas.

—Pues verás, ella y esas tres chicas, esas tres rubitas que ya tienen tetas, son las que mandan en la escuela, y Amma es la que las manda a ellas. En serio, es mala. A veces es divertido, pero la mayor parte de las veces es solo maldad. Obligan a una chica gordita a traerles el almuerzo todos los días, y antes de que se vaya, le hacen comer algo sin usar las manos, la fuerzan a enterrar la cara directamente en el plato. —Frunció la nariz, pero por lo demás no parecía excesivamente molesta—. Otro día acorralaron a una niña y la obligaron a subirse la camiseta delante de los chicos. Porque era plana. La obligaron a decir guarradas mientras lo hacía. Corre el rumor de que un día cogieron a una de sus viejas amigas, una chica llamada Ronna Deel con quien se habían enemistado, la llevaron a una fiesta, la emborracharon y… más o menos se la dieron como regalo a algunos de los chicos mayores. Montaron guardia en la puerta de la habitación hasta que los chicos acabaron de hacérselo con ella.

—Pero si apenas tienen trece años… —dije.

Pensé en lo que había hecho yo a esa edad y por primera vez me di cuenta de lo ofensivamente joven que era entonces.

—Son niñas precoces. Nosotras también hicimos unas cuantas salvajadas cuando no éramos mucho mayores que ellas.

La voz de Katie se volvió más ronca con el humo del cigarrillo. Lo exhaló, y miró cómo quedaba suspendido en una nube azulada por encima de nuestras cabezas.

–Nunca hicimos algo tan cruel.

–Pero nos acercamos muy peligrosamente, Camille. –Tú sí, yo no.

Nos miramos a los ojos un momento, evaluando tácitamente nuestros juegos de poder.

–Bueno, el caso es que Amma se metía mucho con Ann y Natalie –dijo Katie–. Fue un detalle que tu madre se interesara tanto por ellas.

–Mi madre daba clases particulares a Ann, lo sé.

–Huy, sí. Trabajaba con ellas como madre voluntaria, las invitaba a tu casa y les daba de comer después de clase. A veces iba incluso a la hora del recreo y la veías al otro lado de la valla, observando cómo jugaban.

Una imagen de mi madre, con los dedos aferrados a la valla de alambre, mirando al interior del patio con avidez. Una imagen de mi madre de blanco, de un blanco cegador, agarrando a Natalie con un brazo y llevándose un dedo a los labios para pedir silencio a James Capisi.

–¿Hemos acabado? –preguntó Katie–. Es que estoy un poco cansada de hablar de todo esto. –Apagó el botón de la grabadora–. Bueno, me han llegado rumores acerca de ti y de ese poli guapo –añadió sonriendo.

Se le soltó un mechón de pelo de la cola de caballo y de pronto me acordé de ella, con la cabeza inclinada sobre los pies, pintándose las uñas y preguntándome por mí y uno de los jugadores de baloncesto que había querido para ella. Intenté no estremecerme ante la mención de Richard.

–Bah, rumores, rumores… –repuse sonriendo–. Un tipo soltero, una chica soltera… Mi vida no es ni de lejos tan interesante.

–Pues John Keene no diría lo mismo.

Sacó otro cigarrillo, lo encendió, inhaló y exhaló el humo mientras me miraba fijamente con aquellos ojos azules de porcelana. No hubo sonrisa esta vez. Sabía que aquello podía hacerse de dos maneras. Podía darle unas migajas de información y hacerla feliz; si la historia ya había llegado a oídos de Katie a las diez, el resto de Wind Gap se enteraría hacia mediodía. O también podía negarlo todo y correr el riesgo de que se enfadara y se negara a seguir colaborando. Ya tenía la entrevista y, desde luego, me importaba un bledo seguir contando con el dudoso honor de su amistad.

—Bah, más rumores. La gente se aburre mucho por aquí; debería encontrar mejores pasatiempos.

—¿De verdad? Pues a mí me ha parecido muy típico de ti. Siempre has estado muy dispuesta a pasar un buen rato.

Me levanté, más que lista para irme. Katie me siguió afuera, mordiéndose el interior de los carrillos.

—Gracias por tu tiempo, Katie. Me he alegrado mucho de verte.

—Y yo de verte a ti, Camille. Disfruta del resto de tu estancia aquí.

Ya había salido por la puerta y empezaba a bajar los escalones cuando volvió a llamarme.

—¿Camille? —Me volví y vi a Katie con la pierna izquierda doblada hacia dentro, como si fuera una niña pequeña, un gesto que ya tenía incluso en el instituto—. Un consejo de amiga: ve a casa y date una ducha. Apestas.

Me fui a casa. El cerebro me mostraba una imagen tras otra de mi madre, todas ellas premonitorias. «Presagio.» La palabra volvió a palpitarme en la piel. La imagen fugaz de Joya con el pelo enmarañado y las uñas largas, arrancando tiras de piel a mi madre. La imagen fugaz de mi madre y sus pastillas y sus pociones, cortándome el pelo. La imagen fugaz de Marian, ahora toda huesos en un ataúd, un lazo de raso blanco atado alrededor de unos tirabuzones rubios resecos, como un ramo de flores marchitas. Mi madre ocupándose de aquellas chiquillas violentas. O intentando hacerlo.

Natalie y Ann no parecían de las que les gusta mucho eso. Adora odiaba a las niñas que no se sometían a su peculiar forma de mimarlas. ¿Le habría pintado las uñas a Natalie antes de estrangularla? ¿Después?

Estás loca por pensar lo que estás pensando. Estás loca si no lo piensas.

15

Había tres bicicletas pequeñas de color rosa aparcadas en el porche, adornadas con tres cestitas de mimbre y con varias cintas atadas al manillar que ondeaban al viento. Miré en una de las cestas y vi una barra extragrande de brillo de labios y un porro en una bolsita de sándwich.

Me colé por una puerta lateral y subí la escalera sin hacer ruido. Las chicas estaban en el cuarto de Amma, riéndose a carcajadas y soltando grititos de entusiasmo. Abrí la puerta sin llamar. Brusco, pero no podía soportar la idea de ese murmullo de movimientos clandestinos, esas prisas por adoptar una pose de inocencia angelical para los adultos. Las tres rubias estaban de pie en un corro alrededor de Amma, los pantalones cortos y las minifaldas exhibiendo sus piernas de palillo afeitadas. Amma estaba en el suelo trajinando con la casa de muñecas, con un tubo de pegamento fuerte a su lado y el pelo recogido en la coronilla y atado con un enorme lazo azul. Volvieron a soltar unos grititos cuando dije hola, y esbozaron unas sonrisas escandalizadas y entusiastas, como pajarillos asustados.

−Hola, Mille −dijo Amma, que ya no llevaba ninguna venda pero parecía dolorida y febril−. Solamente estamos jugando a las muñecas. ¿A que tengo la casa de muñecas más bonita del mundo?

Hablaba con voz almibarada, modulada como la de una niña de un programa familiar de televisión de los cincuenta. Era difícil reconocer en aquella Amma a la que me había dado drogas hacía solo dos noches. Mi hermana, que supuestamente había entregado a sus amigas a los chicos mayores solo por diversión.

—Sí. Camille, ¿a que te encanta la casa de muñecas de Amma? —repitió la rubia broncínea con voz ronca.

Jodes era la única que no me miraba. En vez de eso contemplaba fijamente el interior de la casa de muñecas, como si pudiese meterse dentro con solo desearlo.

—¿Te encuentras mejor, Amma?

—Huy, sí, querida hermanita —exclamó ella, pletórica—. Espero que tú también te encuentres bien.

Las chicas volvieron a estallar en risas y grititos, provocándome un estremecimiento. Cerré la puerta, enfadada con ese juego que no entendía.

—¡A lo mejor deberías llevarte contigo a Jodes! —gritó una de ellas desde detrás de la puerta cerrada.

Jodes no iba a durar mucho en el grupo.

Preparé un baño de agua caliente pese al calor —hasta la porcelana de la bañera tenía un tono rosáceo— y me metí dentro, desnuda, con el mentón en las rodillas mientras el agua iba envolviéndome poco a poco. La habitación olía a jabón de menta y al aroma viscoso y dulzón del sexo femenino. Sentía escozor después de tanta actividad, y era una sensación muy agradable. Cerré los ojos, me hundí en el agua y dejé que me entrara en los oídos. «Sola.» Deseé haber grabado eso en mi piel, sorprendida de pronto de que esa palabra no decorase mi cuerpo. El círculo desnudo de cuero cabelludo que me había dejado Adora se me erizó de golpe, como ofreciéndose voluntario para la tarea. También sentí enfriarse mi cara, y abrí los ojos y descubrí a mi madre asomada por encima del óvalo del borde de la bañera, con el pelo largo y rubio enmarcándole la cara.

Me incorporé, me tapé los pechos y al hacerlo le salpiqué de agua el vestido rosa de algodón a cuadros.

—¿Dónde has estado, cariño? Estaba totalmente desesperada. Habría salido en tu busca yo misma, pero Amma ha pasado una mala noche.

—¿Qué le pasaba a Amma?

—¿Dónde estuviste anoche?

—¿Qué le pasaba a Amma, mamá?

Hizo ademán de tocarme la cara y yo di un respingo. Frunció el ceño e insistió de nuevo, me dio unas palmaditas en la mejilla y me alisó el pelo húmedo hacia atrás. Cuando retiró la mano, pareció asombrada porque estuviese mojada, como si se hubiese estropeado la piel.

—Tuve que ocuparme de ella —dijo lacónicamente. Se me puso la carne de gallina en los brazos—. ¿Tienes frío, cielo? Tus pezones están duros.

Llevaba un vaso de leche levemente azulada en la mano y me lo ofreció en silencio. O la bebida me enferma y así sabré que no estoy loca, o no me hace nada y sabré que soy una persona odiosa. Me bebí la leche mientras mi madre tarareaba y se pasaba la lengua por el labio inferior, un gesto tan ferviente que era casi obsceno.

—Nunca fuiste buena de pequeña —dijo—. Siempre fuiste muy testaruda. Quizá ese carácter tan fuerte se haya suavizado un poco. En el buen sentido. En el sentido necesario.

Se marchó y esperé en la bañera durante una hora a que pasara algo: dolor de estómago, mareo, fiebre... Me quedé tan inmóvil como cuando viajo en avión y tengo miedo de que un movimiento brusco nos haga entrar en barrena. Nada. Amma estaba en mi cama cuando abrí la puerta.

—Eres asquerosa —dijo, con los brazos cruzados con aire indolente—. No me puedo creer que te hayas tirado a un asesino de niñas. Eres tan repugnante como dijo ella.

—No escuches a mamá, Amma; no es una persona de fiar. Y no... —¿Qué? ¿No tomes nada de lo que te dé? Dilo si es eso lo que piensas, Camille—. No la tomes conmigo ahora, Amma. En esta familia somos muy dados a herirnos con una rapidez asombrosa.

—Háblame de su polla, Camille. ¿La tiene bonita?

Empleaba el mismo tono falso y empalagoso que antes, pero esta vez no se mostraba distante. Se retorcía bajo mis sábanas, con la mirada un poco desencajada y el rostro encendido.

—Amma, no quiero hablar de eso contigo.

—Hace unas noches no parecías tan adulta, hermanita. ¿Es que ya no somos amigas?

—Amma, tengo que descansar un poco.

—Una noche dura, ¿eh? Bien, pues espera, porque va a ir de mal en peor.

Me dio un beso en la mejilla, salió de la cama y se marchó con sus grandes sandalias de plástico resonando por el pasillo.

Al cabo de veinte minutos empezaron los vómitos, calambres punzantes y sudorosos con los que imaginaba a mi estómago contrayéndose y explotando como en un ataque al corazón. Me senté en el suelo junto al váter entre espasmos, apoyando la espalda en la pared y con una camiseta pequeña por toda vestimenta. Fuera oía a las urracas peleándose. Dentro, mi madre gritaba el nombre de Gayla. Una hora más tarde seguía vomitando, una bilis verdosa que me salía como un jarabe espeso, lenta y pesadamente.

Me puse algo de ropa y me cepillé los dientes con sumo cuidado, porque si me metía el cepillo demasiado dentro me daban arcadas de nuevo.

Alan estaba sentado en el porche delantero de la casa leyendo un libro encuadernado en piel con el sencillo título de *Caballos*. En el brazo de su mecedora descansaba un cuenco de vidrio soplado y rugoso de color naranja, con un trozo de pudin verde en medio. Llevaba un traje de hilo azul y un panamá en la cabeza. Estaba tan sereno como el agua de un estanque.

—¿Sabe tu madre que vas a salir?

—Volveré enseguida.

—Te has portado mucho mejor con ella últimamente, Camille, y te doy las gracias por ello. Parece estar mucho más tranquila. Hasta su trato con… Amma es mucho más suave.

Siempre parecía hacer una pausa antes de pronunciar el nombre de su propia hija, como si tuviera una connotación ligeramente sucia.

—Bien, Alan, bien.

—Espero que tú también te sientas mejor contigo misma, Camille. Eso es algo muy importante, gustarse a uno mismo. Una buena actitud se contagia tan fácilmente como una mala.

—Que disfrutes de los caballos.

—Siempre lo hago.

El trayecto a Woodberry estuvo marcado por varios volantazos hasta la cuneta, donde arrojé más bilis y un poco de sangre. Tres paradas en total, una en la que vomité contra la portezuela del coche, incapaz de abrirla lo bastante rápido. Usé mi vaso de vodka con refresco de fresa caliente para limpiarlo.

El hospital de Saint Joseph en Woodberry era un enorme cubo de ladrillo dorado, con una cuadrícula de ventanas de cristales color ámbar. Marian lo llamaba «el gofre». En general era un lugar muy tranquilo: si vivías más hacia el oeste, cuando enfermabas ibas a Poplar Bluff; si vivías más al norte, ibas a Cape Girardeau. Solo ibas a Woodberry si estabas atrapado en el talón de la bota de Missouri.

Una mujer corpulenta, con un busto cómicamente redondeado, señaló el letrero de «No molestar» desde detrás del mostrador de información. Me quedé allí de pie, esperando. La mujer fingió seguir enfrascada en su lectura. Me acerqué un poco más. Recorrió con el dedo índice cada línea de la revista que tenía en las manos y siguió leyendo.

—Perdone —dije, con un tono en el que la mezcla de superioridad y condescendencia me disgustó incluso a mí.

Tenía bigote y las yemas de los dedos amarillentas por la nicotina, a juego con los caninos parduzcos que le asomaban por debajo del labio superior. «La imagen que ofreces a los demás les dice a los demás cómo deben tratarte», solía decir mi madre cada vez que yo me resistía a acicalarme. A aquella mujer no se la podía tratar bien.

—Necesito localizar unos historiales médicos.

—Tiene que solicitárselos a su médico.

—Son de mi hermana.

—Pues dígale a su hermana que se los solicite a su médico.

Pasó la página de su revista.

—Mi hermana está muerta.

Había maneras más suaves de decir aquello, pero quería que aquella mujer reaccionase. Aun así, me prestó su atención a regañadientes.

—Vaya, le doy el pésame. ¿Murió aquí?

Asentí.

—Ingresó cadáver. Pasó por las emergencias de este hospital muchas veces y su médico estaba aquí.

—¿Fecha de la muerte?

—El 1 de mayo de 1988.

—Dios… De eso hace mucho tiempo. Espero que sea una mujer paciente.

Cuatro horas más tarde, después de dos peleas a gritos con sendas enfermeras abúlicas, un coqueteo desesperado con un administrador pálido y velludo, y tres visitas al baño para vomitar, me depositaron en el regazo todos los expedientes de Marian.

Había uno por cada año de su vida, cada vez más gruesos. No logré descifrar la mitad de los garabatos de los médicos, muchos relacionados con pruebas solicitadas y realizadas que no habían servido para nada. Escáneres cerebrales y escáneres cardíacos. Un procedimiento por el que se introducía una cámara por la garganta de Marian para examinar su estómago mientras se le inyectaba un contraste. Monitores cardíacos para la apnea. Posibles diagnósticos: diabetes, soplo cardíaco, reflujo gastroesofágico, trastorno hepático, hipertensión pulmonar, depresión, enfermedad de Crohn, lupus. Entonces, un folio de papel de carta de un rosa femenino, grapado a un informe en el que se documentaba la estancia hospitalaria de una semana para las pruebas de estómago. Muy correcto, con una cursiva redondeada, pero airado: el bolígrafo había dejado profundamente marcada en el papel cada una de las palabras. Decía así:

Soy una enfermera que ha estado al cuidado de Marian Crellin durante las pruebas que le han sido practicadas esta semana, así como durante sus anteriores ingresos hospitalarios. Tengo la firme convicción [la palabra «firme» había sido subrayada dos veces] de que esta niña no está enferma en absoluto. Creo que, si no fuera por su madre, estaría completamente sana. La niña muestra síntomas de enfermedad después de estar a solas con su madre, incluso los días en los que se encontraba bien hasta el momento de la visita de esta. La madre no muestra ningún interés por Marian cuando esta está bien y, de hecho, parece castigarla por ello. La madre solo abraza a su hija cuando está enferma o llorando. Yo misma y otras enfermeras, que por razones de política interna prefieren no firmar con sus nombres esta carta, estamos firmemente convencidas de que la niña, así como su hermana, deberían ser separadas de su madre para someterlas a observación.

Beverly van Lumm

Indignación justificada. Nos habrían venido muy bien más cartas como esa. Me imaginé a Beverly van Lumm, pechugona y de labios prietos, con el pelo recogido en un moño firme, escribiendo la carta en la habitación de al lado después de ser obligada a dejar a una lánguida Marian en los brazos de mi madre, sabiendo que era solo cuestión de tiempo que Adora reclamara la atención de una enfermera.

Una hora más tarde localicé a la enfermera en el ala de pediatría, que en realidad no era más que una habitación grande en la que había cuatro camas, dos de ellas vacías. Una niña pequeña leía plácidamente, mientras el crío que había a su lado dormía en posición erguida, con el cuello sujeto por un soporte metálico que parecía atornillado a su columna vertebral.

Beverly van Lumm no se parecía en nada a como la había imaginado. Rondaba casi los sesenta y era menuda, con el pelo plateado muy corto. Llevaba unos pantalones de enfermera con estampado de flores y una chaqueta azul eléctrico, con un bolígrafo sujeto detrás de la oreja. Cuando me presenté, pareció acordarse de mí de inmediato y no mostró sorpresa alguna porque hubiese aparecido al fin.

—Me alegro tanto de volver a verte después de todos estos años, a pesar de las circunstancias... —dijo con voz afectuosa y grave—. A veces sueño despierta que la propia Marian en persona viene aquí a verme, una mujer ya hecha y derecha, con un hijo o dos. Es peligroso soñar despierta.

—He venido a verla porque he leído su nota.

Soltó un resoplido y puso el tapón a su bolígrafo.

—Total, para lo que sirvió... Si no hubiese sido tan joven ni temerosa, ni me hubiese sentido tan intimidada por los grandes *docteurs* de por aquí, habría hecho algo más que escribir una nota. Porque en aquella época, acusar a una madre de una cosa así era algo casi inaudito. Por poco me echan del hospital. Nunca quieres llegar a creer tal cosa, parece algo sacado de un cuento de los hermanos Grimm, el SMP.

—¿SMP?

—El Síndrome de Munchausen por Poderes. La cuidadora, por lo general la madre, bueno, casi siempre la madre, hace enfermar a su hijo para atraer la atención sobre sí misma. Si padeces el síndrome de Munchausen, te pones enferma para llamar la atención, mientras que si tienes SMP, haces caer enfermo a tu hijo para que todos vean lo buena, abnegada y solícita madre que eres. Los hermanos Grimm... ¿entiendes a lo que me refiero? Eso es algo que sería capaz de hacer la madrastra mala de un cuento. Me sorprende que no hayas oído hablar nunca de esa enfermedad.

—Me resulta familiar —dije.

—Se está convirtiendo en un trastorno muy conocido. Hasta popular. A la gente le encanta todo lo nuevo y repulsivo. Como con la anorexia en los ochenta. Cuantas más películas emitían en la tele sobre el tema, más chicas se morían de hambre. Pero tú siempre parecías estar bien. Me alegro.

—Estoy bien, básicamente. Tengo otra hermana, una niña que nació después de Marian, que me preocupa.

—Y debería preocuparte. Con una madre con SMP… no compensa ser la favorita. Tienes suerte de que tu madre no se interesara mucho por ti.

Un hombre con un mono verde brillante pasó a toda velocidad por el pasillo en una silla de ruedas, seguido por dos tipos gordos vestidos igual que no paraban de reír.

—Estudiantes de medicina —explicó Beverly, poniendo los ojos en blanco.

—¿Y hubo algún médico que hiciera un seguimiento de su informe?

—Yo lo llamé informe, pero ellos lo vieron como una nimiedad infantil propia de una enfermera excesivamente celosa con su trabajo. Como ya he dicho antes, eran otros tiempos. A las enfermeras ahora se les tiene un poco más de respeto, pero solo un poco. Y para ser del todo sincera, Camille, no insistí. Acababa de divorciarme, necesitaba conservar mi trabajo y, en el fondo, lo que quería era que alguien me dijera que me equivocaba. Con una cosa así, necesitas creer que estás equivocada. Cuando murió Marian, me pasé tres días bebiendo. La enterraron antes de que pudiese ponerme a indagar de nuevo, de que le preguntase al jefe de pediatría si había visto mi nota. Me dijeron que me tomara la semana libre. Yo era una de esas mujeres histéricas.

De repente, los ojos me empezaron a escocer y se me humedecieron. Beverly me cogió la mano.

—Lo siento, Camille.

—Dios, estoy tan enfadada… —Las lágrimas empezaron a resbalarme por las mejillas y me las limpié con el dorso de la mano, hasta que Beverly me dio un paquete de pañuelos de papel—. Por dejar que sucediese. Por haber tardado todo este tiempo en atar cabos.

—Bueno, cariño, es tu madre. No puedo imaginarme lo que debe de ser para ti asimilar algo así. Al menos ahora parece que se va a hacer justicia. ¿Cuánto tiempo lleva ese inspector investigando el caso?

—¿Inspector?

—Willis, ¿verdad? Un chico muy guapo, y muy listo. Fotocopió hasta la última página de los expedientes de Marian y me sometió a un auténtico interrogatorio. No me dijo que hubiese otra niña en peligro, pero sí me dijo que tú estabas bien. Creo que le gustas... se aturulló y se puso muy nervioso cuando te mencionó.

Dejé de llorar, hice una bola con los pañuelos de papel y los tiré a la papelera que había junto a la niña que leía. La cría miró dentro con curiosidad, como si acabase de llegar el correo. Le di las gracias a Beverly y me dirigí afuera, sintiendo una rabia incontenible y una necesidad imperiosa de ver cielo azul.

Beverly me alcanzó en la puerta del ascensor y me tomó ambas manos entre las suyas.

—Saca a tu hermana de esa casa, Camille. No está segura allí.

Entre Woodberry y Wind Gap había un bar para motoristas junto a la salida número cinco, un lugar donde vendían packs de seis cervezas sin pedir documentación. Había ido allí un montón de veces en la época del instituto. Junto a los dardos había un teléfono público. Cogí un puñado de monedas y llamé a Curry. Eileen respondió, como de costumbre, con esa voz suave y firme como una roca. Rompí a llorar antes de acertar a decir poco más que mi nombre.

—Camille, cariño, ¿qué pasa? ¿Estás bien? Pues claro que no estás bien. Oh, lo siento muchísimo. Le dije a Frank que te sacara de ahí después de tu última llamada. ¿Qué ha pasado?

Seguí llorando sin parar; ni siquiera se me ocurría qué decir. Un dardo se clavó en la diana con un ruido sordo.

—¿No estarás... lesionándote otra vez? ¿Camille? Cariño, me estás asustando.

—Mi madre... —dije, antes de volver a derrumbarme.

Respiraba entrecortadamente entre sollozos que arrancaban de lo más hondo de mis entrañas y me obligaban prácticamente a doblarme hacia delante.

—¿Tu madre? ¿Tu madre está bien?

—Nooo… —Un prolongado alarido como el de un niño.

Una mano tapando el auricular y el murmullo urgente de Eileen pronunciando el nombre de Frank, las palabras «Ha pasado algo… horrible», un silencio de dos segundos y el estrépito de un cristal al romperse. Curry se había levantado demasiado deprisa de la mesa y su vaso de whisky se había caído al suelo. Solo era una suposición.

—Camille, háblame, ¿qué ha pasado?

La voz de Curry era brusca y apremiante, como unas manos sobre mis brazos zarandeándome.

—Sé quién lo hizo, Curry —dije al fin con un hilo de voz—. Lo sé.

—Bueno, pero ese no es motivo para llorar, Cachorrilla. ¿La policía ha detenido ya a alguien?

—Todavía no. Yo sé quién lo hizo.

Un golpe sordo en la diana.

—¿Quién? Camille, háblame.

Apreté el auricular contra mi boca y susurré:

—Mi madre.

—¿Quién? Camille, habla más alto. ¿Estás en un bar?

—¡Mi madre lo hizo! —grité al teléfono, y las palabras azotaron el aire salpicándolo todo.

Se produjo un silencio demasiado prolongado.

—Camille, has estado sometida a mucho estrés, y yo me equivoqué terriblemente al enviarte ahí tan poco tiempo después de… Ahora quiero que vayas al aeropuerto más cercano y cojas el primer avión de vuelta. No recojas tus cosas, deja tu coche y vuelve a casa. Ya nos encargaremos después de todo lo demás. Carga el billete en tu tarjeta, ya te daré el dinero cuando vuelvas a casa. Pero tienes que volver a casa ahora mismo.

«A casa, a casa, a casa…», como si intentara hipnotizarme.

—Nunca más tendré una casa —gimoteé, y me eché a llorar de nuevo—. Tengo que solucionar esto, Curry.

Colgué el teléfono justo cuando me ordenaba que no lo hiciese.

Localicé a Richard en Gritty's, tomando una cena tardía. Estaba leyendo unos recortes de un periódico de Filadelfia sobre la agresión de Natalie con las tijeras. Me saludó de mala gana con la cabeza cuando me senté delante de él, bajó la vista hacia sus grasientas gachas con queso y luego volvió a levantarla para escrutar mi cara hinchada.

—¿Estás bien?

—Creo que mi madre mató a Marian, y creo que también mató a Ann y a Natalie. Y me consta que tú también lo crees. Acabo de volver de Woodberry, hijo de puta.

La tristeza se había transformado en furia en algún punto entre la salida cinco y la dos.

—No me puedo creer que todo el tiempo que has estado conmigo lo único que querías era tratar de sacarme información sobre mi madre. ¿Qué clase de retorcido hijo de puta eres?

Estaba temblando, las palabras me salían balbuceantes de la boca.

Richard sacó un billete de diez dólares de la cartera, lo puso debajo del plato, se acercó a mi lado de la mesa y me cogió del brazo.

—Vamos fuera, Camille. Este no es lugar para hablar.

Me llevó fuera del local hasta el coche, por el lado del acompañante, con su brazo aún sobre el mío, y me hizo subir.

Condujo en silencio colina arriba, levantando la mano cada vez que yo intentaba decir algo. Al final le di la espalda y me volví hacia la ventanilla, y vi pasar los bosques a toda velocidad en una ráfaga verde azulada.

Aparcamos en el mismo lugar donde habíamos estado contemplando el río semanas atrás. Las aguas fluían por debajo de nosotros en la oscuridad, la corriente atrapando retazos de luz de luna. Era como ver un escarabajo abriéndose paso entre la hojarasca del otoño.

—Ahora es mi momento de soltar tópicos —dijo Richard, ofreciéndome su perfil—. Sí, al principio me interesé por ti porque me interesaba tu madre. Pero luego me enamoré de ti de verdad. Todo lo que puede uno enamorarse de alguien tan hermético como tú. Y, por supuesto, entiendo por qué. Al principio pensé en someterte a un interrogatorio formal, pero no sabía qué tipo de relación tenías con Adora, no quería que la pusieras sobre aviso. Y tampoco estaba seguro de que fuera ella, Camille. Quería tiempo para analizarla con un poco más de detenimiento. Al principio solo era una corazonada. Una simple corazonada. Todo eran chismes y habladurías por aquí y por allá, sobre ti, sobre Marian, sobre Amma y tu madre. Pero lo cierto es que las mujeres no encajan en el perfil de esta clase de asesinatos. No en los asesinatos en serie de niñas. Luego empecé a verlo todo desde un ángulo distinto.

—¿Cómo? —Mi voz inerte y apagada como metal de desguace.

—Fue ese crío, James Capisi. Siempre acababa volviendo a él y a esa mujer, la bruja mala del cuento. —Ecos de Beverly y los hermanos Grimm—. Todavía sigo sin creer que viera realmente a tu madre, pero creo que recordó algo, un sentimiento o un temor inconsciente dirigido a esa persona. Luego empecé a pensar: ¿qué clase de mujer mataría a unas niñas y luego les quitaría los dientes? Una mujer que quisiese el control absoluto y definitivo, una mujer cuyo instinto maternal hubiese fracasado rotundamente. Tanto Ann como Natalie recibieron… cuidados maternales antes de ser asesinadas. Los padres de ambas advirtieron detalles muy raros en ellas. Las uñas de Natalie estaban pintadas de un rosa brillante. A Ann le habían afeitado las piernas. Y a las dos les aplicaron pintalabios en algún momento.

—¿Y qué pasa con los dientes?

—¿Acaso la mejor arma de una chica no es su sonrisa? —dijo Richard. Se giró por fin hacia mí—. Y en el caso de ambas niñas, también un arma en el sentido literal de la palabra. Tu historia sobre las mordeduras me hizo verlo todo con mucha más claridad. La asesina era una mujer a la que molestaba que las mujeres fueran fuertes; lo veía como algo vulgar. Trató de hacerles de madre a esas niñas, de dominarlas, de convencerlas para que adoptasen su misma visión de las cosas. Cuando ellas la rechazaron, cuando se rebelaron contra eso, la asesina se sintió ultrajada y decidió que las niñas tenían que morir. El estrangulamiento es la máxima expresión de dominación. Una muerte a cámara lenta. Un día en mi despacho, después de escribir el perfil, cerré los ojos y vi la cara de tu madre. La violencia súbita, su cercanía a las niñas muertas… No tiene coartada para ninguna de las dos noches. A ello hay que añadir la sospecha de Beverly van Lumm con respecto a Marian. Aunque todavía tendremos que exhumar el cadáver de Marian para ver si podemos obtener pruebas más concluyentes. Restos de veneno o algo así.

—Déjala tranquila.

—No puedo, Camille. Sabes que es lo correcto. Seremos muy respetuosos con ella.

Me puso la mano en el muslo. No en la mano ni en el hombro, sino en el muslo.

—¿Llegó a ser John realmente sospechoso en algún momento?

—Su nombre siempre aparecía rondando por ahí. Vickery estaba como obsesionado con él. Suponía que si Natalie tenía inclinaciones violentas, John también debía de tenerlas. Además, él no era de aquí, y ya sabes lo sospechosos que resultan los forasteros.

—Richard, ¿tienes alguna prueba real sobre mi madre? ¿O son todo suposiciones?

—Mañana obtendremos la orden para registrar su casa. Seguro que ha guardado los dientes. Te digo esto por deferencia hacia ti. Porque te respeto y confío en ti.

—Ya —dije. «Enamorarse» se encendió en mi rodilla izquierda—. Tengo que sacar a Amma de esa casa.

—Esta noche no ocurrirá nada. Tienes que ir allí y actuar como si no ocurriera nada. Compórtate con la máxima naturalidad posible. Puedo tomarte declaración mañana; será de gran ayuda para el caso.

—Nos ha estado haciendo daño a mí y a Amma. Nos ha estado drogando o envenenando. Algo.

Volví a sentir náuseas.

Richard retiró la mano de mi muslo.

—Camille, ¿por qué no dijiste nada antes? Podríamos haberte hecho pruebas. Eso habría sido muy útil para el caso, maldita sea.

—Gracias por preocuparte tanto por mí, Richard.

—¿Te han dicho alguna vez que eres demasiado susceptible, Camille?

—Nunca.

Gayla estaba de pie en la puerta, un fantasma vigilante en nuestra casa de lo alto de la colina. Desapareció en un abrir y cerrar de ojos, y cuando aparqué en el garaje descubierto, la luz del comedor se encendió.

Jamón. Lo olí antes de llegar a la puerta. Junto con hojas de col y maíz. Estaban todos sentados muy quietos, como actores antes de que se alzara el telón. Escena: la hora de la cena. Mi madre ocupando la cabecera de la mesa, Alan y Amma cada uno a un lado, y un sitio para mí en el extremo opuesto. Gayla me retiró la silla para que me sentara y, sin hacer apenas ruido, volvió a la cocina vestida con su atuendo de enfermera. Yo estaba harta de ver enfermeras. Bajo los tablones del suelo, la lavadora retumbaba sin cesar, como siempre.

—Hola, querida, ¿has tenido un buen día? —exclamó mi madre en voz demasiado alta—. Siéntate, te hemos estado esperando para cenar. He pensado que podríamos cenar todos en familia, ya que te marchas dentro de poco.

—Ah, ¿sí?

—Parece ser que van a detener a tu amiguito, cariño. No me digas que estoy mejor informada que la reportera…

Se volvió hacia Alan y Amma y sonrió como una agradable anfitriona pasando los aperitivos. Hizo sonar su campanilla y Gayla trajo el jamón, que temblaba como gelatina, en una bandeja de plata. Una rodaja de piña resbaló hacia un lado, dejando un reguero pegajoso.

—Córtalo tú, Adora —propuso Alan al ver las cejas arqueadas de mi madre.

Los mechones de pelo rubio revolotearon alrededor de la bandeja mientras mi madre cortaba rodajas de un dedo de grosor y las distribuía en nuestros platos. Negué con la cabeza cuando Amma me ofreció una ración y se lo pasó a Alan.

—No quiere jamón —masculló mi madre—. Todavía no has superado esa fase, Camille.

—¿La fase de que no me guste el jamón? No, no la he superado.

—¿Crees que ejecutarán a John? —me preguntó Amma—. ¿Tu John en el corredor de la muerte?

Mi madre la había ataviado con un vestido blanco con lacitos rosa y le había hecho unas trenzas muy apretadas a ambos lados. La ira emanaba de ella como si fuese hedor.

—En Missouri existe la pena de muerte —contesté—, y desde luego esta es la clase de crímenes por los que se pide la pena capital, si es que hay algo que la merezca.

—¿Todavía tenemos silla eléctrica? —quiso saber Amma.

—No —respondió Alan—. Y ahora cómete la carne.

—La inyección letal —murmuró mi madre—. Como cuando se pone a dormir a un gato.

Me imaginé a mi madre atada a una camilla, intercambiando las cortesías de rigor con el médico antes de que este le clavara la aguja. Muy apropiado, la muerte de mi madre por una aguja envenenada.

—Camille, si pudieses ser cualquier personaje de cuento, ¿cuál te gustaría ser? —preguntó Amma.

—La Bella Durmiente.

Pasarse la vida sumida en sueños… Sonaba demasiado maravilloso.

—Pues yo sería Perséfone.

—No sé quién es —dije.

Gayla me sirvió unas hojas de col en el plato, y también maíz. Me obligué a comer, un grano cada vez, sintiendo el flujo de las arcadas con cada mordisco.

—Es la Reina de los Muertos —me explicó Amma sonriendo—. Era tan hermosa que Hades la raptó y se la llevó al inframundo para que fuera su esposa. Pero su madre era tan poderosa que obligó a Hades a devolverle a Perséfone, aunque solo seis meses cada año. Así que pasa la mitad de su vida con los muertos y la otra mitad con los vivos.

—Amma, ¿por qué ibas a querer convertirte en semejante criatura? —exclamó Alan—. A veces eres realmente siniestra.

—Me da lástima Perséfone porque, incluso cuando vuelve con los vivos, la gente le tiene miedo por el lugar donde ha estado —dijo Amma—. E incluso cuando está con su madre, no es verdaderamente feliz, porque sabe que tiene que volver al inframundo.

Sonrió a Adora, se metió un trozo enorme de jamón en la boca y luego soltó un pequeño graznido.

—¡Gayla, necesito azúcar! —gritó en dirección a la puerta.

—Usa la campanilla, Amma —la regañó mi madre, que tampoco comía.

Gayla entró con un cuenco de azúcar y espolvoreó una cucharada grande por encima del jamón y las rodajas de tomate de Amma.

—Déjame a mí —protestó Amma.

—Deja que lo haga Gayla —dijo mi madre—. Tú te echas demasiado.

—¿Te pondrás triste cuando John se muera, Camille? —dijo Amma, chupando un trocito de jamón—. ¿Te pondrías más triste si se muriese John o si me muriese yo?

—Yo no quiero que muera nadie —repuse—. Creo que en Wind Gap ya ha muerto demasiada gente.

—Muy bien dicho —comentó Alan, extrañamente festivo.

—Hay algunas personas que deberían morir. John debería morir —continuó Amma—. Aunque no las hubiera matado él, debería morir igualmente. Está destrozado ahora que su hermana está muerta.

—Siguiendo esa misma lógica, yo también debería morir, porque mi hermana está muerta y yo estoy destrozada —dije.

Mastiqué otro grano de maíz. Amma se me quedó mirando.

—Tal vez, pero tú me caes bien, así que espero que no. ¿Tú qué opinas? —preguntó volviéndose hacia Adora.

En ese momento caí en la cuenta de que nunca se dirigía a ella con ningún apelativo, no la llamaba mamá ni mami, ni siquiera Adora. Como si no supiese su nombre, pero tratara de que no se notase.

—Marian murió hace mucho, mucho tiempo, y a veces creo que todos deberíamos habernos ido con ella —sentenció mi madre con aire fatigado. Luego, de repente, se animó y dijo—: Pero no nos fuimos, y seguimos adelante, ¿no es así?

Hizo sonar la campanilla para que retiraran los platos, y Gayla se movió alrededor de la mesa como un lobo decrépito.

Sorbete de naranja sanguina de postre. Mi madre desapareció discretamente en la despensa y reapareció con dos esbeltas ampollas de cristal y los ojos húmedos y ligeramente enrojecidos. Se me encogió el estómago.

—Camille y yo nos tomaremos unas copitas en mi dormitorio —les dijo a los otros, atusándose el pelo en el espejo del aparador.

Me di cuenta de que se había vestido para la ocasión: ya llevaba puesto el camisón. Igual que hacía de niña cuando me llamaba a su presencia, la seguí escalera arriba.

Y luego entré en su habitación, el lugar donde siempre había querido estar. Con aquella cama gigantesca, los almohadones que brotaban de ella como percebes. El espejo de cuerpo entero empotrado en la pared. Y el célebre suelo de marfil que hacía que todo brillase como si estuviésemos en un paisaje nevado e iluminado por la luz de la luna. Arrojó los almohadones al suelo, retiró la colcha, me hizo señas para que me sentase en la cama y luego se puso a mi lado. Todos aquellos meses, después de la muerte de Marian, cuando se encerraba en su habitación y me rechazaba, no me habría atrevido a imaginarme a mí misma arrebujada entre las sábanas de la cama junto a mi madre. Y allí estaba ahora, más de quince años demasiado tarde.

Me pasó los dedos por el pelo y me tendió mi vaso. Lo olfateé: olía a manzanas maduras. Lo sujeté rígidamente entre mis manos, pero no lo probé.

—Cuando era niña, un día mi madre me llevó al bosque de North Woods y me dejó allí —me contó Adora—. No parecía molesta ni enfadada. Solo indiferente. Casi aburrida. No me explicó por qué. De hecho, no me dijo una sola palabra. Solo que me subiera al coche. Yo iba descalza. Cuando llegamos allí, me tomó de la mano y, muy decidida, me llevó por el sendero del bosque, luego nos salimos del camino, me soltó de la mano y me dijo que no la siguiera. Tenía ocho años, solo era una cría. Cuando volví a casa mis pies estaban destrozados y en carne viva, y ella se limitó a levantar la vista del periódico de la tarde y a subir a su habitación. A esta habitación.

—¿Por qué me cuentas esto?

—Cuando una niña sabe ya desde tan pequeña que no le importa lo más mínimo a su madre, pasan cosas malas.

—Créeme, sé lo que se siente —dije.

Sus manos seguían acariciándome el pelo, un dedo jugueteando con el círculo de piel desnuda en mi cuero cabelludo.

—Yo quería quererte, Camille, pero eras tan difícil… Con Marian, en cambio, era tan fácil…

—Ya basta, mamá —le espeté.

—No, no basta. Déjame que cuide de ti, Camille. Solo por una vez, necesítame.

Deja que acabe, deja que todo acabe.

—Hagámoslo entonces —sentencié.

Me bebí el líquido de un trago, le aparté las manos de mi cabeza y obligué a mi voz a mantenerse firme.

—Te necesitaba todo el tiempo, mamá. Te necesitaba de verdad. No como una necesidad creada por ti para poderla activar y desactivar a tu antojo. Y nunca podré perdonarte por lo de Marian. Solo era una niña.

—Ella siempre será mi niña —dijo mi madre.

16

Me quedé dormida con el ventilador apagado y me desperté con las sábanas pegadas al cuerpo. Bañada en mi propio sudor y en mi orina. Los dientes me castañeteaban y el pulso me latía desbocado detrás de los globos oculares. Agarré la papelera que había junto a mi cama y vomité. Un líquido caliente, con cuatro granos de maíz cabeceando en la superficie.

Mi madre apareció en la habitación antes de que pudiese meterme de nuevo en la cama. Me la imaginé sentada en la silla del pasillo, junto a la foto de Marian, zurciendo calcetines mientras esperaba a que me pusiera enferma.

—Venga, cariño. Ahora a la bañera —murmuró.

Me quitó la camiseta por la cabeza y me bajó los pantalones del pijama. Vi sus ojos clavados en mi cuello, en mis pechos, en mis caderas y en mis piernas durante una triste fracción de segundo.

Vomité otra vez al meterme en la bañera, mientras mi madre me sujetaba la mano para que no perdiera el equilibrio. Más líquido caliente derramándose por mi pecho hasta la porcelana. Adora cogió una toalla del estante, echó un poco de alcohol para friegas y me frotó todo el cuerpo con la eficacia distante de un limpiador de ventanas. Me senté en la bañera mientras ella me echaba vasos de agua fría por la cabeza para bajarme la fiebre. Me dio dos píldoras más y otro vaso de leche del color de un cielo tibio. Me lo tomé todo con la misma sensación de venganza amarga que me impulsaba en las borracheras de dos días. No me has tumbado todavía,

¿qué más tienes, eh? Quería que fuese algo verdaderamente cruel y depravado. Se lo debía a Marian.

Vomitar en la bañera, vaciar el agua, llenarla, vaciarla. Paños con hielo en los hombros, entre las piernas. Paños calientes en la frente, en las rodillas. Unas pinzas en la herida del tobillo, y luego friegas con alcohol. El agua que se tiñe de rosa. «Desaparecer», «desaparecer», «desaparecer», suplicando desde mi nuca.

Adora se había arrancado todas las pestañas y del ojo izquierdo le caían gruesos lagrimones; no dejaba de pasarse la lengua por el labio superior. Mientras perdía el conocimiento, pensé: Me está cuidando. Mi madre se está desviviendo por hacerme al fin de madre. Es muy halagador. Nadie más haría esto por mí. Marian. Tengo celos de Marian.

Flotaba en una bañera semivacía de agua tibia cuando me desperté de nuevo, oyendo gritos. Débil y ardiendo, salí de la bañera, me eché por encima un fino albornoz de algodón, con los chillidos agudos de mi madre perforándome los oídos, y abrí la puerta en el momento en que Richard irrumpía en el baño.

—Camille, ¿estás bien?

Los alaridos de mi madre, salvajes y desgarrados, cortaban el aire a su espalda.

Entonces Richard enmudeció: me hizo inclinar la cabeza hacia un lado y me examinó los cortes del cuello. Me abrió el albornoz y se estremeció.

—Santo Dios…

Una vacilación psicológica, a medio camino entre la risa y el miedo.

—¿Qué le pasa a mi madre?

—¿Qué te pasa a ti? ¿Te haces cortes?

—Solo palabras —murmuré, como si eso cambiase las cosas.

—Palabras, sí, ya lo veo.

—¿Por qué chilla mi madre?

Estaba aturdida y me dejé caer al suelo, con fuerza.

—Camille, ¿estás enferma?

Asentí con la cabeza.

—¿Habéis encontrado algo?

Vickery y varios agentes más pasaron de largo por delante mi habitación. Unos segundos después mi madre apareció detrás de ellos, tambaleante, agarrándose el pelo con las manos, gritándoles que se fueran, que tuviesen un poco de respeto, que supiesen que lo iban a lamentar.

—Todavía no. ¿Estás muy enferma?

Me palpó la frente, me ató el cinturón del albornoz y se negó a mirarme de nuevo a la cara.

Me encogí de hombros como una niña enfurruñada.

—Todo el mundo tiene que salir de la casa, Camille. Ponte algo de ropa y te llevaré a que te vea un médico.

—Sí, claro, necesitas tus pruebas. Espero que todavía me quede veneno suficiente en el cuerpo.

A última hora de la tarde habían sacado del cajón de la ropa interior de mi madre los siguientes objetos:

Ocho frascos de pastillas contra la malaria con etiquetas extranjeras, unas píldoras enormes de color azul que habían sido retiradas del mercado por la frecuencia con que causaban fiebre y visión borrosa. Se hallaron restos del fármaco en mis análisis toxicológicos.

Setenta y dos comprimidos de laxante de uso industrial, utilizado principalmente para relajar los intestinos de los animales de granja. Se hallaron restos en mis análisis toxicológicos.

Tres docenas de pastillas antiepilépticas, que mal administradas pueden provocar mareos y náuseas. Se hallaron restos en mis análisis toxicológicos.

Tres botes de jarabe de ipecacuana, que se emplea para inducir el vómito en casos de intoxicación y envenenamiento. Se hallaron restos en mis análisis toxicológicos.

Ciento sesenta y un tranquilizantes para caballos. Se hallaron restos en mis análisis toxicológicos.

Un kit de enfermera que contenía montones de píldoras sueltas, ampollas y jeringuillas que Adora no necesitaba para nada. Para nada bueno.

En la sombrerera de mi madre encontraron un diario estampado con flores, que sería usado como prueba en el juicio y que contenía fragmentos como los siguientes:

14 de septiembre de 1982
Hoy he decidido dejar de preocuparme por Camille y centrarme en Marian. Camille nunca ha llegado a ser una buena paciente; el hecho de estar enferma solo hace que se ponga nerviosa y de mal humor. No me deja que la toque. Nunca había visto nada parecido. Tiene la maldad de Joya. La odio. Marian, en cambio, es un encanto cuando está enferma; me adora y solo quiere que esté a su lado todo el tiempo, que no me separe de ella. Me encanta enjugarle las lágrimas.

23 de marzo de 1985
Marian ha tenido que volver a ir a Woodberry, por «problemas para respirar desde la mañana y dolor de estómago». Me he puesto mi traje St. John amarillo, pero al final no me he acabado de sentir cómoda con él: me preocupa que, con el pelo rubio, me haga parecer demasiado pálida. ¡O una piña andante! El doctor Jameson es muy profesional y amable, se preocupa mucho por Marian, pero no es ningún entrometido. Parece estar muy impresionado conmigo. Ha dicho que soy un ángel, y que todos los niños deberían tener una madre como yo. Hemos estado coqueteando un poco, a pesar de nuestras respectivas alianzas. Las enfermeras son un poco conflictivas. Estarán celosas, supongo. En la próxima visita tendré que estar realmente adorable (¡es probable que haya cirugía!). A lo mejor le digo a Gayla que prepare un poco de su carne picada. A las enfermeras les encanta recibir detallitos para su sala de descanso. ¿Y si pongo un gran lazo verde alrededor del tarro? Tengo que ir a la peluquería antes de la próxima visita a urgencias… Espero que el doctor Jameson (Rick) esté de guardia…

10 de mayo de 1988

Marian ha muerto. No pude parar. He perdido cinco kilos y estoy en los huesos. Todo el mundo se ha mostrado increíblemente amable. La gente puede ser maravillosa.

Descubrieron la prueba más importante bajo el cojín de brocado amarillo del confidente del dormitorio de Adora: unas tenacillas manchadas, pequeñas y femeninas. Las pruebas de ADN dictaminaron que los restos de sangre hallados en el instrumento pertenecían a Ann Nash y Natalie Keene.

No encontraron los dientes en casa de mi madre. A lo largo de las semanas siguientes tuve visiones fugaces de adónde podrían haber ido a parar: vi un descapotable azul celeste, con la capota subida como siempre, una mano de mujer asomando por la ventanilla, unos dientes arrojados a la cuneta llena de maleza cerca del sendero que conducía a North Woods. Un par de delicadas zapatillas enfangadas en la orilla de Falls Creek, unos dientes que caían como pequeños guijarros en el agua. Un camisón rosa flotando entre los rosales de Adora, unas manos hundidas en la tierra, unos dientes enterrados como huesos minúsculos.

No encontraron los dientes en ninguno de esos lugares. Hice que la policía lo comprobase.

17

El 28 de mayo, Adora Crellin fue arrestada por los asesinatos de Ann Nash, Natalie Keene y Marian Crellin. Alan pagó la fianza inmediatamente para que su esposa pudiera esperar el juicio en la comodidad de su casa. Teniendo en cuenta las circunstancias, el tribunal consideró que lo mejor sería concederme la custodia de mi hermanastra. Dos días después salí en coche en dirección norte, de vuelta a Chicago, acompañada de Amma en el asiento de al lado.

Me dejaba agotada. Amma necesitaba atención continuamente y sufría fuertes crisis de ansiedad: le dio por pasearse arriba y abajo como un tigre enjaulado mientras me acribillaba a preguntas (¿por qué hay siempre tanto ruido?, ¿cómo podemos vivir en un piso tan pequeño?, ¿no es peligroso salir a la calle?), y exigía que le confirmase mi amor a cada momento. Estaba quemando toda la energía extra de que disponía por no estar postrada en cama varias veces al mes.

Hacia el mes de agosto se obsesionó con las mujeres asesinas: Lucrecia Borgia, Lizzie Borden, una mujer de Florida que había ahogado a sus tres hijas tras sufrir un ataque de nervios.

—A mí me parecen mujeres muy especiales —decía Amma con aire desafiante.

Su psicóloga infantil dijo que estaba tratando de encontrar una manera de perdonar a su madre. Amma fue a ver a aquella mujer dos veces, y cuando intenté llevarla a la tercera visita se tiró literalmente al suelo y se puso a chillar. En su lugar, Amma trabajaba en su casa de muñecas la mayor parte del día. Es su forma de asimilar el horror de lo que sucedió en ella, dijo su psicóloga cuando la telefoneé. Entonces a lo mejor debería destrozarla, contesté yo. Amma me dio una bofetada en la cara cuando le traje el color erróneo de tela azul para la cama de Adora en la casa de muñecas. Escupió en el suelo cuando me negué a pagar los sesenta dólares que costaba un sofá de juguete hecho de madera de nogal auténtica. Probé con la terapia de abrazos, un ridículo programa que instaba a que abrazase a Amma con fuerza y repitiese «Te quiero, te quiero, te quiero» mientras ella se retorcía para escapar de entre mis brazos. Se zafó en cuatro ocasiones, me llamó hija de puta y se encerró en su habitación dando un portazo. A la quinta, las dos nos echamos a reír.

Alan aflojó algo de pasta para que matriculase a Amma en la Bell School —veintidós mil dólares al año, sin contar libros ni material—, que estaba a solo nueve manzanas de mi apartamento. Hizo amigas rápidamente, un pequeño círculo de chicas guapas que enseguida aprendieron a anhelar todo lo relacionado con Missouri. La única que me caía bien de verdad era una chica llamada Lily Burke, tan lista como Amma pero con un carácter mucho más alegre. Tenía la cara cubierta de pecas, unos incisivos enormes y el pelo de color chocolate, que Amma comentó que era exactamente del mismo tono que la alfombra de mi antiguo dormitorio. Aun así, me caía bien.

Lily se convirtió en una presencia constante en el apartamento; me ayudaba a preparar la cena, me hacía preguntas sobre los deberes y me contaba historias sobre chicos. Amma se fue volviendo más taciturna con cada una de las visitas de Lily. Hacia el mes de octubre, cerraba su puerta de forma harto elocuente cada vez que Lily venía.

Una noche me desperté y descubrí a Amma de pie junto a mi cama.

—Quieres más a Lily que a mí —murmuró.

Tenía fiebre, el camisón adherido a su cuerpo sudoroso, y los dientes le castañeteaban. La llevé al cuarto de baño, la senté en el váter, humedecí un paño bajo el chorro frío y metálico del lavabo y le enjugué la frente. Luego nos miramos fijamente. Unos ojos azul pizarra como los de Adora. Mirada perdida. En blanco, como un estanque helado.

Me eché dos aspirinas en la palma de la mano, las devolví al bote, volví a echármelas en la palma. Una o dos pastillas. Era tan fácil darlas... ¿Querría luego darle otra, y otra? ¿Me gustaría cuidar de una niña enferma? Una señal de reconocimiento cuando levantó la vista para mirarme, temblorosa y enferma: «Mamá está aquí».

Di a Amma dos aspirinas. El olor hizo que me salivara la boca. Tiré el resto por el desagüe.

—Ahora tienes que meterme en la bañera y lavarme —lloriqueó.

Le quité el camisón por la cabeza. Su desnudez era deslumbrante: piernecillas delgadas de niña, una cicatriz curva e irregular en la cadera, como la mitad de una chapa de botella, un vello finísimo en una sinuosa hendidura entre las piernas. Unos pechos turgentes y voluptuosos. Trece años.

Se metió en la bañera y recogió las piernas a la altura de la barbilla.

—Tienes que darme friegas con alcohol —gimoteó.

—No, Amma. Solo relájate.

El rostro de Amma se tiñó de rosa y se echó a llorar.

—Así es como lo hace ella —susurró.

Las lágrimas se transformaron en sollozos y luego en un aullido lastimero.

—Ya no lo vamos a hacer nunca más como ella —dije.

El 12 de octubre, Lily Burke desapareció cuando volvía a casa de la escuela. Cuatro horas más tarde, encontraron su cuerpo cuidadosamente recostado junto a un contenedor a tres manzanas de nuestro apartamento. Solo le habían arrancado seis de sus dientes, los dos grandes incisivos y cuatro muelas.

Telefoneé a Wind Gap y me mantuvieron en espera doce minutos hasta que la policía confirmó que mi madre estaba en su casa.

Yo lo supe primero. Dejé que la policía lo descubriera, pero yo lo supe primero. Mientras Amma me seguía como una perra furiosa, puse el apartamento patas arriba, aparté los cojines de los asientos, revolví los cajones. «¿Qué has hecho, Amma?» Cuando llegué a su habitación, ella ya se había calmado. Mostraba una expresión de suficiencia. Rebusqué entre sus bragas, volqué el contenido de su arcón y le di la vuelta al colchón.

Registré su cómoda y solo encontré lápices, pegatinas y un vaso que apestaba a lejía.

Desmantelé el contenido de la casa de muñecas habitación por habitación y destrocé mi pequeña cama con dosel, el sofá de Amma y el confidente amarillo limón. Una vez que hube desmontado el enorme dosel de bronce de mi madre y hecho añicos su tocador, o bien Amma o bien yo lanzamos un grito. Puede que las dos gritásemos a la vez. El suelo de la habitación de mi madre. Las hermosas baldosas de marfil... hechas de dientes humanos. Cincuenta y seis dientes diminutos, pulidos, blanqueados con lejía, relucían desde el suelo.

Hubo más personas implicadas en los asesinatos de las niñas de Wind Gap. A cambio de condenas más leves en un hospital psiquiátrico, las tres rubias admitieron haber ayudado a Amma a matar a Ann y a Natalie. Todas habían salido en el carrito de golf de Adora, fueron a merodear por la casa de Ann y la convencieron para que accediera a dar una vuelta con ellas. «Mi madre quiere saludarte.»

Las chicas se dirigieron a North Woods y fingieron que iban a celebrar una pequeña fiesta, una especie de merienda. Acicalaron a Ann, jugaron con ella un poco y luego, al cabo de unas horas, se aburrieron. Empezaron a llevar a Ann hacia el arroyo. La niña, presintiendo algo malo, intentó escapar, pero Amma la persiguió y la atrapó. La golpeó con una piedra. Ann la mordió. Yo había visto la marca en su cadera, pero no me di cuenta de lo que significaba aquella irregular media luna.

Las tres rubias sujetaron a Ann en el suelo mientras Amma la estrangulaba con una cuerda de tender que había robado del cobertizo de un vecino. Tardaron una hora en tranquilizar a Jodes, y necesitaron otra para que Amma arrancara los dientes. Jodes no dejó de llorar todo el tiempo. Luego las cuatro chicas llevaron el cuerpo hasta el arroyo y lo tiraron al agua, volvieron a toda prisa a casa de Kelsey, se lavaron en la cochera de la parte de atrás y vieron una película. Ninguna se puso de acuerdo acerca de cuál fue. Todas se acordaban de que comieron melón y bebieron vino blanco en botellines de Sprite, por si la madre de Kelsey asomaba por allí.

James Capisi no mentía con respecto a la mujer fantasmagórica. Amma había robado una de nuestras inmaculadas sábanas blancas y se la había puesto a modo de túnica griega, se había recogido el pelo rubio claro y se había empolvado la cara hasta relucir. Era Artemisa, la sanguinaria diosa de la caza. Al principio, Natalie se había vuelto loca de contento cuando Amma le había susurrado al oído: «Es un juego. Ven conmigo, vamos a jugar». Había desaparecido con Natalie en el bosque y la había llevado a la cochera de la casa de Kelsey, donde la habían retenido durante cuarenta y ocho horas: cuidaron de ella, le afeitaron las piernas, la acicalaron y le dieron de comer por turnos, regodeándose con las quejas cada vez más enérgicas de la niña. Justo después de la medianoche del día 14, las amigas la sujetaron mientras Amma la estrangulaba. Una vez más, le arrancó los dientes ella misma. Resulta que los dientes de niño no son muy difíciles de extraer, si presionas con fuerza las tenacillas. Y si no te importa el aspecto que tengan los dientes al final. (Una imagen del suelo de la casa de muñecas de Amma, con su mosaico de dientes rotos e irregulares, algunos meras esquirlas.)

A las cuatro de la madrugada, las chicas salieron en el carrito de golf de Adora en dirección a la parte de atrás de Main Street.

El hueco entre la ferretería y el salón de belleza tenía justo la anchura suficiente para que Amma y Kelsey, en fila india, llevasen a Natalie cogida por los pies y por las manos hasta el otro lado, donde la colocaron apropiadamente y esperaron a que se produjera el hallazgo del cadáver. Una vez más, Jodes lloró. Más adelante las chicas discutieron la posibilidad de matarla, ante el temor de que se derrumbase y acabase confesando. Estaban a punto de poner en práctica el plan cuando detuvieron a mi madre.

Amma mató a Lily ella sola: la golpeó por detrás en la cabeza con una piedra, luego la estranguló con sus propias manos, le arrancó los seis dientes y le cortó el pelo. Todo en un callejón, detrás del mismo contenedor donde luego abandonó el cuerpo. Se llevó la piedra, las tenacillas y las tijeras a la escuela en la mochila de color rosa chillón que yo misma le había comprado.

Amma entretejió el pelo color chocolate de Lily Burke para hacer una alfombra para mi habitación en su casa de muñecas.

Epílogo

Adora fue declarada culpable de asesinato en primer grado por lo que le hizo a Marian. Su abogado ya está preparando la apelación, cuyos pormenores son detallados con entusiasmo por el grupo que dirige la página web de mi madre, liberadaadora.org. Alan cerró la casa de Wind Gap y buscó un apartamento cerca de la cárcel donde ella está presa, en Vandelia, Missouri. Los días en que no puede ir a visitarla le escribe cartas.

Enseguida se publicaron varios libros sensacionalistas sobre la historia de nuestra familia asesina y me llovieron las ofertas para que yo misma escribiera uno. Curry me insistió para que aceptara alguna y rápidamente se echó atrás. Bien por él. John me escribió una carta muy amable y llena de dolor. Había sospechado de Amma desde el principio y se había trasladado a casa de Meredith en parte para «vigilarla». Eso explicaba la conversación que había escuchado por casualidad entre él y Amma, quien había disfrutado jugando con su sufrimiento. Hacer daño como forma de flirteo. El dolor como intimidad, igual que mi madre hurgando con las pinzas en mis heridas. En cuanto a mi otro romance de Wind Gap, nunca más volví a tener noticias de Richard. Después de cómo me miró el cuerpo lleno de cicatrices, supe que no las tendría.

Amma permanecerá encerrada hasta que cumpla los dieciocho años, y probablemente por más tiempo. Puede recibir visitas dos veces al mes. Yo fui en una ocasión y me senté con ella en un patio muy alegre rodeado de una alambrada. Había niñas vestidas con pantalones y camisetas de uniforme, colgadas de barras trepadoras y anillas gimnásticas, bajo la supervisión de guardias femeninas gordas y malhumoradas. Tres niñas se deslizaron a trompicones por un tobogán combado, subieron por la escalera y volvieron a tirarse. Y así una y otra vez, en completo silencio, durante el rato que duró mi visita.

Amma se había cortado el pelo casi al cero. Podía haber sido un intento para parecer más dura, pero en vez de eso el corte le daba un aura de otro mundo, como de elfa. Cuando la cogí de la mano, la tenía húmeda de sudor. La apartó.

Me había prometido a mí misma no interrogarla acerca de los asesinatos, para hacer la visita lo más amena posible. Aun así, las preguntas surgieron casi inmediatamente. ¿Por qué los dientes, por qué esas niñas, que eran tan listas e interesantes? ¿Cómo podían haberla ofendido? ¿Cómo pudo hacerlo? La última pregunta me salió en tono de regañina, como si la estuviese reprendiendo por haber montado una fiesta aprovechando que yo no estaba en casa.

Amma observó con amargura a las tres crías del tobogán y dijo que odiaba a todo el mundo allí, que todas las niñas estaban locas o eran idiotas. Odiaba tener que hacer la colada y tocar las cosas de la gente. Luego se quedó callada un momento y pensé que simplemente haría caso omiso de mi pregunta.

—Fui amiga de ellas un tiempo —explicó al fin, hablando con la cabeza gacha—. Lo pasábamos bien, corríamos por el bosque. Éramos unas salvajes. Hacíamos daño juntas. Una vez matamos un gato. Pero entonces ella… —como siempre, el nombre de Adora no se pronunciaba—, ella empezó a interesarse mucho por ellas. Nunca podía tener nada para mí sola. Ya no podía tener mis secretos. Venían mucho a casa y empezaron a hacerme preguntas de por qué estaba siempre enferma. Iban a estropearlo todo. Ella ni siquiera se daba cuenta. —Amma se rascó con energía el pelo esquilado—. ¿Y por qué tuvo Ann que morderla, eh? No podía parar de pensar en eso. Por qué Ann podía morderla y yo no…

Se negó a seguir hablando y solo respondió con suspiros y carraspeos. En cuanto a los dientes, se los arrancó solo porque los necesitaba. La casa de muñecas tenía que ser perfecta, como todo lo demás que Amma quería.

Creo que había algo más. Ann y Natalie murieron porque Adora les prestaba atención. Amma lo veía como una injusticia. Amma, que había dejado que mi madre la hiciese enfermar durante tanto tiempo... «A veces, cuando dejas que la gente te haga cosas, en realidad tú se las haces a ellos.» Amma controlaba a Adora dejando que esta la hiciese enfermar, y a cambio exigía amor y lealtad absolutos. No se permitía que hubiera otras niñas. Asesinó a Lily Burke por la misma razón, porque sospechaba que yo la quería más que a ella.

También se podrían encontrar otras cuatro mil razones para explicar por qué Amma hizo lo que hizo, por supuesto. Pero, al final, el hecho sigue siendo el mismo: Amma disfrutaba haciendo daño. «Me gusta la violencia», me había gritado. Yo le echo la culpa a mi madre: una niña criada con veneno cree que el dolor es un consuelo.

El día de la detención de Amma, el día en que todo se descubrió de forma completa y definitiva, Curry y Eileen se instalaron en mi sofá, como dos severos guardianes de rostro preocupado. Me escondí un cuchillo en la manga y, una vez en el baño, me quité la camisa y hundí la hoja del cuchillo en el círculo perfecto de mi espalda. Estuve hurgando en el agujero hacia arriba y hacia abajo hasta que la piel se deshizo en cortes garabateados. Curry irrumpió en el lavabo justo antes de que fuese a empezar con mi cara.

Curry y Eileen hicieron una maleta con mis cosas y me llevaron a su casa, donde dispongo de una cama y algo de espacio en lo que antiguamente había sido una sala de juegos en el sótano. Han guardado bajo llave todos los objetos cortantes, pero no he puesto demasiado empeño en intentar encontrarlos.

Estoy aprendiendo a dejar que me cuiden. Estoy aprendiendo a tener unos padres. He regresado a mi infancia, el escenario del crimen. Eileen y Curry me despiertan por las mañanas y me dan las buenas noches con un beso (o, en el caso de Curry, con unas palmaditas cariñosas en la barbilla). No bebo nada más fuerte que el refresco de uva favorito de Curry. Eileen me prepara la bañera y a veces me cepilla el pelo. No siento escalofríos, así que lo consideramos una buena señal.

Casi es 12 de mayo, un año exactamente desde mi regreso a Wind Gap. Da la casualidad de que este año la fecha también coincide con el día de la Madre. Qué ironía... A veces me acuerdo de la noche en que cuidé de Amma, y de lo bien que se me daba relajarla y tranquilizarla. Sueño que lavo a Amma y le seco la frente. Me despierto con el estómago revuelto y el labio superior sudoroso. ¿Se me daba bien cuidar de Amma por mi generosidad? ¿O me gustaba cuidar de Amma porque tengo la misma enfermedad que Adora? Me debato entre las dos opciones, sobre todo de noche, cuando mi piel empieza a palpitar.

Últimamente me inclino más por la generosidad.

Agradecimientos

Muchísimas gracias a mi agente, Stephanie Kip Rostan, por guiarme tan maravillosamente a través de toda esta aventura del primer libro, y a mi editora, Sally Kim, por formularme preguntas incisivas y proporcionarme muchas, muchas respuestas mientras me ayudaba a dar forma a esta historia. Inteligentes y alentadoras, sucede también que son unas compañeras encantadoras para salir a cenar. También estoy en deuda con el doctor D. P. Lyle, M.D., el doctor John R. Klein y el teniente Emmet Helrich, quienes me ayudaron a solventar las dudas relacionadas con la medicina, la odontología y el trabajo policial, así como con mis editores en *Entertainment Weekly*, en especial con Henry Goldblatt y con el redactor jefe Rick Tetzeli (todo un as, doy fe).

Doy las gracias también a mi maravilloso grupo de amigos, sobre todo a los que se ofrecieron repetidas veces a leer, darme consejos y animarme a lo largo del proceso de creación de *Heridas abiertas*: Dan Fierman, Krista Stroever, Matt Stearns, Katy Caldwell, Josh Wolk, Brian «¡Ives!» Raftery y mis cuatro ingeniosas primas hermanas (Sarah, Tessa, Kam y Jessie), quienes me prodigaron palabras amables en momentos cruciales, como cuando estuve a punto de quemar el manuscrito. Posiblemente Dan Snierson sea el ser humano más coherentemente optimista y decente de este planeta: gracias por tu confianza inquebrantable, y dile a Jurgis que sea benévolo en su crítica. Emily Stone me ofreció consejos y comentarios llenos de humor desde Vermont, Chicago y la Antártida (recomiendo muy vivamente su servicio de lanzadera Crazytown); gracias a Susan y Errol Stone, por aquel refugio en la casa del lago. Brett Nolan, el mejor lector del mundo (un cumplido que no doy a la ligera), me mantuvo alejada de las referencias accidentales a *Los Simpson* y es el autor del e-mail de dos palabras más tranquilizador del mundo. Scott Brown, el Monstruo de mi Mick, ha leído innumerables versiones de *Heridas abiertas*, pobrecillo, y también se reunió conmigo en numerosas y necesarias ocasiones para alejarse de la realidad: Scott, yo y un unicornio neurótico con complejo de papá. Muchas gracias a todos.

Por último, dedico todo mi amor y agradecimiento a mi extensa familia de Missouri, de quienes me enorgullezco decir que no me sirvieron en absoluto de inspiración para los personajes de este libro. Mis incondicionales padres me han animado a escribir desde que iba a tercero de primaria, cuando dije que de mayor quería ser o escritora o granjera. Lo de la granja nunca llegó a cuajar, así que espero que os guste el libro.

Papel certificado por el Forest Stewardship Council®

Título original: *Sharp Objects*
Primera edición en este formato: junio de 2018

© 2006, Gillian Flynn
© 2018, Penguin Random House Grupo Editorial, S. A. U.
Travessera de Gràcia, 47-49. 08021 Barcelona
© 2007, Ana Alcaina, por la traducción, cedida por
Círculo de Lectores, S. A. (Sociedad Unipersonal)

Esta traducción ha sido publicada por acuerdo con Crown Publishers,
sello de The Crown Publishing Group, división de Random House, Inc.

Printed in Spain – Impreso en España

ISBN: 978-84-17125-72-1
Depósito legal: B-6.463-2018

Compuesto en M. I. Maquetación, S. L.
Impreso en Libredúplex
Sant Llorenç d'Hortons (Barcelona)

RK25721

Penguin
Random House
Grupo Editorial